JANET EVANOVICH

Ziemlich beste Küsse

JANET EVANOVICH

Ziemlich beste Küsse

Ein Stephanie-Plum-Roman

Aus dem Amerikanischen
von Thomas Stegers

GOLDMANN

Die Originalausgabe erschien 2015 unter dem Titel
»Tricky Twenty-Two« bei Bantam Books,
an imprint of the Random House Publishing Group,
a division of Random House, Inc., New York.

Der Verlag weist ausdrücklich darauf hin, dass im Text
enthaltene externe Links vom Verlag nur bis zum Zeitpunkt der
Buchveröffentlichung eingesehen werden konnten. Auf spätere
Veränderungen hat der Verlag keinerlei Einfluss. Eine Haftung
des Verlags ist daher ausgeschlossen.

Dieses Buch ist auch als E-Book erhältlich.

Verlagsgruppe Random House FSC® N001967

1. Auflage
Copyright © der Originalausgabe 2015
by Janet Evanovich, Inc. All rights reserved.
Copyright © der deutschsprachigen Ausgabe 2016
by Wilhelm Goldmann Verlag, München,
in der Verlagsgruppe Random House GmbH,
Neumarkter Str. 28, 81673 München
Umschlaggestaltung: UNO Werbeagentur, München
Umschlagmotiv: Pinguine: Getty Images/Joel Simon
Hamster: Getty Images/retales botijero
Redaktion: Ann-Catherine Geuder
Satz: DTP Service Apel, Hannover
Druck und Bindung: CPI books GmbH, Leck
Printed in Germany
ISBN 978-3-442-20522-6
www.goldmann-verlag.de

Besuchen Sie den Goldmann Verlag im Netz

1

Ginny Scott stand auf einer Fensterbank im zweiten Stock und drohte damit zu springen. Ich war schuld. Mehr oder weniger. Ich bin Stephanie Plum, und ich arbeite als Kopfgeldjägerin für die Kautionsagentur meines Cousins Vinnie. Ginny war eine NVGlerin, unser Code für: Nicht vor Gericht erschienen. Ich hatte den Auftrag, sie zu suchen und den Behörden zu übergeben. Das ist mein Job. Bleibt der Erfolg aus, verliert mein Cousin die Kautionssumme, und ich bekomme kein Honorar. Andererseits will Ginny natürlich auch nicht wieder im Knast landen.

Meine Kollegin Lula und ich standen auf dem Bürgersteig und schauten hinauf zu Ginnys Fenster, zusammen mit einem Haufen anderer Leute, die Videos mit ihren Smartphones drehten.

»Das ist keine sehr vorteilhafte Perspektive für sie«, kommentierte Lula. »Von hier aus kann man unter ihren Rock gucken, bis rauf zu ihrer Dingsbums. Natürlich nur bis zu ihrem Tanga, aber man weiß ja, dass hinter diesem roten Stofffetzen und dem Marschriemen der Intimbereich lauert.«

Lula war früher eine angesehene Prostituierte gewesen.

Vor einigen Jahren hatte sie beschlossen, ihren angestammten Strich aufzugeben und Büroangestellte zu werden. Sie macht bei uns die Aktenablage. Theoretisch. Denn wir haben kaum noch Akten abzulegen. Die meisten Akten sind heute elektronisch. Daher arbeitet Lula in letzter Zeit verstärkt als meine Assistentin und Fahrerin. Lula ist zehn Zentimeter zu klein für ihr Gewicht, ihre Kleider drei Nummern zu eng für ihre üppige Figur, ihre Haarfarbe ändert sich wöchentlich, nur ihre Hautfarbe ist standhaft schokoladenbraun.

Neben Lula fühle ich mich unsichtbar, ich werde einfach nicht beachtet. Von meinen italienischen Vorfahren habe ich die widerspenstigen braunen Haare geerbt, die süße Stupsnase ist ein Geschenk Gottes, laut meiner Oma, und die blauen Augen und die blasse Haut verdanke ich meinem ungarischen Erbe. Keine Ahnung, woher meine BH-Größe 75C kommt, aber ich kann damit leben.

Vor zehn Minuten wäre es mir beinahe gelungen, Ginny Handschellen anzulegen. Lula und ich klingelten an ihrer Tür, und ich sagte mein übliches Kopfgeldjägersprüchlein auf.

»Wir müssen mit Ihnen am Gericht einen neuen Termin vereinbaren. Es dauert nicht lange.«

Das stimmte nur teilweise. Einen neuen Termin zu machen ging schnell, aber ob Ginny noch mal gegen Kaution freikam, stand auf einem anderen Blatt. Wenn nicht, wäre sie bis zum Prozess Gast des Strafvollzugs.

»Fick dich«, erwiderte Ginny, schüttete ihren Becher Big Gulp über mich aus, knallte die Tür zu und schloss ab.

Als Lula und ich die Wohnungstür endlich aufgebrochen hatten, war Ginny aus dem Schlafzimmerfenster auf die fast einen halben Meter breite Fensterbank geklettert. Sprungbereit. Und ich, in meinem klatschnassen stinkenden T-Shirt, versuchte, sie zum Aufgeben zu bewegen.

»Okay«, schrie ich sie an. »Ich verlasse Ihre Wohnung wieder. Das wollen Sie doch damit erreichen, oder? Steigen Sie von der Fensterbank runter.«

»Ich gehe nicht ins Gefängnis.«

»So schlimm ist es da gar nicht«, schwächte Lula ab. »Es gibt im Aufenthaltsraum sogar einen Fernseher. Und Sie lernen neue Leute kennen.«

»Lieber bin ich tot«, sagte Ginny. »Ich springe jetzt.«

»Tun Sie sich keinen Zwang an. Aber ich warne Sie. Ihre Wohnung ist im zweiten Stock«, sagte Lula. »Da brechen Sie sich nur ein paar Knochen, wenn Sie unten ankommen. Und sowieso, Sie wissen doch, wie das ist mit Gerichtsterminen. Manchmal werden sie auch wieder abgesagt.«

»Sie hat ihrem Freund den Penis abgeschnitten«, flüsterte ich Lula zu.

»Vielleicht zu Recht«, sagte Lula.

»Es war sein *bestes Stück*!«

»Die Aussichten, dass er die Klage zurückzieht, stehen also schlecht«, sagte Lula. »Männer lassen sich bekanntlich nicht gerne ihren Schwanz absäbeln. Es soll nämlich ziemlich schwer sein, ihn wieder anzunähen.«

Sie wandte sich erneut an Ginny und schrie hinauf: »Wenn Sie wirklich tot sein wollen, müssen Sie darauf achten, dass Sie auf dem Kopf landen. Dann könnte es klappen.«

Zwei Funkstreifen der Polizei von Trenton fuhren vor und parkten schräg auf dem Bürgersteig. Gefolgt von Feuerwehr und Rettungswagen.

Einer der Polizisten stieg aus und stellte sich neben mich.

»Was ist los?«

»Eine NVGlerin«, klärte ich ihn auf. »Ich wollte ihr gerade Handschellen anlegen, da entwischt sie mir und steigt aus dem Fenster.«

Ein Übertragungswagen des lokalen TV-Senders rollte heran und hielt hinter der Feuerwehr.

»Können Sie jemanden auftreiben, der mit ihr redet? Eine Angehörige? Ihren Freund?«, fragte mich der Polizist.

»Den Freund lieber nicht«, sagte ich.

Die Feuerwehrleute rückten ein Sprungpolster unter das Fenster, und der Kameramann des SAT-Trucks baute sein Stativ auf.

»Ihre Landung auf dem Sprungpolster wäre nicht gerade fotogen in dem kurzen Rock«, rief Lula wieder zu Ginny hinauf. »Überlegen Sie es sich noch mal.«

Joe Morelli von der Mordkommission pflanzte sich neben mir auf. Er ist eins achtzig groß, schlank, hat kräftige Muskeln, welliges schwarzes Haar und ein Lächeln, bei dem jedes weibliche Wesen dahinschmelzt. Ich kenne Morelli schon mein Leben lang, und seit ein paar Jahren ist er mein fester Freund.

»Hast du dir wieder eine Fensterspringerin eingehandelt«, sagte Morelli.

»Vinnie hat sie gegen Kaution freibekommen, aber sie hat ihren Gerichtstermin verpasst«, sagte ich. »Die Handschellen hatte ich ihr fast schon angelegt, da ist sie auf die Fensterbank geflüchtet.«

»Was wirft man ihr vor?«

»Sie hat ihrem Freund den Piepmatz abgeschnitten«, sagte Lula.

Morelli und der Streifenpolizist feixten um die Wette.

»Kannst du nicht mal mit ihr reden?«, fragte ich Morelli. Morelli war vom Kleinstadtrowdy zum Bootsmann der Navy aufgestiegen und später in den Polizeidienst gewechselt. Er ist ein sehr guter Polizist. Klug. Einfühlsam. Er glaubt an das Gesetz, an den amerikanischen Traum und an das Gute im Menschen. Wer das Gesetz bricht oder den amerikanischen Traum mit Füßen tritt, den spürt er auf wie ein Marder ein Eichhörnchen. Er besitzt ein Haus, einen Hund, einen Toaster und eine menschliche Reife, von der ich vermutlich noch weit entfernt bin. Die Männer in seiner Familie sind Trinker und Weiberhelden, und sie werden schnell übergriffig. Ganz anders Morelli. Morelli ist eine Filmschönheit, nach Italo-Jersey-Maßstäben. Seit er gelernt hat, ganze Sätze zu formulieren, steht er im Ruf, eine Frau dazu überreden zu können, alles für ihn zu tun. Als ich noch ein kleines Mädchen war, ergaunerte er sich einen Blick auf meine Tinker-Bell-Unterwäsche, und auf der Highschool befreite er mich von der Last der Jungfräulichkeit. Die Frau oben im zweiten Stock von der Fensterbank wegzulocken dürfte ein Kinderspiel für Morelli sein. Dachte ich.

»Ist die bewaffnet?«, fragte mich Morelli.

»Ich glaube nicht.«

»Fleischermesser? Gemüsemesser? Teppichmesser?«

»Ich hab keins gesehen.«

Er verschwand im Haus und tauchte wenige Minuten später am Fenster im zweiten Stock wieder auf. Ginny rückte zentimeterweise von ihm ab, außer Reichweite. Die Feuerwehrleute verschoben entsprechend das Sprungpolster unten auf dem Bürgersteig. Ich konnte nicht verstehen, was er zu ihr sagte, sah nur ihr Lächeln. Sie unterhielten sich eine Weile, Ginny nickte zustimmend und rückte wieder ein Stück näher zu ihm heran. Er streckte die Hand nach ihr aus, doch bei dem Versuch, sie zu ergreifen, verlor sie das Gleichgewicht, rutschte von der Fensterbank und *plumps!* Mit einem dumpfen Aufschlag landete sie auf dem Polster und rührte sich nicht. Umgehend warfen sich die Nothelfer auf sie.

Alle hielten die Luft an und schauten ihnen bei der Arbeit zu. Ich spürte, wie Morelli hinter mich trat, eine Hand auf meine Schulter legte. Und plötzlich richtete Ginny sich auf.

Morelli winkte einen der Nothelfer heran.

»Kommt sie wieder auf die Beine?«, wollte Morelli von ihm wissen.

»Sie ist einfach nur außer Atem. Wir bringen sie zur Untersuchung ins St Francis Hospital, aber sie wird sicher heute noch entlassen.«

»Sie braucht Polizeischutz«, sagte Morelli zu dem Streifenpolizisten. »Und wenn sie aus dem Krankenhaus kommt, nehmen wir ein Protokoll auf und buchten sie ein.«

»Mann, oh Mann«, sagte Lula, »im ersten Moment ist mir das Herz stehen geblieben. So einen *Rums* wie eben möchte ich nicht noch mal hören. Mir hat sich echt der Magen umgedreht. Dagegen kenne ich nur ein Mittel. Ich muss was essen. Ein Hamburger mit Pommes. Danach will ich zu mir, weil dann meine Lieblingssendungen im Fernsehen kommen.« Lula sah zu Morelli, dann wieder zu mir. »Soll ich dich nach Hause bringen, oder chauffiert dich Officer Hottie?«

»Das mache ich schon«, sagte Morelli.

Lula zog ab, und ich ging mit Morelli zu seinem Wagen.

»Wieso bist du eigentlich hier?«

»Reiner Zufall. Ich war bei Anthony zum Abendessen, und auf der Rückfahrt sah ich ein paar Häuser vom Unglücksort entfernt Lulas Firebird parken. Da konntest du ja nicht weit sein.«

Anthony ist Morellis Bruder. Verheiratet mit einer Frau, die sich ständig von ihm scheiden lässt und ihn kurz darauf erneut heiratet. Bei jeder Wiederverheiratung wird sie schwanger. Ich habe den Überblick verloren, wie viele Kinder sie haben, bei ihnen zu Hause geht es drunter und drüber.

»Danke für deine Hilfe«, sagte ich.

»Welche Hilfe?«, sagte Morelli. »Durch mich wäre deine NVGlerin ja beinahe noch zu Tode gekommen.«

Als Morelli die Tür seines SUV öffnete, sprang Bob heraus und hätte mich beinahe umgestoßen. Bob ist ein struppiges rotblondes Wuschelmonster, das noch am ehesten einem Golden Retriever ähnelt. Ich wurde überhäuft mit Hundeküssen, und dann kämpften wir um den besten Platz im Auto, vorn neben Morelli. Ich gewann.

»Zu dir oder zu mir?«, fragte Morelli.

»Zu dir. Mein Fernseher ist kaputt. Fahr zuerst am Büro vorbei, mein Auto steht da.«

Morelli hatte von seiner Tante Rose ein hübsches Häuschen geerbt. Es ist von meinen Eltern in Chambersburg aus nur einmal über die Grenze, und wenn man nicht wüsste, dass es die Grenze gibt, könnte man denken, Morelli wohnt in Burg. Die Häuser sind bescheiden, aber gepflegt. Samstags wird das Auto gewaschen. An Feiertagen die Fahne gehisst. Veteranen und Polizisten werden respektiert, selbst von der Mafia. In diesem Viertel leben Menschen, die ihr Leben lang geackert haben, und in der Polizei sehen sie die Beschützerin ihrer hart erarbeiteten Bürgerrechte und Flachbildschirme. Wenn es Vorurteile gibt, dann werden sie nur hinter verschlossenen Türen geäußert. In der freien Wildbahn ist jeder gleichermaßen reif für den Stinkefinger.

Als Morelli das Haus bezog, atmete es noch den Geist von Tante Rose. Jetzt ist es ganz nach Morellis Geschmack eingerichtet, die Schlafzimmervorhänge ausgenommen. Unten Wohnzimmer, Esszimmer, Küche und Gäste-WC. Oben drei Schlafzimmer und ein Bad. Zum Haus gehören eine Garage, die Morelli so gut wie nie benutzt, und ein Garten, wo Bob seine Löcher buddelt und sein Geschäft verrichtet.

Kurz vor neun trudelten wir bei Morelli ein und düsten gleich ab in die Küche. Morelli holte eine halbe übrig gebliebene Pizza aus dem Kühlschrank und schnitt sie in drei Teile. Bob fraß sein Stück auf der Stelle, Morelli und ich setzten uns ins Wohnzimmer vor den Fernseher. Es war Anfang September, und Morelli verfolgte ein Spiel der

New York Mets. Wir aßen unsere Pizza, und noch bevor die Mets ein Inning durchlaufen hatten, hatte Morelli eine Hand auf mein Knie gelegt und mir seine Zunge in den Mund geschoben. Es überraschte mich nicht sonderlich. Schließlich übernachtet der eine gelegentlich beim anderen, sogar von Liebe und Ehe ist schon die Rede gewesen. Er hat Kondome in meiner Wohnung deponiert, ich eine Schachtel Tampons in seiner, viel weiter waren wir mit dem Thema Zusammenwohnen aber noch nicht gekommen.

Wir zogen ins Schlafzimmer um und kamen gleich zur Sache, da wir das Vorspiel schon unten auf dem Sofa erledigt hatten, während die Mets ihren Pitcher austauschten. Morelli ist ein unberechenbarer Lover. Manchmal ist er langsam und bedächtig. Manchmal geradezu stürmisch vor Verlangen. Manchmal witzig. Häufig alles drei gleichzeitig. Und manchmal, wenn wir uns bei einem Spiel der Giants gegen die Patriots lieben, ist er ein bisschen unkonzentriert. Heute war so ein Abend, nur ohne die Giants.

Wir kuschelten uns in postkoitaler Trägheit aneinander, und ich fragte mich, was der Grund für Morellis Unkonzentriertheit war. Woran dachte er gerade? Mord? Chaos? Ehe? Angenommen Letzteres. Wie würde ich auf einen Heiratsantrag reagieren? Seit einiger Zeit lief es wirklich gut zwischen uns. Vielleicht würde ich mit *Ja!* antworten. Andererseits: Ehe bedeutet Bindung. Vielleicht auch Kinder. Mit Kindern kann ich umgehen. Ich sorge gut für meinen Hamster Rex. Mir entfuhr ein Seufzer. Wahrscheinlich müsste ich seinen Antrag annehmen. Er wäre am Boden zerstört, wenn ich es nicht täte. Seine Arbeit bei der Polizei würde darunter leiden. Er wäre deprimiert und demoralisiert, würde an sich selbst zweifeln.

»Du wirkst heute Abend irgendwie abwesend«, sagte ich.

»Mir geht viel durch den Kopf.«

Ich versuchte, nicht allzu zu affektiert zu lächeln. Daran musste es liegen, definitiv. Ob er wohl schon einen Ring hatte?

»Möchtest du darüber reden?«, fragte ich ihn.

»Da gibt es nicht viel zu bereden. Ich finde nur, dass wir unsere Beziehung eine Zeitlang auf Eis legen sollten. Uns mal mit anderen verabreden.«

»Ja. Äh: *Wie bitte?*«

»Ich überlege, ob ich meinen Lebensstil ändern soll. Und solange ich mir noch nicht darüber im Klaren bin, möchte ich ungebunden sein«, erklärte mir Morelli. »Ich gebe dir also alle Freiheiten, dich nach anderen Männern umzusehen. Außer Ranger.«

Carlos Manoso, besser bekannt als Ranger, ist der Eigentümer von Rangeman, einem Security-Unternehmen für den gehobenen Anspruch, das in einem unscheinbaren Gebäude in der Innenstadt residiert. Ranger ist ein ehemaliges Mitglied der Special Forces, Kopfgeldjäger der harten Sorte, er war mein Ausbilder, als ich anfing, für Vinnie zu arbeiten. Er ist geheimnisumwittert. Smart. Und er lebt und arbeitet nach seinen eigenen Regeln, die ich nicht bis ins Letzte durchschaue. Morelli meint, er habe einen schlechten Einfluss auf mich und sei gemeingefährlich. Stimmt.

»Im Ernst?« Ich richtete mich kerzengerade auf und starrte ihn an.

»Ich denke schon länger daran.«

»Und ausgerechnet jetzt teilst du mir das mit!«

»Ist das kein guter Zeitpunkt?«

Ich stand auf, wedelte mit den Armen in der Luft, kochte vor Wut. »Ich bin nackt. Man sagt einer nackten Frau solche Sachen nicht ins Gesicht. Was denkst du dir eigentlich?«

»Vielleicht ist es ja nur vorübergehend.«

»*Vorübergehend?!* Soll wohl eher heißen, *wahrscheinlich für immer!* Adios. Auf Wiedersehen. Willst du mich verarschen?« Ich kniff die Augen zusammen. »Hast du dir schon eine bestimmte Person ausgesucht, mit der du dich verabreden willst?«

»Nein.«

»Jetzt hab ich es! Du bist ins andere Lager übergelaufen. Du bist schwul!«

»Kein bisschen.«

»Mein Freund Bobby sagt, der einzige Unterschied zwischen einem Schwulen und einem Hetero ist ein Sixpack Bier.«

»Pilzköpfchen, nach sechs Bier bin ich zu nichts, aber auch gar nichts mehr fähig.«

»Du willst also deinen Lebensstil ändern? An was hast du dabei gedacht?«

»Eine berufliche Veränderung. Schluss mit der Polizei.«

»Wow!«

»Jetzt bist du geschockt, was?«

Ich stöberte mit den Füßen in den Klamotten auf dem Boden nach meiner Unterhose. »Was hast du vor?«

»Ich weiß es noch nicht.« Er winkte mich mit einem Finger heran. »Komm wieder ins Bett.«

»Bist du verrückt? Erst servierst du mich ab, und jetzt soll ich zurück zu dir in die Kiste springen?«

»Wir könnten immer noch Freunde bleiben.«

»Ich fühle mich aber nicht so. Ich bin sauer.« Ich zog den Reißverschluss meiner Jeans zu und hob mein T-Shirt vom Boden auf. »Und erst recht schlafe ich nicht mit Männern, die mich abserviert haben. Na gut, ab und zu vielleicht, aber für gewöhnlich nicht. Und mit dir schlafe ich sowieso nicht mehr. Nie wieder.« Ich schlang mir meine Tasche um die Schulter und dampfte ab.

»Ich rufe dich morgen an«, rief Morelli hinter mir her.

Ich stürmte die Treppe hinunter und zeigte ihm den Stinkefinger. Er konnte mich nicht sehen, aber es war trotzdem ein gutes Gefühl. Die Haustür knallte ich so fest zu, dass auch ja sein Wohnzimmerfenster schepperte. Ich marschierte zu meiner Schrottkarre, klemmte mich hinters Steuer, zog aus der Parklücke und begab mich auf kürzestem Weg zum Spätkauf in der Hamilton Avenue. Dort deckte ich mich mit Bergen von Trostnahrung ein, Snickers, Peanut Butter Cups, York Peppermint Patties, M&Ms, Twizzlers, alles, was Karamell enthielt, dazu noch drei Eisbecher, fuhr nach Hause und aß mich satt.

2

Offiziell gehört die Kautionsagentur meinem Cousin Vinnie, doch in Wahrheit ist Vinnie abhängig von seinem Schwiegervater, Harry, dem Hammer. Vinnie stellt die meisten Kautionen aus, wettet bei Pferderennen, lässt sich hin und wieder von dunkelhäutigen jungen Männern auspeitschen und ist, alles in allem, die Eiterbeule des kranken Zweigs unserer Familie.

Connie Rosolli gibt den Wachhund vor Vinnies Arbeitszimmer. Sie hält das Büro am Laufen, stellt gelegentlich auch Kautionen aus und sorgt dafür, dass nicht irgendein ehemaliger Klient während der Bürostunden tödliche Rache an Vinnie nimmt. Sie ist Mitte dreißig, lebt seit Jahren in Scheidung und ist eine kleinere, italienische, vollbusigere Ausgabe von Cher.

»Wow«, begrüßte sie mich, als ich mich Montagmorgen ins Büro schleppte. »Bist du von einem Zug überrollt worden? Du hast dunkle Ringe unter den Augen und einen Pickel am Kinn.«

»Ich hab gestern Abend mit Morelli Schluss gemacht.« Ich fasste mich ans Kinn. Es fühlte sich an, als würde mir der Kilimandscharo aus dem Gesicht wachsen. »Der kommt von den Süßigkeiten. Ich hab mich gestern Abend mit Snickers vollgestopft. Und zum Frühstück gab es eine Tüte Oreos.«

Lula lag auf dem Sofa. »Oreos zum Frühstück geht gar nicht«, stellte sie klar. »Du brauchst was Kräftigeres. Versuch es mal mit Almond Joy, das sind Proteine in Nussform. Aus Oreos wird einfach nur Oreo-Scheiße.«

Lula trug Stiefeletten mit Beschlägen und fünfzehn Zentimeter hohen Pfennigabsätzen, einen schwarzen Elastan-Rock, der ihren Hintern nur knapp bedeckte, ein giftgrünes Tanktop, das sich über ihre voluminösen Brüste spannte, und ein lila glitzerndes flauschiges Angorajäckchen. Bei jeder Bewegung lösten sich einzelne Angoraflusen und tanzten in der Luft.

»Was ist los mit Morelli?«, fragte Lula. »Der Mann ist ein superheißes Teil. Willst du wirklich mit ihm Schluss machen?«

»Er hat mit mir Schluss gemacht. Ende der Diskussion.«

»War das vor dem Pickel?«, fragte Lula.

»Ja.«

»Dann können wir den als Grund also ausschließen.«

Die Tür zu Vinnies Arbeitszimmer flog auf, und Vinnie steckte den Kopf heraus.

»Was geht hier ab?«, sagte er. »Ich bezahle euch nicht fürs Schnattern.« Er beugte sich ein Stück vor und musterte mich scharf. »Was ist denn das für ein Krater auf deinem Kinn?«

»Ein Pickel«, sagte Lula. »Sie hat gerade viel Stress.«

»Verdammte Hacke«, sagte Vinnie. »Das Ding ist der Horror. Sieht aus wie der Vesuv kurz vorm Ausbruch.« Er verzog sich wieder in sein Zimmer und schloss die Tür ab.

18

Connie wedelte mit einer Akte. »Ich hab einen neuen NVGler für euch. Der Fall ist gestern Nachmittag reingekommen«, sagte sie. »Ein junger Mann, der nicht zu seinem Prozesstermin erschienen ist. Ich hab mich schon mal ein bisschen umgehört, er ist wie vom Erdboden verschwunden. Ken Globovic. Spitzname Gobbles. Einundzwanzig. Angeklagt wegen Einbruchs und schwerer Körperverletzung.«

Lula sah mir über die Schulter, während ich in der Akte blätterte.

»Hier steht, der Idiot hat den Studiendekan angegriffen«, sagte Lula. »Das war es dann wohl mit seiner Collegekarriere. Ich war nie auf einem College, aber mit dem Studiendekan sollte man sich lieber nicht anlegen, so viel weiß ich immerhin.«

Ich betrachtete das beigefügte Foto des Gesuchten. Blondes Haar, helle Haut, ein bisschen pummelig. Ein Albino-Backenhörnchen, irgendwie niedlich.

»Sieht gar nicht aus wie ein Killer«, sagte Lula. »Der trägt bestimmt *Pu-der-Bär*-Schlafanzüge.«

»Er ist ein Zeta«, sagte Connie. »Also fangt am besten im Zeta-Haus an.«

»Zeta-Haus«, träumte Lula. »Klingt, als wäre es ein hübscher Ort.«

»Die Zetas sind entweder die beste oder die schlimmste Studentenverbindung auf dem Campus, je nach Sichtweise. Das Zeta-Haus ist besser bekannt unter der Bezeichnung ›Der Zoo‹«, sagte Connie. »Aber macht euch besser selbst ein Bild. Ken Globovic trägt den Titel *Allererhabenster Zoowärter.* Vor ein paar Wochen haben die Zetas einer rivalisierenden Studentenverbindung kübelweise Alka-Seltzer in die Wasserleitung gekippt. Alle Toiletten sind explodiert. Es sollte ein chemisches Experiment sein, haben sie erklärt. Der Film *Ich glaub, mich tritt ein Pferd* hätte sie dazu angeregt.«

»Dafür haben sie bestimmt die Bestnote bekommen«, sagte Lula. »Ich hätte sie ihnen jedenfalls gegeben.«

Ich steckte den Hefter in meine Umhängetasche. »Sonst noch ein Fall reingekommen?«

»Kein neuer. Aber Billy Brown läuft immer noch frei herum. Mittelhohe Kautionssumme. Wäre ganz schön, wenn wir das Geld wiederbekämen.«

Billy Brown, heute allgemein nur noch als Billy Bacon bekannt, hatte es in die landesweiten Nachrichten geschafft, weil er mit Schinkenfett eingerieben durch den Kaminschacht gerutscht und so in eine millionenschwere Villa eingebrochen war. Beim Verlassen hatte er den Alarm ausgelöst und wurde von einer schinkenwitternden Hundemeute angegriffen. Als die Polizei ihn rettete, fanden die Beamten in seinen Hemd- und Hosentaschen Schmuck im Wert von zehntausend Dollar sowie fünftausend Dollar Bargeld. Vinnie war so blöd, die Kaution für ihn zu stellen; seitdem ist Billy Bacon untergetaucht.

»Ich halte die Augen offen«, sagte ich, »und grase noch mal sein Viertel ab.«

»Ich komme mit«, sagte Lula. »Soweit ich weiß, wohnt er in der K Street. Da gibt es einen Deli, die haben exzellenten Eiersalat. Sie tun noch gehackte Oliven dazu und viel Mayo. Mayo ist das Geheimnis eines guten Eiersalats. Und mit Oliven kann man sowieso nichts falsch machen.

Wir können unsere Nachforschungen mit der Mittagspause zusammenlegen. Aber bevor wir aus dem Haus gehen, schmier dir etwas Abdeckcreme auf den Pickel, damit die Leute nicht noch vor Schreck davonlaufen, wenn sie dich aus der Nähe sehen.«

Wir nahmen Lulas Auto, weil sie einen roten Firebird fährt, tadellos gepflegt, im Gegensatz zu meiner Kiste, die ursprünglich mal ein Ford Soundso war, aber heute die reinste Rostlaube ist.

»Weißt du überhaupt, wie das Kiltman College noch genannt wird?«, fragte Lula. »Klito College. Echt. Möchtest du auf ein College mit so einem Namen gehen? Ich meine, ich bin immer dafür, die weiblichen Genitalien zu würdigen, aber auf meinem Abschlusszeugnis will ich sie dann doch nicht stehen haben.«

Ich bin auch dafür, die weiblichen Genitalien zu würdigen, wollte aber jetzt nicht darüber sprechen. Ich bin katholisch erzogen, und bei Gesprächen mit Lula über weibliche Genitalien wird mir regelmäßig schummrig. Mit dem blinden Glauben bei den Katholiken hab ich so meine Probleme, das katholische Urgefühl der Schuld dagegen hab ich so ziemlich verinnerlicht.

»Ich möchte lieber nicht mit dir über diese Sachen sprechen«, sagte ich.

»Sonst noch was, über das du heute nicht sprechen willst? Du willst ja schon nicht darüber sprechen, warum man dir den Laufpass gegeben hat. Das kam wohl überraschend, oder? Wann war das? Gestern Abend? Vielleicht bist du ja sexuell verklemmt.«

»Ich bin nicht verklemmt.«

»Du willst nicht über deine Genitalien sprechen, obwohl das Thema neuerdings massenkompatibel ist. Die weiblichen Genitalien sind total in.«

»Wenn ich nicht darüber sprechen will, bin ich noch lange nicht sexuell verklemmt.«

»Aber auch nicht sexuell befreit. Wann hat er dir denn nun den Laufpass gegeben? Nach dem Vögeln? Das ist nämlich nie ein gutes Zeichen. Das könnte bedeuten, dass du keine gute Leistung gebracht hast.«

Gut, dass ich meine Pistole zu Hause in der Plätzchendose gelassen hatte, sonst hätte ich Lula auf der Stelle eine Kugel verpasst.

»Andererseits hat er vielleicht auch was Unzumutbares von dir verlangt«, führte sie weiter aus. »In dem Fall kann ich nur sagen: Gott sei Dank bist du den Kerl los! Weil, ich lasse es mir auch nicht mehr von hinten besorgen.«

»Großer Gott.«

»Genau. Es verstößt gegen die menschliche Natur. Wozu hat man seine Prinzipien? Gut, ein bisschen Spanking darf sein, nur so, zum Spiel, aber wehe, es hinterlässt Striemen, Honey. Ein einziger Striemen auf meinem Pfirsichpopo, und ich lege dir Firebird-Bremsspuren auf deinen Arsch.«

»Das interessiert mich alles überhaupt nicht!«, protestierte ich.

»Ich sag ja nur. Ich pflege meine Haut mit Lanolin, so bleibt sie seidenweich. Ich will keine Striemen. Wie tief muss ein anständiges Mädchen gesunken sein, dass es Striemen auf ihrem Hintern duldet.«

Das Kiltman College liegt am nordwestlichen Rand von Trenton. Es ist eine mittelgroße Schule, bekannt für ihre ausgezeichneten akademischen Leistungen in den Wissenschaften, für ihre Blindheit gegenüber den ausschweifenden Aufnahmeritualen der Studentenverbindungen und für die Zulassung des bisher jüngsten TV-Quizshow-Champions, Wunderkind und Biologie-Ausnahmetalent Avi Attar wegen seiner guten Leistungen für das Studienprogramm. Lula röhrte über den Campus und parkte vor dem Zeta-Haus, einem großen zweigeschossigen Gebäude. Der weiße Anstrich blätterte vom Putz, auf dem fleckigen Rasen im Vorgarten stand eine zerschlissene Couch, und über der Haustür hing ein Schild, *Zeta*. Das Z war verblichen und nur noch »eta« übrig geblieben. In der Tür lehnte ein Klappstuhl, und der üble Geruch von abgestandenem Bier wehte nach draußen.

»Von Raumspray haben die Zetas wohl auch noch nichts gehört«, sagte Lula.

Zwei Jungs lümmelten auf einem Sofa im Aufenthaltsraum und sahen sich auf einem gigantischen Flatscreen eine Folge von SpongeBob an. Ich stellte mich vor und sagte, ich sei auf der Suche nach Ken Globovic.

»Kenne ich nicht«, sagte der eine.

»Er ist Mitglied in Ihrer Studentenverbindung«, sagte ich.

»Hm«, sagte er. »Na so was.« Er stieß den jungen Mann neben sich mit dem Ellbogen an. »He, Iggy. Kennst du diesen Ken Globovic?«

»Nö. Nie gehört den Namen«, sagte Iggy.

»Putzig«, sagte Lula. »Soll ich mich auf Sie draufsetzen, um Ihrem Gedächtnis auf die Sprünge zu helfen?«

»Ha«, sagte Iggy. »Kleiner Schoßtanz mit mir, Momma?«

»Nein«, sagte Lula. »Ich zerquetsche Sie wie eine Fliege. Aber erst darf Stephanie Ihnen noch die Fresse polieren.«

Ich gab mir ein irgendwie gefährliches Aussehen, aber ehrlich, ich bin überhaupt kein großer Fressepolierer. Das heißt, einmal hab ich Joyce Barnhardt eine Ohrfeige verpasst, und letzte Woche hab ich einem Mann vors Schienbein getreten, aber der war bewaffnet und hatte den Tritt verdient.

Iggy sah zu mir auf. »Was haben Sie denn da im Gesicht? Etwa einen Pickel?«

»Ich hatte in letzter Zeit eine Menge Stress am Hals«, sagte ich.

»Kann ich nachvollziehen«, sagte Iggy. »Wollen Sie ein Bier?«

»Nein danke«, sagte ich.

Vier Kommilitonen kamen angeschlurft.

»Die beiden Damen hier suchen einen Ken Globovic«, sagte Iggy. »Kennt den einer von euch?«

»Wen?«

»Ich nicht.«

»Nein.«

»Was dagegen, wenn ich mich mal ein bisschen umschaue?«, fragte ich.

»Schauen Sie sich um, so viel Sie wollen«, sagte Iggy. »Die Zetas haben nichts zu verbergen.«

»Yeah«, sagte einer aus der Viererbande. »Wir zeigen Ihnen, was so alles an uns dran ist. Wollen Sie mal sehen?«

Lula beugte sich vor. »Wollen Sie mal sehen, was an *mir* so dran ist?«

Sie überlegten kurz und schüttelten dann den Kopf. Nein, lieber doch nicht.

»Globovic hat das Zeta-Haus als seine Adresse angegeben«, sagte ich. »Wer möchte mir sein Zimmer zeigen?«

Sie traten verlegen auf der Stelle, zuckten mit den Achseln.

»Dann müssen wir wohl alle Zimmer abklappern«, sagte Lula. »Damit es auch offiziell ist, holen wir noch Stephanies Exfreund dazu. Der ist Polizist. Es könnte unangenehm für Sie werden, falls er Gras oder andere verbotene Substanzen findet.«

»Nicht nötig«, sagte Iggy und bequemte sich von der Couch. »Folgen Sie mir.«

Iggy ging voran, Lula und ich folgten, hinter uns die anderen fünf Mitbewohner des Hauses. Wir verließen den Aufenthaltsraum, stiegen eine breite geschwungene Treppe hinauf, dann ging es einen endlosen Flur entlang. Vor einer offenen Zimmertür stand ein Mann in Frauenkleidern stramm.

»Meine Herren«, sagte er, als wir ihn passierten.

»Ein Fuchs«, erklärte Iggy.

»Müssen alle Anwärter bei Ihnen Frauenkleider tragen?«, wollte Lula wissen.

»Das gehört zu unserem Programm zur Steigerung der Geschlechtersensibilität«, sagte Iggy.

»Okay, aber die Farbe steht ihm überhaupt nicht, und der Rock hat Falten. Ich könnte mich dadurch beleidigt fühlen«, sagte Lula.

»Ein Schlag mit dem Paddel, weil der Fuchs seinen Rock nicht gebügelt hat«, befahl Iggy.

Einer löste sich aus der Gruppe, und kurz darauf hörten wir ein lautes *Patsch! Patsch!*

»Au!«

»Das gibt hübsche Striemen«, sagte Lula. »Man soll seine Sachen ja auch bügeln.«

Ich sah sie mit einem schneidenden Blick an. »Wenn du nichts gesagt hättest, wäre ihm nichts passiert.«

»Na und? Ist mir nur aufgefallen. Mehr nicht. Soll ich ihm Lanolin empfehlen?«

»Nein!«

Iggy blieb vor einem Zimmer stehen und bedeutete uns hineinzugehen. »Keiner da«, sagte er.

Systematisch durchsuchte ich den Raum, schaute in Schubläden, unterm Bett und im Kleiderschrank nach. Einige von Globovic' Büchern und Klamotten lagen verstreut auf dem Boden, doch seine Toilettenartikel waren alle aus dem Badezimmer entfernt worden. Kein Handy, kein Computer, kein Tablet. Es war eindeutig, dass Globovic hier nicht mehr wohnte, aber eine Nachsendeadresse fand sich auch nicht.

»Sie wollen mir wohl nicht verraten, wo ich Globovic oder Gobbles, wie Sie ihn nennen, finden kann, oder?«

Niemand meldete sich.

3

Wir verließen das Zeta-Haus und begaben uns zurück zu Lulas Firebird.

»Das war reine Zeitverschwendung«, sagte Lula. »Die Jungs lügen doch wie gedruckt. Als ob sie nicht wüssten, wo Gobbles sich versteckt hält. Wahrscheinlich hockt er im Keller.«

Ich hatte den gleichen Gedanken, aber Schiss hinunterzusteigen. Womöglich befand sich dort ein Verlies, in dem sie die armen Cross-Dressing-Anwärter gefangen hielten. Oder noch schlimmer, er war spinnenverseucht.

»Irgendwas ist faul«, sagte ich. »Der Mann ist nicht vorbestraft. Ein guter Student. Ich hab nichts Auffälliges in seinem Zimmer gefunden. Bei seinen Kameraden von der Studentenverbindung ist er offenbar beliebt. Sie schützen ihn. Seine Familie hat ihm einen guten Anwalt besorgt, aber er hat es vorgezogen, unterzutauchen und nicht zu seinem Prozess zu erscheinen.«

»Das ist typisch für Amateure«, sagte Lula. »Jeder Mensch hat Angst, wenn er zum ersten Mal ins Gefängnis muss. Globovic ist ja bei der Festnahme schon ausgerastet und musste eine Nacht in Polizeigewahrsam verbringen. Auf ihn warten schließlich keine Freunde oder Verwandte im Knast so wie bei den meisten aus meinem Viertel. In meinem Viertel kann sich eine Zahnbehandlung nur leisten, wer sich für ein paar Monate ins Zuchthaus einweisen lässt. Knast bedeutet bei uns nicht gleich die große Katastrophe.«

Ich las mir noch mal Globovic' Akte durch. Seine Eltern lebten ungefähr eine Autostunde von hier, in East Brunswick. Irgendwann würde ich sie befragen, aber zuerst wollte ich seine Kontakte vor Ort überprüfen.

»Globovic wird vorgeworfen, den Studiendekan angegriffen zu haben«, sagte ich. »Fragen wir ihn doch gleich mal.«

Nach zehn Minuten Irrfahrt über den Kiltman Campus hatte Lula das Verwaltungsgebäude endlich gefunden.

»Die müssen die Häuser hier beim Bau zwischen alte Wildpfade gesetzt haben.« Lula bog auf einen Parkplatz und fand eine freie Bucht. »Kein einziges Straßenschild, und für das GPS ist das hier ein weißer Fleck.«

Der Campus bestand hauptsächlich aus wuchtigen roten Backsteinblöcken, zwei- bis dreigeschossig, außer dem gerade neu errichteten Naturwissenschaftlichen Institut, das war fünfstöckig. Das Verwaltungsgebäude zierte ein Portikus mit vier Säulen.

Der Studiendekan Martin Mintner hatte sein Büro im ersten Stock. In dem kleinen Wartebereich davor standen vier unbequeme Holzstühle und ein zerkratzter Sofatisch, ebenfalls aus Holz, darauf fristeten einige zerlesene Zeitschriften ein trauriges Dasein.

»Hier schicken sie die schwierigen Kinder hin«, sagte Lula.

Die Tür zum Büro des Dekans stand offen, ich steckte den Kopf hindurch und klopfte. »Jemand da?«

Hinterm Schreibtisch saß ein etwas beleibter Herr mit kurzen schwarzen Haaren und Stirnglatze, an den Schläfen erste graue Strähnen. Ich schätzte ihn auf Anfang fünfzig. Er trug ein hellblaues Button-Down-Hemd mit grau-rotgestreifter Seidenkrawatte. Der linke Unterarm war in Gips.

Er blickte von seinem Computer auf und sah mich an. »Ja bitte?«

»Sind Sie Dekan Mintner?«

»Kann ich Ihnen helfen?«

»Ich hoffe«, sagte ich. »Ich suche einen Ihrer Studenten, Ken Globovic.«

Spontan leuchteten rote Flecken auf Mintners Gesicht auf. »Und in welchem Zusammenhang steht diese Suche, wenn ich fragen darf?«

»Ich arbeite für die Kautionsagentur Vincent Plum«, sagte ich. »Mr Globovic hat seinen Prozesstermin verpasst, und wir müssen einen neuen Termin bei Gericht vereinbaren.«

»Kopfgeldjäger?«, fragte Mintner.

»Kautionsvollstreckung.«

Mintner nickte. »Ja natürlich. Er hätte erst gar nicht aus dem Gewahrsam entlassen werden dürfen. Er ist wahnsinnig. Ist in mein Haus eingedrungen und mit einem Baseballschläger auf mich losgegangen. Er hat mir den Arm gebrochen und mein Wohnzimmer verwüstet.«

»Hatte er noch andere Waffen außer dem Baseballschläger bei sich?«

»Soweit ich weiß, nicht«, sagte Mintner. »Näheres ent-nehmen Sie bitte dem Polizeibericht.«

»Warum hat er Sie angegriffen?«

»Ich weiß es nicht«, sagte Mintner. »Vielleicht weil er verrückt ist. Platzt zur Tür herein und stürzt sich auf mich. Ich bin gar nicht dazu gekommen, ihn zu fragen, warum er mich töten will.«

»War er vielleicht über irgendetwas schwer enttäuscht?«, fragte Lula.

»Er ist ein Zeta«, antwortete Mintner. »Die sind alle Un-ruhestifter. Ein Abschaum, diese Studentenverbindung. Seit Jahren versucht die Schule, das Haus zu schließen, aber die alten Herren der Zetas spenden regelmäßig an die Stiftung.«

»Wir waren gerade da«, sagte Lula. »Ist eigentlich ganz schön, wenn man von dem Jungen in Frauenkleidern ab-sieht, der mit einem Paddel geschlagen wurde.«

Mintner sah aus, als wollte er sich ein paar Gefühls-hemmer einpfeifen. »Die sind alle pervers«, sagte er. »Ein Haufen Geistesgestörter. Ich würde die Bude am liebs-ten niederbrennen, aber sie würden sie einfach wieder aufbauen. Globovic ist der Schlimmste von allen. Er ist der Rädelsführer. Das Mastermind hinter der ganzen Ver-derbtheit. Jede abgedrehte Toga-Party entspringt seinem kranken Hirn.«

»Würde man gar nicht drauf kommen«, sagte Lula. »Auf dem Foto sieht er wie der kleine Christopher Robin aus *Pu der Bär* aus.«

»Suchen Sie ihn. Ich will, dass er für den Rest seines Lebens hinter Gitter kommt«, sagte Mintner. »Jedenfalls so lange, bis er vor Altersschwäche den Weg zu meinem Haus nicht mehr findet.«

»Haben Sie eine Idee, wo ich mit der Suche anfangen soll?«, fragte ich ihn.

»Weit kann er nicht sein. Er verfügt über viele Kontakte hier. Freunde. Fehlgeleitete Menschen, die ihm helfen wollen. Im Zeta-Haus geht irgendetwas vor. Etwas Böses. Globovic ist daran beteiligt.«

»Whoa«, entfuhr es Lula. »Etwas Böses. Sie meinen, mit Dämonen und Teufeln und so?«

Mintner sah mich an. »Wer ist sie?«

»Lula«, sagte ich.

»Ich bin ihre Assistentin«, sagte Lula. »Wir sind wie der Lone Ranger und – wie hieß er andere doch gleich?«

Ich gab Mintner meine Visitenkarte und bat ihn, mich anzurufen, falls er etwas von Globovic hörte.

»Was denkst du?«, fragte Lula, als wir draußen waren.

»Der Mann hat was gegen das Zeta-Haus.«

»Glaubst du, dass dort etwas Böses vor sich geht?«

»*Böse* ist ein ziemlich starker Ausdruck. Oft sagen Leute *böse*, meinen aber eigentlich nur *schlimm*.«

»Das Böse ist mir unheimlich«, stellte Lula klar. »Es macht mir Gänsehaut. Ich hab mal einen Film über eine Frau gesehen, die war von einem bösen Geist besessen. Ihr Kopf drehte sich um sich selbst, und aus ihrem Mund krochen Kakerlaken. Erst ist sie ganz normal, und dann *Zack!* Im nächsten Moment spuckt sie Kakerlaken. Alles nur wegen dem bösen Geist. Und das Haus, in dem der böse Geist lauerte, sah genauso aus wie das Zeta-Haus.«

»Das hast du erfunden.«

»Ich schwöre. Bei Gott. Es ist genauso wie in dem Film. Ich würde mir gut überlegen, ob ich das Zeta-Haus noch mal betrete. Echt jetzt, ich bin nicht scharf drauf, Kakerlaken zu spucken.« Lula sah auf die Uhr. »Wo fahren wir als Nächstes hin? Ist es noch zu früh für Eiersalat?«

Wir standen vor dem Verwaltungsgebäude, blickten über eine weite Wiese, auf der sich, wie hingetupft, junge Leute tummelten; Collegestudenten, die auf dem Weg zu ihren Seminaren waren, Frisbee spielten oder einfach nur ein Nickerchen in der Sonne hielten. Das neue Gebäude für die Naturwissenschaften befand sich am anderen Ende des Campus.

»Globovic studiert im Hauptfach Biologie«, sagte ich zu Lula. »Versuchen wir es also im Biologischen Institut. Connie hat ein bisschen für mich recherchiert, Globovic' Studienbetreuer heißt Stanley Pooka.«

Mein Handy brummte, eine SMS von Ranger.

Brauche ein Date. Hole dich um sieben ab. Bitte das sexy rote Kleid. Und scharfe Waffe.

Auch das noch. Mein Leben war so schon kompliziert genug. Da konnte ich ein Date mit Ranger nicht brauchen. Eine Waffe besaß ich zwar, aber wo hatte ich bloß die Munition hingetan?

»Keine guten Nachrichten?«, fragte Lula.

»Ranger braucht ein Date, er holt mich später ab.«

»Warum bekomme ich nie so 'ne SMS? Das wäre genau das Richtige für mich. Der Mann ist ein supergeiles Teil.

Ich kriege Hitzewallungen, wenn ich nur an ihn denke.«
Lula fächelte sich Luft zu. »Mir ist schon ganz warm.
Oder hat der böse Geist aus dem Zeta-Haus Besitz von
mir ergriffen?«

»Es sind fünfundzwanzig Grad im Schatten, und wir
stehen in der Sonne. Vielleicht ist dir deswegen warm.«

»Ja, könnte sein. Aber wenn ich anfange, Kakerlaken zu
spucken, holst du einen Priester, ja?«

Wir gingen über die Wiese zum Biologischen Institut
und fuhren mit dem Aufzug zu Stanley Pookas Büro im
zweiten Stock. Die Tür stand offen, und im Raum ging
ein Mann umher, mittelgroß, schlank, und sein krauses
abstehendes Haar sah aus wie ein Strohballen, in dem
Eichhörnchen Versteck spielen konnten. Er fuchtelte mit
den Armen und führte Selbstgespräche. Sein Alter war
schwer zu schätzen, etwa Anfang fünfzig. Er trug eine
Schlafanzughose, ein graues T-Shirt und an einer Kette
um den Hals ein auffälliges Amulett.

»Ich glaube, da ist ein Spinner in Professor Pookas
Büro«, sagte Lula.

Ich stellte mich in die Tür. »Professor Pooka?«

Ruckartig fuhr der Mann herum. »Ja?«, sagte er. »Büro-
zeiten sind mittwochs und donnerstags. Heute ist Montag.
Gehen Sie.«

Ich stellte mich vor, gab ihm meine Visitenkarte und
sagte ihm, ich sei auf der Suche nach Ken Globovic.

»Der ist nicht da«, sagte Pooka. »Auf Ihrer Karte steht
Kautionsvollstreckung. Woher soll ich wissen, ob Sie
wirklich Kautionsagentin sind? Wo ist Ihre Waffe? Warum
tragen Sie keine schwarze Lederkleidung?«

»Kopfgeldjäger in schwarzen Lederklamotten? Das ist Fernsehen aus dem letzten Jahrhundert, Honey«, sagte Lula. »Heute tragen wir keine Lederkluft mehr, aber eine Waffe hab ich dabei. Sogar eine ziemlich große.« Lula kramte in ihrer Tasche. »Sie muss hier irgendwo sein.«

»Sie sind Kens Studienbetreuer«, sagte ich.

»Ich *war* sein Studienbetreuer. Ken ist verschwunden. Drei Kreuzzeichen! Er war sowieso ein Versager. An dieser Schule laufen nur Versager herum.«

»Er gehört den Zetas an«, sagte ich.

Pooka musterte mich scharf. »Und? Was wollen Sie damit andeuten?«

»Gar nichts«, sagte ich. »Ich suche nur nach Antworten.«

»Dann sind Sie hier falsch. Hier will niemand Antworten. Diese Schule ist Teufelswerk.«

»Das hab ich doch irgendwo schon mal gehört«, sagte Lula.

»Die akademische Freiheit ist dahin«, sagte Pooka.

»Dafür ist Spanking hier erlaubt«, sagte Lula, die noch immer in ihrer Tasche wühlte. »Ich finde mein Schießeisen nicht. Ich muss es in der anderen Tasche gelassen haben. Ich hab mir diese Tasche hier genommen, weil die andere nicht zu meinem lila Sweater passte. Ich lege großen Wert auf stimmige Accessoires.«

»Lila ist die Farbe der Feministinnen«, sagte Pooka. »Sind Sie Feministin?«

»Und was für eine«, sagte Lula. »Nur nicht, wenn Männerarbeit gefragt ist. Schlangen wegtragen oder so. Dann bin ich durchaus dafür, die Regeln zu brechen. Nur weil ich Lila trage, muss ich kein Dummerchen sein. Und wenn wir schon bei dem Thema Fashion sind: Darf ich Ihnen sagen, dass Ihnen die Halskette wirklich ausnehmend gut steht?«

»Das ist mein Power-Amulett«, sagte Pooka. »Ich lege es nie ab. Es ist der einzige wirksame Schutz gegen das Böse an dieser Schule. Es abzulegen würde den Geist des Amuletts beleidigen.«

»Ja, und wer will schon den Geist seines Amuletts beleidigen«, sagte Lula. »Wer weiß, was für schlimme Sachen der anrichten könnte. Zum Beispiel Ihren Schwanz zum Verfaulen bringen. In einer Folge von *South Park* hatte mal jemand Gluten getrunken, woraufhin ihm der Schwanz abfiel.«

»Entschuldigen Sie bitte«, sagte ich zu Pooka. »Zurück zu Ken Globovic. Hätten Sie einen Tipp, wo wir ihn finden könnten?«

»Versuchen Sie es mal bei seiner Freundin. Sie gehört zu den verrückten Aktivistinnen. Schreibt dämliche Artikel für die Studentenzeitung.«

»Wissen Sie, wie sie heißt?«

»Ihren Namen kenne ich nicht. Aber sie sieht aus wie die Malibu-Barbie.«

»Wussten Sie, dass Barbie keine Unterwäsche trägt?«, mischte sich Lula wieder ein. »Neulich habe ich meiner Nichte eine Barbiepuppe gekauft, und die hatte keine Unterwäsche an. Ich frage mich, was für eine Botschaft da vermittelt werden soll? Auf ihrem hübsch geformten Plastikhintern ist zwar etwas aufgemalt, das wie ein Slip aussieht, aber das ist nicht dasselbe wie richtige Unterwäsche. Verstehen Sie, was ich meine? Und einen Büstenhalter trug sie auch nicht. Gut, darüber kann man streiten, weil, bei diesen aufmüpfigen Plastiktitten braucht sie ja eigentlich keinen.«

»Noch jemand anders als die Freundin?«, fragte ich Pooka.

»Sprechen Sie mal mit Avi. Meistens vergräbt er sich in seinem Labor ein paar Türen weiter. Er kennt hier jeden. Die jüngeren Semester rennen ihm die Bude ein, wenn sie Hilfe bei ihren Projekten brauchen.«

»Das Wunderkind, richtig?«, fragte Lula. »Ich hab gehört, er soll echt süß sein.«

»Die Mädchen fliegen auf ihn«, sagte Pooka. »Sie stehen Schlange vor dem Labor. Ich glaube, es liegt an seinem Haar. Er hat gutes Haar.«

Lula und ich gingen den Flur entlang zum Labor.

»Siehst du hier irgendwo Mädchen rumstehen?«, sagte Lula. »Das Wunderkind hat heute seinen Ruhetag.«

Auf der Highschool hatte ich einen Kurs »Grundlagen der Biologie« belegt, später auf dem College zwei Semester Mikrobiologie studiert. Ich habe jede einzelne Sekunde des Unterrichts gehasst. Ich hasste den Geruch in den Labors. Ich hasste die ekligen Kulturen, die wir auf Petrischalen, in Reagenzgläsern oder Messbechern anlegen mussten. Und zweimal habe ich mir am Bunsenbrenner meinen Laborkittel angesengt.

Ein schlanker, freundlich wirkender Teenager saß auf einem Hocker und arbeitete an einem Laptop. Er trug Jeans, T-Shirt und Turnschuhe, und er war allein im Labor.

»Avi?«, fragte ich ihn.

»Ja?«

»Ich bin von der Kautionsagentur Vincent Plum. Ich suche Ken Globovic.«

»Der läuft hier nur unter Gobbles«, sagte Avi. »Ich hab ihn seit seiner Verhaftung nicht mehr gesehen.«

»Haben Sie eine Idee, wo er sich versteckt hält?«

»Vermutlich irgendwo hier auf dem Gelände. Er soll auf dem Campus herumgeistern. Meistens nachts.«

»Man hat mir gesagt, er habe eine Freundin.«

»Julie Ruley«, sagte Avi. »Sie ist ziemlich nett. Ich glaube, sie studiert Journalismus. Sie war ein paarmal mit Gobbles zusammen hier.«

»Was halten Sie von Gobbles?«, fragte Lula.

»Ich mag ihn ganz gerne. Und ich kann mir nicht vorstellen, dass er grundlos in das Haus des Dekans eingebrochen ist, wenn Sie das von mir wissen wollen.«

Ich gab ihm meine Karte und bat ihn, mich anzurufen oder eine SMS zu schicken, falls Gobbles wieder auftauchte.

Als wir aus dem Labor kamen, lungerten drei Mädchen im Flur herum.

»Ich kann verstehen, dass die Frauen auf ihn abfahren«, sagte Lula. »Er sieht nicht nur süß aus, er hat auch eine sehr zuvorkommende Art.«

»Er ist charismatisch.«

»Ja genau. Charismatisch. Und dieser Gobbles scheint auch charismatisch zu sein, nach allem, was man hört. Aber willst du wissen, wer bestimmt nicht charismatisch ist? Mintner. Die reinste Spaßbremse. Und Professor Pooka ist völlig bekloppt, wenn du mich fragst.«

»Ich würde gerne seine Freundin sprechen«, sagte ich.

»Und wie willst du die finden?«

»Das wird uns der Studiendekan sagen.«

»Oh Mann. Das kann ja heiter werden. Sollen wir uns nicht doch lieber erst Billy Bacon vornehmen? Uns mit Eiersalat stärken, bevor wir uns wieder Mr Miesepeter widmen?«

»Nein. Ich will das hier erst hinter mich bringen. Wir brauchen nur einen guten Anhaltspunkt, dann dürfte es nicht so schwer sein, ihn zu schnappen. Der Mann ist ein Amateur, und die Polizei hat bestimmt seinen Baseball-schläger konfisziert. Das wird ein Kinderspiel.«

Ich schaute in Mintners Büro vorbei und winkte ihm mit dem kleinen Finger. »Hi. Kennen Sie mich noch?«

Mintner saß unverändert an seinem Schreibtisch und sah mich mit zusammengekniffenen Augen an. »Ach. Sie schon wieder.«

»Könnten Sie mir helfen, Mr Globovic' Freundin Julie Ruley ausfindig zu machen?«

»Leider kenne ich die junge Frau«, sagte Mintner. »Sie hat den Ehrgeiz, aus der Collegezeitung einen zweiten *Enquirer* zu machen. Bei ihr wird alles zu einem Kreuzzug. Alles ist wahnsinnig sensationell. Außerdem hat sie Tattoos.«

»Ein Verbrechen an der Natur«, sagte Lula. »Damit fängt es an.«

»Genau«, sagte Mintner, sah dann Lula aber misstrau-isch an. »Meinen Sie das sarkastisch? Haben Sie Tattoos?«

»Tattoos kämen auf meiner schokoladenbraunen Haut nicht so gut zur Geltung. Und natürlich meine ich das sarkastisch, und wie.«

Mintner murmelte etwas, das sich verdächtig nach *blöde Kuh* anhörte, gab dann den Namen Julie Ruley in seinen Computer ein und druckte mir kurz darauf ihren Stundenplan und ihre Wohnheimadresse aus.

»Nach dem letzten Seminar finden Sie sie sehr wahrscheinlich in der Zeitungsredaktion«, sagte Mintner. »Ich helfe Ihnen, weil Globovic eine Bedrohung darstellt. Man muss ihn aus dem Verkehr ziehen.«

»Da sind Sie bei uns richtig. Wir erledigen das für Sie«, sagte Lula. »Darauf können Sie Ihren Hintern verwetten.«

Ich bedankte mich für den Computerausdruck und fischte mir auf dem Weg nach draußen noch einen Campus-Plan aus einem Ständer. Das Büro der Zeitungsredaktion war nicht verzeichnet, aber wahrscheinlich befand es sich im Institut für Journalismus oder im Studentenzentrum. Laut Stundenplan besuchte Julie Ruley gerade ein Seminar über die Literatur des zwanzigsten Jahrhunderts im Steinart Building, wo sicher tiefschürfende Diskussionen über Parallelen zwischen James Joyce' *Ulysses* und *Harry Potter* geführt wurden.

»Sie hat jetzt noch Seminar«, sagte ich zu Lula. »Nachmittags hat sie frei. Da wir nicht wissen, wie sie aussieht, außer wie eine Malibu-Barbie mit Tattoos, schlage ich vor, dass wir die Zeitungsredaktion nach dem Mittagessen aufsuchen.«

4

Die K Street liegt in einem etwas zweifelhaften Viertel der Stadt. Es ist nicht ganz so wüst wie der obere Abschnitt der Stark Street mit seinen maroden Blocks, aber in Acht nehmen vor erbgutgeschädigten Monsterratten und zugedröhnten alten Männern sollte man sich schon. Unter die Ratten und Kiffer mischen sich illegale Immigranten, Menschenhändler und jugendliche Ausreißer. Billy Bacon bewegte sich irgendwo zwischen den anständigen Bürgern und den mutierten Monsterratten. Wie er es mit seinen eins neunzig Körpergröße und satten hundertzwanzig Kilo Lebendgewicht trotz Schinkenschmierfett durch den Kaminschlot geschafft haben soll, war ein Rätsel. Dass er mit Taschen voller Geld und Schmuck und fetttriefenden Kleidern einen halben Block weit gekommen war, erhob ihn unter den Bewohnern der K Street in den Stand eines Volkshelden. Billy Bacon war dreiundvierzig Jahre alt, alleinstehend, und laut Kautionsvereinbarung lebte er bei seiner Mutter Eula.

»Schinkenfett, das war sein Fehler«, sagte Lula. »Abgesehen davon, dass es eine Verschwendung von wirklich gutem Fett ist, wenn es andere Sorten gibt, die nicht so gut schmecken. Hätte er sich zum Beispiel mit Motoröl eingerieben, wären die Hunde nicht auf seine Spur gekommen. Andererseits lag es nahe, dieses Fett zu verwenden, weil er am Grill von Mikes Burger Place in der K Street Ecke Main arbeitet. Bei den Mengen von Bacon Burgern sammelt sich literweise Fett an.«

Lula gondelte die K Street entlang und hielt mit laufendem Motor gegenüber von dem dreigeschossigen graffitiübersäten Haus, in dem Billy und seine Mutter wohnten. Wir waren schon einmal hier gewesen, leider ohne Erfolg. »Dumm nur, dass Billy Bacon hier so beliebt ist«, sagte Lula. »Er brät erstklassige Burger, und er kümmert sich um seine Mama. Ich kenne seine Mutter, als sie noch Edelnutte war. Blowjobs waren ihre Spezialität, aber dann bekam sie einen Lippenpilz, im Gesicht und zwischen den Beinen, und das Geschäft brach ein. Sie ließ sich zu Handjobs herab, was bei ihr zu einer Arthritis führte. Mittlerweile kann sie mit der Hand nur noch eine Schnapsflasche heben, wie ich gehört hab. Billy sagt, er habe sich auf Diebstahl verlegt, um die Medikamente für seine Mutter bezahlen zu können. Ziemlich aufopferungsvoll, würde ich sagen.«

»Von wegen aufopferungsvoll. Es war dumm von ihm. Jetzt wandert er in den Knast, und seine Mutter steht allein da. Außerdem hab ich so meine Zweifel, dass er wirklich nur wegen der Medikamente geklaut hat. Bei der letzten Razzia haben wir eine gekaperte Ladung von zwanzig Kisten Jack Daniel's sichergestellt. Angeblich brauchte er den Whiskey, um die Bisswunde von einem tollwütigen Hund auszubrennen.«

»Zwanzig Kisten?! Ist das nicht ein bisschen übertrieben?«, sagte Lula.

Die Haustür des Backsteingebäudes gegenüber öffnete sich, und Billy Bacon spazierte heraus.

»Ich werd nicht mehr!«, sagte Lula. »Das ist ja Billy Bacon. Als hätte er nur auf uns gewartet.«

Er entdeckte uns und machte sich aus dem Staub.

»Für so einen Fleischberg ist er ganz schön flott auf den Beinen«, sagte Lula. »Aber mein Firebird ist schneller.«

Sie drückte aufs Gaspedal, und in dem Moment, als das Auto einen Satz nach vorn machte, versuchte Billy Bacon, die Straße zu überqueren. *Krach!* Der Fleischberg flog fünf Meter durch die Luft.

»Huch!«, entfuhr es Lula.

Wir stiegen aus und sahen auf Billy Bacon herab.

»Alles in Ordnung?«, fragte Lula.

»Weiß nicht«, sagte Billy. »Ich bin benommen. Sie haben mich mit Ihrem Auto überfahren.«

»Sie sind schon benommen auf die Welt gekommen«, sagte Lula. »Und wehe, mein Firebird hat einen Kratzer abgekriegt. Ich hab ihn gerade überholen lassen.«

Billy Bacon kam taumelnd auf die Beine. »Und wenn ich mir nun das Knie aufgeschürft habe oder so. Haben Sie eine Versicherung?«

»Nein, aber Handschellen«, konterte Lula.

Ich wollte ihn fesseln, aber er stieß mich von sich. »Ich will nicht ins Gefängnis. Ich hab noch was vor.«

»Was denn?«, fragte Lula.

»Mittagessen.«

»Ist auch unser nächstes Ziel, aber erst, wenn wir Sie schön verschnürt hinten im Wagen verstaut haben«, sagte Lula. »Uns steht der Sinn nach Eiersalat.«

»Spendieren Sie mir ein Sandwich, und ich komme freiwillig mit«, sagte Bacon. »Käse und Schinken. Dazu eine
Tüte Chips. Nicht die kleinste.«

Ich legte ihm Handschellen an und bugsierte ihn auf
die Rückbank. Lula fuhr uns zwei Straßen weiter zu ihrem
Deli Shop.

»Ich will einen Eiersalat auf lappigem Weißbrot«, sagte
Lula. »Und dass sie den Eiersalat auch ja dick auftragen.
Dann will ich noch einen Becher Kartoffelsalat und einen
Becher Makkaronisalat. Und eine große Diet Coke.«

Ich ließ Lula mit Billy im Auto allein, ging in den Deli
und gab meine Bestellung auf. Fünf Minuten später kam
ich aus dem Laden, und Lula war weg. Ich sah links und
rechts die Straße entlang. Nichts. Keine Lula. Ich rief ihre
Handynummer an. Wieder nichts.

Mist.

Ich wartete fünf Minuten und rief erneut Lulas Handy an. Keine Antwort. Dann rief ich Ranger an, Lula sei
mit meinem NVGler verschwunden, ob er mich abholen
könne.

»Babe«, sagte Ranger und legte auf.

Zehn Minuten später surrte Rangers schwarzer Porsche
911 Turbo heran und hielt vor dem Deli Shop. Weil sich
Ranger nicht jeden Morgen mit der Kleiderfrage aufhalten will, trägt er der Einfachheit halber immer Schwarz.
Heute die übliche Rangeman-Uniform, schwarzes Hemd
mit Rangeman-Logo und schwarze Cargopants. Rangers
Haut ist makellos, sein Haar weich und kurz, sein Körper
muskulös, seine Augen sind dunkelbraun, und sein Blick
ist undurchdringlich. Seine Vergangenheit liegt mehr oder

weniger im Dunkeln, und was die Zukunft betrifft, gehören Ehe und Familie ganz sicher nicht dazu. Es ist die Gegenwart, die mir Angst macht, weil ich feucht werde, wenn ich nur neben ihm sitze, und das ist gar nicht gut. Aus Feuchtigkeit kann nämlich blitzschnell eine Sturzflut werden. Ich weiß es aus Erfahrung. Ist mir schon passiert. Der Wahnsinn. Am Tag danach die reine Katastrophe. Leider.

Ich kann mich nur schwer von Ranger lösen, wenn es mal wieder romantisch mit ihm war. Er hat dieses Problem nicht, glaube ich. Für ihn falle ich wahrscheinlich in die Kategorie Schoßhündchen. Er hat mich lieb. Er ist fürsorglich. Er hat seinen Spaß mit mir. Darüber hinaus – keine Ahnung.

Ich glitt auf den Beifahrersitz, stellte die Tüte mit den Leckereien auf den Boden und schnallte mich an.

»Ich mache mir Sorgen um Lula. Sie geht nichts ans Handy. Wir hatten Billy Bacon in Handschellen auf den Rücksitz verfrachtet, und ich bin in den Deli Shop, um was zu essen zu kaufen. Als ich zurückkam, war sie weg.«

Ranger schaute auf die Tüte. »Wir dürfen wohl getrost davon ausgehen, dass sie nicht freiwillig gegangen ist. Ein Mittagessen würde Lula sich niemals entgehen lassen.«

»Du könntest deine Männer bitten, sich mal umzuhorchen.«

Ranger bietet zahlungswilligen Privatpersonen und Geschäftskunden hochwertige, maßgeschneiderte Security-Pakete an. Die Rangeman-Flotte ist immer in Bewegung, in der ganzen Stadt, besucht Klienten, reagiert auf Notrufe und steht in ständiger Verbindung mit der Kommandozentrale im Rangeman-Gebäude.

Ranger gab den Auftrag, nach Lula zu suchen, an die Zentrale weiter, dann fuhren wir zu Billy Bacons Wohnung und parkten gegenüber, beobachteten das Geschehen auf der Straße. Nichts. Kein Billy. Keine Lula.

»Bleib hier«, sagte Ranger. »Ich schau mich mal im Haus um.«

Zehn Minuten später saß er wieder neben mir.

»Und?«

»Sie sind nicht da. Ich hab den Hausmeister gesprochen und vier Wohnungen durchsucht und mich mit Billys Mutter unterhalten. Die Einzelheiten erspare ich dir lieber.«

»Konnte sie dir weiterhelfen?«

»Seine Mutter schläft ihren Rausch aus.«

Ich nahm das Truthahn-Clubsandwich aus dem Deli Shop und gab eine Hälfte Ranger ab.

»Billy ist eigentlich kein gewalttätiger Typ«, sagte Ranger. »Vielleicht hält er ein Schäferstündchen mit Lula.«

Ich hielt es für wenig wahrscheinlich, dass Lula Sex gegen Eiersalat eintauschen würde, aber möglich war es schon. Ich rief sie noch mal auf ihrem Handy an, ohne Erfolg.

Ranger aß sein Sandwich auf und reihte sich wieder in den Verkehr ein. »Versuchen wir es mal bei Mike's.«

»Übrigens, wegen heute Abend«, sagte ich. »Was ist das für ein Date?«

»Personenschutz für einen meiner Premiumkunden. Er und seine Frau erhalten seit einiger Zeit Morddrohungen. Ich observiere ihr Haus, aber heute Abend wollen sie ausgehen, und ich brauche jemanden, der seine Frau beschützt.«

»Wo gehen sie denn hin?«

»Zu einer Totenfeier in einem Beerdigungsinstitut in der Hamilton Avenue.«

»Und dafür soll ich mein rotes Kleid anziehen?«

»Das rote Kleid ist für mich«, sagte Ranger. »Es gefällt mir.«

Mike's Burger Place ist ein Diner mit ein paar verkratzten Holztischen und klapprigen Stühlen. Es roch nach Bacon Burger, und ich spürte, wie sich der Fettdunst in der Luft auf meine Haut legte und meine Haare durchtränkte. Gäste gab es keine. Hier ging man nicht zur Mittagspause hin. Erst gegen fünf würde es rappelvoll sein, wenn viele Kunden Essen zum Mitnehmen bestellten. Hinter der Theke stand ein schlaksiger Kerl. Sein weißes T-Shirt war mit verdächtigen Flecken übersät, und in der Hand hielt er einen Bratenheber.

»Was darf es sein?«, fragte er.

»Eine Information«, sagte Ranger. »Ich suche Billy.«

»Ach ja?«, erwiderte er. »Da sind wir schon zu zweit. Ich hab seine Schicht übernommen, weil er abgehauen ist.«

»Wissen Sie, wo er ist?«, fragte Ranger.

»Nein. Ist mir auch egal. Ich weiß nur, dass er nicht *hier* ist.«

Wieder draußen, tastete ich mit dem Finger nach dem Pickel. Er fühlte sich dicker an als vorher, als hätte er sich von dem Fett ernährt.

»Babe.«

Babe kann bei Ranger vieles bedeuten. Als Kommentar zu einem Pickel hörte ich es zum ersten Mal.

»Ich hab gerade viel Stress«, seufzte ich.

Rangers Mund verzog sich zu einem angedeuteten Lächeln.

»Nein, nein. Ich brauche keine Hilfe, um meinen Stress abzubauen«, sagte ich.

Er hielt mir die Beifahrertür auf. »Ich fahre auf dem Weg zum Kautionsbüro mal bei Lula vorbei. Und ich weise meine Männer an, die K Street im Auge zu behalten.«

»Danke.«

»Hast du im Büro nachgefragt, ob sie da ist?«

»Ich hab Connie angerufen, als du drüben in Billy Bacons Wohnung warst. Connie hat auch nichts von ihr gehört.«

»So furchtbar lange ist sie noch nicht weg.«

»Ich weiß. Aber sie ist ohne ihren Eiersalat gefahren. Mich würde sie sitzen lassen, aber niemals ihr Mittagessen.«

»Vielleicht ist ihr was Besseres über den Weg gelaufen.«

5

Connie telefonierte gerade, als ich im Büro einlief. Sie legte auf und sah mich an. »Was von Lula gehört?«

»Nein.« Ich stellte die Tüte aus dem Deli Shop auf Connies Schreibtisch. »Als hätte sie sich in Luft aufgelöst. Ohne ihr Mittagessen mitzunehmen.«

Vinnie steckte den Kopf durch die Tür. »Hier riecht es nach Eiersalat.«

»Lulas Mittagessen«, sagte ich.

»Und wo ist Lula?«, fragte er.

Connie und ich zuckten mit den Schultern.

»Weiß nicht«, sagte ich.

Vinnie ist die Karikatur eines Kautionsmaklers. Zurückgekämmte gegelte Haare, wieselartige Figur, spitze Schuhe, enge Jeans und Satinhemden. In der untersten Schreibtischschublade, neben seiner Pistole, bewahrt er sein Trostwasser auf, eine Flasche Wodka.

»Wo hast du den Salat her?«, wollte er wissen.

»Aus dem Deli Shop in der K Street.«

Vinnie wagte sich weit genug vor aus seinem Bau, um einen Blick in die Tüte werfen zu können.

»Ist das andere Kartoffelsalat?«, fragte er.

»Ja. Und Makkaronisalat.«

»Will jemand was davon haben?«

»Ich nicht«, sagte Connie.

»Nein«, sagte ich. »Ich auch nicht.«

»Dann gehört es mir.« Er schnappte sich die Tüte, verschwand in seinem Büro und schloss die Tür hinter sich ab.

»Erfolg bei der Suche nach Globovic?«, fragte Connie.

»Ich fahre heute Nachmittag noch mal hin und rede mit seiner Freundin.«

»Wo ist der Nachtisch?«, rief Vinnie aus seinem Büro. »Der Nachtisch fehlt.«

»Was hält dich davon ab, ihn abzuknallen?«, fragte ich Connie.

»Ich plündere sein Konto. Das verschafft mir Genugtuung.«

Bei anderen hätte ich so eine Bemerkung als Witz abgetan, bei Connie nicht. Connie meinte es vermutlich ernst. Aber ich war mir sicher, dass sie sich nur das holte, was ihr zustand.

»Ich fahre zum Kiltman College«, sagte ich. »Gib Bescheid, wenn du was von Lula hörst.«

Nach drei vergeblichen Versuchen sprang mein Auto endlich an, und ich tuckerte munter die Straße entlang. Auf dem Weg durch die Stadt hielt ich Ausschau nach dem roten Firebird. Ich versuchte, mich mit dem Gedanken zu beruhigen, dass Lula wahrscheinlich die Shoppingwut überkommen hatte und jetzt im Schlussverkaufsgewühl in irgendeinem Schuhgeschäft feststeckte oder sich an der Flatrate-Würstchen-Bar vollstopfte. Trotzdem hatte ich ein dumpfes Gefühl im Magen.

Ich stellte mich auf einen Parkplatz neben dem Studentenzentrum und ging zum Haupteingang. In dem großen Bau waren ein kleines Theater, ein Food-Court, eine Galerie für junge Kunst und einige Büros untergebracht. Die Redaktion der Studentenzeitung befand sich im ersten Stock. Der Raum quoll förmlich über von Papierstapeln, Büromaschinen, funktionalen Schreibtischen und diversen Stühlen. Jeder Quadratzentimeter war ausgenutzt. An einem der Schreibtische saßen zwei Frauen und starrten auf einen Bildschirm.

»Julie Ruley?«, fragte ich.

»Das bin ich«, sagte eine der beiden.

Julie Ruley war etwas über eins sechzig groß, hatte langes glattes, in der Mitte gescheiteltes blondes Haar, das sie hinter die Ohren strich. Kein Make-up. Schlabber-T-Shirt, Jeans, ausgelatschte Sneakers, kurz geschnittene, schwarz lackierte Fingernägel. Schwer einzuschätzen, ob unter dem T-Shirt die Malibu-Barbie steckte, und Tattoos sah ich auch keine an ihr.

»Könnte ich Sie mal unter vier Augen sprechen?«, fragte ich sie.

»Klar«, sagte sie und stand von ihrem Stuhl auf. »Wir können uns im Flur unterhalten.«

Ich fand einen Platz, wo wir ungestört reden konnten, und stellte mich ihr vor.

»Alles erstunken und erlogen«, sagte Julie. »Mintner will die Zetas unbedingt loswerden, und dazu bedient er sich Gobbles'. Er hatte ihn zu sich nach Hause bestellt, und als Gobbles dann kam, hat Mintner durchgedreht. Gobbles sagt, Mintner habe ihn angebrüllt, wegen der schlimmen

Vorkommnisse im Haus der Zetas. Völlig übergeschnappt, der Mann.«

»Und der Baseballschläger?«

»Gobbles war auf dem Heimweg vom Sport mit einigen Freunden. Deswegen hatte er natürlich Schläger und Handschuh dabei.«

»Im Polizeibericht steht etwas anderes. Mintner sagt, sein Wohnzimmer sei zertrümmert worden, und Gobbles habe ihm den Arm gebrochen.«

»Mintner hat sich regelrecht in Rage geredet. Er ist über eine Liege gestolpert und hat sich den Arm wahrscheinlich bei dem Sturz gebrochen. Danach ist Gobbles gegangen. Ich glaube ihm«, sagte Julie. »Er hat mich noch nie angelogen. Und Mintner kann ich nicht leiden. Keiner hier kann ihn leiden.«

»Warum versteckt sich Gobbles? Warum ist er nicht zu seinem Gerichtstermin erschienen?«

»Er meint, es hätten sich alle gegen ihn verschworen. Wahrscheinlich hat er recht. Man wird dem Studiendekan mehr Glauben schenken als ihm.«

»Trotzdem, er sollte sich bei Gericht melden. Unsere Agentur würde auch wieder die Kaution stellen. Im Moment gilt er als Straftäter, und das kommt nie gut an.«

»Ich richte es ihm aus, wenn ich von ihm höre.«

Ich gab ihr meine Visitenkarte und kehrte zurück zu meinem Auto. Unterm Scheibenwischer klemmte ein Zettel.

Lasst Gobbles in Ruhe, sonst bekommt ihr es mit uns zu tun.

PS: Zetas sind die Besten

Ich schaute mich um, aber es war niemand zu sehen von der Studentenverbindung. Niemand schien mich zu beobachten. Na gut, dachte ich, was soll's. Ich bin schon von psychopathischen Serienmördern, krankhaften Vergewaltigern und nicht zuletzt von Morellis durchgeknallter sizilianischer Großmutter bedroht worden. So ein Zettelchen konnte mir keine Angst mehr machen.

Ich setzte mich ans Steuer und simste Connie um ein paar Infos über Julie Ruley an. Vielleicht hatte Julie ja eine eigene Wohnung irgendwo in der Stadt und gewährte Gobbles Unterschlupf.

Von Ranger und Connie hatte ich noch nichts Neues über Lula gehört, also rief ich Morelli an.

»Ich mache mir Sorgen um Lula«, sagte ich. »Ich war Essen kaufen im Deli Shop, und als ich wieder rauskomme, ist sie weg.«

»Und?«

»Sie ist ohne den Eiersalat abgehauen, den sie bestellt hatte.«

»Verstehe. Das kann einem schon Sorgen machen.«

»Ich meine es ernst. Es saß noch ein NVGler, den wir gerade geschnappt hatten, auf dem Rücksitz von Lulas Firebird. Sie geht nicht ans Telefon, und im Büro ist sie auch nicht. Rangers Männer suchen sie für mich, aber sie haben noch nichts Konkretes. Ich wollte dich bitten, die Augen offen zu halten.«

Langes Schweigen.

»Du hast also zuerst Ranger angerufen«, sagte Morelli.

»Ich brauchte jemanden, der mich abholt.«

»Dein Vater fährt Taxi.«

»Hab dich nicht so! Ich melde eine vermisste Person, okay?«

»Vor nicht mal vierundzwanzig Stunden hab ich dich gebeten, unsere Beziehung etwas ruhiger anzugehen, und schon bändelst du mit Ranger an.«

»Wie du weißt, arbeite ich mit Ranger zusammen. Es ist eine rein berufliche Beziehung.«

»Ich liebe dich, aber ich kriege Sodbrennen von dir.«

»Und ich kriege Pickel von dir!«

»Echt?«

»Ja.«

Schallendes Gelächter am anderen Ende. »Ich gebe die Vermisstenmeldung weiter. Aber sag Bescheid, wenn Lula doch noch aufkreuzt.«

Vor lauter Verzweiflung stieß ich mit der Stirn ein paarmal gegen das Lenkrad. Mein Leben war ein einziges Chaos. Ein Auto fuhr vorbei, jemand auf dem Rücksitz warf ein Ei nach mir und rief: »Zeta!« Das Ei klatschte ans Fenster, und die gelbweiße Masse lief zäh an der Scheibe herab und durch den Spalt ins Auto. Ich sah auf die Uhr, ob es noch zu früh war, mit dem Trinken anzufangen. Ein Bier oder ein Glas Wein. Nur ein Glas. Höchstens zwei. Ich bin kein standfester Trinker. Erst werde ich rührselig, dann müde, dann schlafe ich ein. Da ich noch eine Abendschicht mit Ranger vor mir hatte, sollte ich das Glas lieber verschieben. Die bessere Alternative wären Donuts. Ein Dutzend Donuts, und der Tag wäre gerettet.

Ich schlug im nächsten Dunkin Donuts mit Autoschalter auf und fraß mich auf dem Parkplatz durch die halbe Schachtel. Als ich nach Hause kam, waren nur noch sechs

Stück übrig, und ich konnte keine Donuts mehr sehen. Nie wieder, schwor ich mir. Ein Boston Cream vielleicht, aber mehr auch nicht.

Ich wohne in einem unspektakulären Mehrfamilienhaus am Rand von Trenton City. Zehn Minuten zum Kautionsbüro, zehn Minuten zu meinen Eltern, fünfzig Jahre Renovierungsstau. Es ist ein solider dreigeschossiger Bau mit billigen Aluminiumfenstern und einem unzuverlässigen Aufzug. Meine Wohnung im ersten Stock geht auf den Parkplatz hinterm Haus. Kein traumhafter Ausblick, aber wenn sie mal wieder das Stück *Der Müllcontainer brennt* geben, sitze ich in der ersten Reihe.

Mir war übel von den vielen Donuts, deswegen verschmähte ich den Aufzug und nahm die Treppe, ein bisschen Sport würde mir guttun. Ich schloss meine Wohnung auf, warf ein Bröckchen von dem Maple Glazed Donut in Rex' Käfig und stellte die Schachtel auf die Küchenablage. Rex schoss auf den Krümel zu, stopfte ihn sich hinter die Backen und huschte zurück in sein Suppendosennest.

Betritt man meine Wohnung, gelangt man in einen Miniflur, den ich gern als meinen Empfangsbereich betrachte, was wohl eine etwas zu pompöse Bezeichnung für den Raum ist. Außerdem gibt es noch eine kleine Küche, ein kombiniertes Wohn-Esszimmer, ein Schlafzimmer und ein Retro-Bad. Mit Retro meine ich, dass es ein sehr altes und sehr hässliches Bad ist.

Mein Wohnzimmer dient gleichzeitig als Büro. Tisch und Stühle habe ich von einem entfernten Verwandten geerbt, außer mir wollte sie keiner in der Familie übernehmen. Von allein gekauft hätte ich sie mir bestimmt nicht, aber für umsonst waren sie ganz okay. Rechteckiger Tisch, sechs Stühle, dunkelbraunes Holz.

Ich bin keine großartige Köchin, meistens esse ich im Stehen, über die Küchenspüle gebeugt; den Tisch als Schreibtisch zu gebrauchen war also kein Frevel. Ich setzte mich, klappte meinen Laptop auf und lud Connies neue Datei herunter.

Julie Ruley studierte im siebten Semester am Kiltman College. Eltern geschieden, zwei Jahre jüngerer Bruder, Student an der Penn State University. Mutter und Stiefvater lebten in South River. Julies aktuelle Adresse lautete 2121 Banyan Street, außerhalb des Campus, wie Connie am Rand bemerkt hatte.

Laut Google Maps war die Banyan Street in Fußnähe des College. Die Luftaufnahme der Hausnummer 2121 zeigte ein recht weitläufiges Gebäude in einem reinen Wohngebiet. Wahrscheinlich war das Haus in viele Studentenwohnungen unterteilt.

Morelli rief mich auf dem Handy an.

»Lula ist wieder aufgetaucht«, sagte er.

»Geht es ihr gut?«

»Ihr ja, aber die Leute in ihrer Begleitung sind ganz schön zugerichtet. Nach ihrer Darstellung stand sie mit dem Auto vor dem Deli Shop, als zwei Typen sie mit Waffengewalt zwangen loszufahren. Die beiden hatten gerade ein koreanisches Lebensmittelgeschäft zwei Häuser weiter überfallen. Lulas Firebird erschien ihnen da wie ein Geschenk des Himmels, verglichen mit dem gestohlenen Kia, mit dem sie unterwegs waren.«

»Wo sind sie mit ihr hingefahren?«

»Zu einer illegalen Autowerkstatt zum Ausschlachten nach Camden.«

»Oh!«

»Genau. Ein schwerer Fehler. Ursprünglich wollten die beiden Irren einfach nur weg. Sich ein Busticket nach Texas beschaffen, wo sie Geld zusammenklauen wollten, um sich davon eine Autowaschanlage zu kaufen. Das war der Plan. Lula sollte sie zum Busbahnhof nach Camden bringen, aber dann kamen sie auf den Gedanken, dass der Firebird doppelt so viel wert war wie das erbeutete Geld aus dem Lebensmittelgeschäft.«

»Lula ist verliebt in ihren Firebird.«

»Das ist noch untertrieben. In Camden angekommen, wollten die Männer sie aus dem Auto schmeißen, aber sie hat die beiden kurzerhand entwaffnet und halb tot geprügelt. Mir schleierhaft, wie sie das geschafft hat. Die beiden waren jedenfalls froh, als die Polizei kam.«

»Wieso Camden?«

»Sie wollten nicht von Trenton aus losfahren. Man wäre ihnen zu schnell auf die Schliche gekommen.«

»Klug.«

»Allerdings«, sagte Morelli.

»Wo steckt sie jetzt?«, fragte ich.

»Keine Ahnung. Die Polizei von Camden hat sie vor einer Stunde entlassen.«

»Und was ist mit dem NVGler? Billy Bacon?«

»Abgehauen, während Lula die beiden Kerle verdroschen hat.« Kurzes Schweigen. »Was macht dein Pickel?«, fragte er schließlich.

»Hält die Stellung. Und dein Sodbrennen?«

»Schlimm.«

Es war fast fünf Uhr, als ich Lula die Tür öffnete. Sie stand ohne den lila Angora-Sweater vor mir, das Tanktop, heute Morgen noch giftgrün, war verschmiert, und ihre Frisur glich einem gerupften Bienenkorb.

»Du kannst dir nicht vorstellen, was ich durchgemacht habe«, sagte sie. »Wo ist mein Eiersalat?«

»Den hat Vinnie gegessen.«

»Ich höre wohl nicht recht?«

»Ich hab mir Sorgen gemacht, weil du plötzlich verschwunden warst. Warum hast du nicht angerufen?«

»Ich wurde entführt, und einer der beiden Idioten hat mir mein Handy abgenommen. Wieso hat Vinnie meinen Eiersalat gegessen?«

»Ich bin mit dem Zeug aus dem Deli Shop zurück ins Büro gefahren. Vinnie hat den Eiersalat gerochen und ihn sich gleich einverleibt.«

»Der hat vielleicht Nerven. Ich hatte mich so auf meinen Eiersalat gefreut.«

»Wir kaufen morgen neuen.«

Lulas Blick flog hinüber zu dem Pappkarton auf der Küchenablage. »Sind das etwa Donuts?«

Es war zwecklos, also gab ich nach. »Bedien dich.«

Lula nahm sich einen Jelly Donut. »Ich bin am Verhungern. Zuerst wurde ich entführt, und die beiden Schweinehunde verlangten von mir, dass ich sie nach Camden fahre.« Sie schüttelte den Kopf. »Camden. Ausgerechnet. Als hätte ich nichts Besseres zu tun. Als wir dann in Camden einlaufen, sollte ich aussteigen, weil die meinen Firebird in einer illegalen Autowerkstatt ausschlachten wollten. Kann ich ja verstehen: Man braucht Kohle, wenn man sein eigenes Business aufziehen will. Das soll nicht heißen, dass ich das richtig finde oder so. Aber man rückt nicht mit einem Schweißbrenner gegen einen roten Firebird an. Das gehört sich einfach nicht. Außerdem hatte ich ihn ja gerade erst überholen lassen.«

»Morelli sagt, du hättest die beiden zusammengefaltet.«

»Vielleicht hab ich im Eifer des Gefechts ein bisschen über die Stränge geschlagen. Da brach mein natürlicher Mutterinstinkt für meinen kleinen roten Feuervogel mit mir durch.«

Lula aß ihren Jelly Donut auf und nahm sich einen mit Schokoguss.

»Und Billy Bacon ist getürmt«, sagte ich.

»Ja. Er hat die Situation ausgenutzt und ist wie der Blitz davongerannt, mit Handschellen und allem drum und dran. Nachdem die Polizei mich verhört hatte, bin ich rumgefahren, nach ihm suchen, hab ihn aber nicht gefunden. Und du? Was hast du den restlichen Tag noch gemacht? Hast du Globovic aufgespürt?«

»Ich hab seine Freundin gesprochen. Die weiß bestimmt, wo er sich aufhält. Vielleicht drehe ich heute Abend mit Ranger noch mal die Runde und schaue mich um.«

»Gute Idee. Darf ich die übrigen Donuts mit nach Hause nehmen?«

»Nimm nur.«

6

Ich entschied mich für eine dünne schwarze Hose, ein schickes weißes T-Shirt mit Rundhalsausschnitt, einen taillierten roten Blazer und schwarze Ballerinas. Das Outfit sah nicht nur gut aus, sondern bot auch den unschlagbaren Vorteil, dass man in den flachen Schuhen wenn nötig jeden Killer verfolgen konnte. In meiner Umhängetasche steckte meine Pistole, nur Munition hatte ich keine mehr gefunden zu Hause. Mit etwas Glück würde Ranger es nicht merken.

Um sieben Uhr ging ich nach unten, brauchte aber nicht lange zu warten, bis Ranger in einem schwarzen Porsche Cayenne vorfuhr, seinem Privatwagen aus der Rangeman-Flotte. Luxusausstattung, mit fest montierten Fußmanschetten unterm Rücksitz für den Transport von renitenten Kriminellen.

»Babe«, sagte Ranger, als ich auf den Beifahrersitz glitt.

»Traust du dich nicht, das rote Kleid anzuziehen?«

»Wahrscheinlich sind auch Mrs Kranski und Mrs Rundig da. Die würden sofort meine Mutter anrufen, wenn sie mich in einem engen roten Kleid und T-Shirt mit Ausschnitt auf einer Totenfeier sehen, und meine Mutter würde sich mit Jim Beam trösten. Schlimm genug, dass ich mit dir hingehe. Allein das kostet sie zwei Schmerz-tabletten.«

»Ich dachte, deine Mutter mag mich.«

»Meine Oma mag dich. Meine Mutter befürchtet, dass du mit dem Satan unter einer Decke steckst.«

Das Beerdigungsinstitut befindet sich am Rand von Chambersburg. Früher ist Burg mal ein Rückzugsort der Mafia gewesen, doch mittlerweile sind die meisten Mafiosi in feinere Stadtviertel umgezogen. Geblieben sind die Fabrikarbeiter, Busfahrer, Klempner, Polizisten und die städtischen Arbeitssklaven. Ich bin in Burg aufgewachsen, meine Eltern leben immer noch dort. Die Häuser sind bescheiden. Kneipen an jeder Ecke. Die Kriminalität ist überschaubar. Klatsch und Tratsch das Lebenselixier. Das Beerdigungsinstitut in Burg ist der Country Club für kleine Leute. Kostenloser Freizeitspaß, außer für die Angehörigen der Verstorbenen.

Die Leute in Burg gehen wegen der Cookies auf die Totenfeiern, nicht wegen der aufgebahrten Leichen in den Schlummerräumen. Ursprünglich eine Privatvilla im viktorianischen Stil, mit umlaufender Veranda, hatte vor dreißig Jahren die Familie Stiva das Haus erworben und ließ es zu einem Bestattungsinstitut umbauen. Seitdem hat es mehrmals den Besitzer gewechselt, aber im Volksmund heißt es immer noch Stiva's.

Ranger hatte sich eine Bucht auf dem Parkplatz reservieren lassen.

»Wen betrauern wir eigentlich?«, fragte ich ihn.

»Harry Getz. Sein Mörder hat ihm zwei Kugeln verpasst. Wahrscheinlich, als Getz ihm die Haustür öffnete.

Erst hieß es bewaffneter Raubüberfall, aber es wurde nichts gestohlen, und Getz hatte viele Feinde. Ich glaube, der Fall liegt bei Morelli. Wir stellen hier nur die Security für Harrys Geschäftspartner, Doug Linken und seine Frau Monica.«

»Hatte da jemand ein Hühnchen zu rupfen mit der Familie?«

»Da hat jeder mit jedem ein Hühnchen zu rupfen«, sagte Ranger und fuhr fort:»Getz und Linken besaßen gemeinsam ein Bauunternehmen, G&L Builds. Hauptsächlich Gewerbeimmobilien. Einkaufsstraßen und so. Nebenbei noch mehrere kleinere Firmen, die mit dem Bauunternehmen assoziiert waren. G&L Builds haben sich finanziell übernommen und sind implodiert. Danach folgten die üblichen Schuldzuweisungen und jetzt eine fragwürdige Insolvenz. Viele Leute werden in die Röhre gucken.«

Wir gingen zum Haupteingang. Ein schwarzer Rangeman-SUV rollte heran, und die Linkens stiegen aus. Ranger machte mich mit ihnen bekannt, und gemeinsam betraten wir das Beerdigungsinstitut.

Doug Linken, Anfang sechzig, sah eigentlich ganz nett aus. Dunkelgrauer Anzug, weißes Hemd, grau-schwarz gestreifte Krawatte. Monica Linken wirkte jünger, hatte sich aber wahrscheinlich liften lassen, so dass ihr wahres Alter schwer einzuschätzen war. Bestimmt ging sie täglich ins Fitnessstudio. Blondes Haar, hinten zusammengesteckt, einfaches schwarzes Kostüm, Diamantklunker an den Ohrläppchen, knallroter Lippenstift. Wenn sie die Ohrringe verhökern würde, käme B&L Builds vielleicht wieder auf die Beine.

Drei Schlummerräume waren gerade in Betrieb. Harry Getz gebührte der Ehrenplatz in Schlummerraum Nummer eins, dem größten. Er blieb den frisch Verstorbenen vorbehalten, die zahlenmäßig die größte Trauergesellschaft anzogen. Ein Mordopfer wurde nur von einem Enthaupteten oder dem hohen Tier einer Freimaurerloge übertroffen, und solche gab es zurzeit bei uns keine.

In der Eingangshalle wimmelte es von den üblichen Gaffern und Schmarotzern, zu denen auch meine Oma, Grandma Mazur, gehörte. Alle verstummten, als Ranger und ich eintraten; und wie bei Moses und dem Roten Meer bildete die Menge eine Gasse und ließ uns durch. Ranger und ich waren bekannt in der Community, und es war klar, dass wir für den Personenschutz der Linkens zuständig waren.

Grandma Mazur entdeckte mich, rief quer durch den Raum: »Huhu! Hier bin ich!«, und winkte mir zu.

Grandma und die englische Queen haben einiges gemein. Beide haben die gleiche Frisur, beide tragen ihre Handtaschen in der Armbeuge, und beide lassen sich von keinem was sagen.

Grandma hatte sich in ein ärmelloses Kleid mit großen roten und rosa Blumen gehüllt. Dazu passend der hellrosa Lippenstift. Schuhe und Handtasche aus schwarzem Lackleder, die Tasche groß genug für ihre .45er Langrohrpistole.

Die Flügeltür zum Schauraum stand offen, und so weit ich die Reihen überblicken konnte, waren bereits alle Plätze besetzt. Die Schlange der Kondolierenden wand sich vom Sarg bis zum Eingang. Meistens sind die Totenfeiern bei Stiva's ein Ausgleich zu der Trauerarbeit, es wird viel gelacht und getratscht und ordentlich gebechert. Heute Abend dagegen herrschte eine gedrückte Atmosphäre im Schlummerraum Nummer zwei. Doug und Monica stellten sich ans Ende der Schlange, und ein Raunen ging durch den Saal. Die Linkens zogen alle Blicke auf sich, und die Stimmung schlug in Feindseligkeit um.

Ranger beugte sich etwas vor, und ein Hauch seines Duschgels wehte mich an. Deutlich spürte ich seine Körperwärme.

»Stell dich auf eine lange Nacht ein«, flüsterte er, und seine Lippen streiften mein Ohr.

Mir lief es heiß durch den ganzen Körper, bis hinunter zu den Zehenspitzen. Es war jetzt nicht die geilste Ansage, aber wer bin ich schon; ich meine, der Mann war rattenscharf.

Zentimeterweise rückten wir zu dem Verstorbenen vor, und je näher wir dem Sarg kamen, desto deutlicher sah ich, dass die nächsten Familienangehörigen das Ehepaar Linken unverhohlen angifteten.

»Warum diese Feindseligkeit?«, fragte ich Ranger.

»Die komplizierten finanziellen Details möchte ich dir ersparen, nur so viel: Doug Linken profitiert vom Tod seines Partners. Die Familie Getz nicht.«

Grandma bahnte sich einen Weg durch die Menge und gesellte sich zu uns.

»Ist das nicht eine Spitzentotenfeier?«, sagte sie. »Nur Stehplätze. Achtet auf seinen Hals, wenn ihr vor ihm steht. Man kann die beiden Einschusslöcher erkennen, ganz deutlich. So etwas kriegt man nicht alle Tage zu Gesicht.«

»Sieh mal«, sagte ich zu ihr. »In der zweiten Reihe wird gerade ein Platz frei.«

»Bin schon da.« Sie eilte zu dem leeren Stuhl.

»Sie ist gerne hautnah am Geschehen«, erklärte ich Ranger.

Ranger sah zu Grandma, die sich hingesetzt hatte. »Ganz schön hohe Erwartungen.«

Am Sarg standen eine Frau in einem rosa Kostüm und ein Mann in Tweedsakko, vermutlich die Ehefrau und der Bruder des Verstorbenen. Ranger stellte sich vor die beiden Linkens, die sich jetzt dem Sarg näherten. Ich blieb hinter ihnen.

»Unser Beileid«, wandte sich Doug Linken an die Familie. Es klang wenig glaubwürdig.

»Sie haben vielleicht Nerven, hier aufzukreuzen«, zischte der Bruder. »Sie haben nicht nur ihn betrogen, Sie haben uns alle betrogen. Aber glauben Sie ja nicht, Sie könnten uns was vormachen. Sie haben ihn umgebracht. Sie haben ihn umgebracht.«

»Mörder«, kreischte die Frau. »Sie dreckiger niederträchtiger Mörder!«

Ranger baute sich zwischen dem Ehepaar Linken und der Familie Getz auf und lenkte seine Schützlinge vorsichtig in Richtung einer Seitentür, die zum Hinterausgang führte.

»Nicht so schnell«, sagte Monica Linken. »Erst noch einen Cookie.«

»Ich sage meinen Männern Bescheid, sie sollen an einer Bäckerei halten«, sagte Ranger.

»Ich will keinen Cookie aus einer Bäckerei. Ich will einen

Cookie vom Teller in der Eingangshalle«, sagte Monica. »Und ich verlasse das Haus auch nicht durch einen Nebeneingang. Wir sind keine Kriminellen.«

»Also, ich gehe jetzt. Durch den Nebeneingang«, sagte Doug Linken. »Die Leute sind ja verrückt.«

»Begleite Mrs Linken bitte zu den Erfrischungen«, bat Ranger mich. »Der Wagen wartet draußen vor dem Haupteingang.«

Ich folgte Monica, die sich durch das Gedränge schob. Grandma war von ihrem Platz aufgestanden und einen halben Schritt hinter mir.

»Keine Sorge«, sagte sie. »Ich halte dir den Rücken frei.«

»Nicht nötig«, sagte ich. »Wir holen uns nur ein paar Cookies.«

»Ich auch«, sagte Grandma. »Hoffentlich sind noch welche von den Vanille-Sandwich-Cookies da. Wenn nicht, stürze ich mich eben auf andere.«

Wir kamen zu dem Tisch mit den Erfrischungen. Monica goss sich eine Tasse Tee ein und nahm sich einen Hafer-Rosinen-Cookie.

»Soll ich Ihnen den Tee in einem Becher zum Mitnehmen umgießen?«, fragte ich sie.

»Ich habe es nicht eilig«, sagte Monica. »Entspannen Sie sich.«

Grandma Mazur schnappte sich das letzte Vanille-Sandwich-Cookie und wandte sich an Monica. »Hat Ihr Mann Harry umgebracht?«

»Wie bitte?«, sagte Monica. »Wer sind Sie überhaupt?«

»Ich bin Stephanies Oma.«

Monica sah mich an. »Wozu haben Sie Ihre Oma mitgebracht? Was ist das überhaupt für eine Agentur, die mein Mann beauftragt hat?«

»Ich hab sie nicht mitgebracht«, sagte ich. »Sie war schon hier. Sie besucht alle Totenfeiern.«

»Nicht *alle*«, wehrte Grandma ab. »Manchmal überschneiden sie sich mit meinen Fernsehshows.«

An der Tür zum Schauraum kam es zu einer Rangelei. Erst waren nur laute Stimmen zu hören, dann brach ein wahrer Tumult los. Ich wollte nicht länger bleiben, um die Ursache zu ergründen.

»Wir sollten besser gehen«, sagte ich. »*Sofort.*«

Monica stellte sich taub. Sie griff schon nach dem nächsten Cookie, da stieß Harrys Frau mich beiseite und trat dicht vor Monicas Gesicht.

»Keine Cookies für Mörder«, fauchte sie Monica an.

»Ich hab für die Cookies bezahlt, und Sie kriegen keinen einzigen.«

Die Frau schlug Monica den Cookie aus der Hand, Monica schüttete ihr im Gegenzug den Tee auf das rosa Kostüm.

»Schlampe!«, schrie die Frau. »Du Kuh. Du billige Nutte!«

Im Nu wälzten sie sich auf dem Boden, stachen einander in die Augen, zogen sich an den Haaren. Ich versuchte dazwischenzugehen und sie zu trennen, aber es war ein einziges Knäuel, und ich fand keinen Halt. Ein Bein schnellte hervor und trat mir gegen die Wade, und ich stürzte ebenfalls zu Boden. Der Direktor des Beerdigungsinstituts eilte herbei und kam Monica zu nahe, die ihm daraufhin in die Hand biss.

Ein ohrenbetäubendes *Peng!*, und alle erstarrten. Ein Stück von der Stuckdecke löste sich und fiel donnernd herab.

»Was fällt Ihnen ein?!«, sagte der Direktor.

»Edna hat mal wieder in die Decke geschossen«, sagte Mabel Schein.

»Jemand musste sie schließlich aufschrecken«, sagte Grandma.

Ranger trat aus der Menge hervor, packte sich Monica und trug sie geschwind durch die Eingangshalle zur Tür hinaus. Ich stand auf und half Grandma, den Colt wieder in ihrer Tasche zu verstauen.

»Die Mühe hat sich gelohnt«, sagte Grandma.

»Soll ich dich nach Hause bringen?«

»Nein. Ich bin mit Betty Shatz hier. Wir wollen nachher noch in den Diner, Reispudding essen.«

7

Der Rangeman-SUV mit den Linkens an Bord entfernte sich, und ich ging auf Ranger zu.

»Wieder mal gute Arbeit«, sagte ich.

»Haben sie sich um die Cookies gestritten?«

»Mehr oder weniger. Am schönsten war aber, als Monica den Direktor gebissen hat.«

»Schade, das hab ich verpasst.«

»Ich muss heute Abend eine Adresse überprüfen. Ich suche einen Studenten vom Kiltman College, und ich glaube, dass er sich bei seiner Freundin versteckt. Kommst du mit?«

Er musterte mich ausführlich von Kopf bis Fuß. Wahrscheinlich überlegte er, ob es schwierig werden könnte, mich aus der dünnen Hose zu befreien.

»Das kannst du dir aus dem Kopf schlagen«, sagte ich.

Er verzog seine Mundwinkel zu einem angedeuteten Lächeln und legte einen Arm um mich. »Babe.«

Wir gingen zu seinem Porsche, schnallten uns an und fuhren zum anderen Ende der Stadt. Als wir in die Banyan Street bogen, war es dunkel. Wir postierten uns gegenüber der Nummer 2121 und oberservierten das Haus.

»Hast du die Nummer der Wohnung?«, fragte Ranger.

»2B.«

»Also hält sie sich wahrscheinlich im ersten Stock auf. Die Beleuchtung vorn ist eingeschaltet. Gucken wir uns doch mal die Rückseite an.«

Es war ein großes Haus, wahrscheinlich aus den Fünfzigern, erbaut für eine mehrköpfige Familie. Das Grundstück selbst dagegen war relativ klein, die Details verloren sich im Schatten. Seitlich an das Haus schmiegte sich eine Einfahrt, die zu zwei Doppelgaragen am hinteren Rand des Grundstücks führte. Außer Ranger und mir war niemand unterwegs. Auch einige Fenster auf der Rückseite waren erleuchtet, die Rollos nicht heruntergezogen, aber man sah in den Zimmern niemanden umhergehen.

»Kannst du die Gesuchten beschreiben?«, fragte Ranger.

»Julie Ruley ist ungefähr eins sechzig groß, hat schulterlanges blondes Haar, sieht ganz nett aus, ein bisschen à la ›zurück zur Natur‹. Ken Globovic hat hellblondes Haar, ist leicht pummelig, laut Akte eins achtundsiebzig groß. Auf seinem Erkennungsfoto könnte man ihn mit Christopher Robin verwechseln.«

Ranger trug einen maßgeschneiderten schwarzen Anzug, schwarze Cross-Trainer, eine schwarze Glock und ein elegantes schwarzes T-Shirt. Er gab mir sein Jackett, lief die paar Schritte zum Haus, erklomm die Seitenwand wie Spiderman und hievte sich mit einem Klimmzug lautlos und geschickt auf das Schrägdach über der umlaufenden Veranda. Er huschte von Fenster zu Fenster und verschwand um die Hausecke, nur um Minuten später wieder aufzutauchen und sich vom Dach herunterzuhangeln.

»Ich hab eine Frau gesehen, die deiner Beschreibung

von Julie Ruley entspricht«, sagte er. »Aber keinen Mann in ihrer Wohnung. Auch nichts, was darauf hindeutet, dass sich ein Mann dort aufhält.«

»Keine Unterwäsche auf dem Boden? Kein dreckiges Geschirr in der Spüle? Keine Pornoheftchen neben dem Bett?«

»Nur ihre eigenen.«

Wir setzten uns ins Auto und warteten ab. Nichts passierte.

»Das ist mir zu langweilig«, sagte ich.

Ranger sah zu mir herüber. »Dem kann ich abhelfen.«

»Verlockend. Aber nein, danke.«

»Hast du noch andere Hinweise, wo er sich aufhalten könnte?«

»Er ist eine Autorität in seiner Studentenverbindung. Trotzdem glaube ich nicht, dass er sich dort hintraut. Als Biologiestudent hat er Zugang zum Labor, aber das kommt als Versteck wohl auch nicht in Frage. Angeblich wurde er spätnachts auf dem Campus gesehen.«

»Hat er Familie?«

»Nicht hier in Trenton.«

»Freunde?«

»Haufenweise.«

»Du könntest mit deinem jugendlichen Aussehen noch als Studentin durchgehen. Warum ermittelst du nicht undercover und machst dir mit den Brüdern der Studentenverbindung einen gemütlichen Abend?«

»Zu spät. Die kennen mich schon.«

»Hast du einen anderen Plan?«

»Ich bleibe so lange hier sitzen, bis ich aufs Klo muss.«

»Ist es absehbar, wann das sein wird?«

»Schwer zu sagen.«

Es war nicht meine erste Observierung zusammen mit Ranger. Rangers Geduld ist unendlich. Er versinkt in eine Art Trance, sein Puls reduziert sich, und man müsste einen Spiegel unter seine Nase halten, um zu sehen, ob er noch atmet. Er kann stundenlang so verharren, seine Beute belauern. Ich dagegen habe keine Geduld. Ich bin nicht die Beste im Observieren. Ich checke meine E-Mails, danach kommt nicht mehr viel.

Ranger zupfte an meinem Pferdeschwanz. »Hamburger mit Pommes? Hast du Hunger?«

»Ja!«

Wir gingen in eine kleine dunkle Bar vier Straßen weiter und setzten uns an einen Ecktisch. Studenten würden hier nicht verkehren, dafür lag die Bar zu weit vom Kiltman College entfernt. An der Theke saßen einige Leute, die wie Stammgäste aussahen, und in einer Nische am anderen Ende des Raums saß noch ein Paar.

Wir bestellten Hamburger, Pommes und gebratene Zwiebelringe. Ranger hat in der Sondereinheit der Army gedient und sich eine entsprechende Körperfitness bewahrt. Er trainiert regelmäßig, trinkt nur hin und wieder mal ein Bier oder ein Glas Wein und ernährt sich gesund. Als unser Essen serviert wurde, entfernte er das Brötchen von dem Burger und nahm sich zum Probieren eine einzelne Pommes. Ich entfernte das Salatblatt und die Tomatenscheibe von meinem Burger, ertränkte die Pommes in Ketchup und futterte alle Zwiebelringe.

Ein Mann löste sich von der Theke und kam auf dem

Weg zur Toilette an unserem Tisch vorbei. Als er sich in unmittelbarer Nähe befand, setzte mein Herzschlag aus. Definitiv, es war Gobbles.

»Ken?«, sagte ich. »Ken Globovic?«

Er sah mich an, dann Ranger, dann wieder mich. Erste Reaktion Verwirrung, dann Panik.

»Hm. Nein«, sagte er.

Ranger versuchte, ihn sich zu packen. Globovic sprang zur Seite und rannte davon. Wir waren sofort auf den Beinen, doch Globovic hatte einen satten Vorsprung. Er flüchtete sich in die enge Kombüse hinter der Theke, stieß einen Geschirrwagen mit sauberen Gläsern um und verschwand durch den Hinterausgang. Als wir den Geschirrwagen umschifft hatten, war Gobbles weg, in die Nacht untergetaucht.

Zwei Köche verfolgten das Geschehen mit großen Augen, den Mund weit aufgeklappt. Ranger entschuldigte sich bei ihnen auf Spanisch. Wir kehrten in den Gastraum zurück, Ranger legte etwas Geld auf den Tisch, und wir verließen die Bar. Wir durchkämmten das Viertel schachbrettartig, von Gobbles keine Spur.

»Immerhin wissen wir jetzt, dass er nicht in Argentinien ist«, sagte ich zu Ranger.

»Connie soll morgen mal die Mitglieder der Studentenverbindung überprüfen, ob jemand in der Nähe der Bar wohnt.«

»Und dein Instinkt sagt dir, dass er nicht bei Julie Ruley untergekommen ist?«

»Sicher hat er Kontakt zu ihr. Aber hätte er in einer Bar, vier Straßen von ihr entfernt, zu Abend gegessen, wenn er bei ihr wohnt? Nein. Er würde sich eine Pizza nach Hause liefern lassen.«

Ich persönlich glaubte ja, dass Julie der Linsen-und-Hirse-Fraktion angehörte und Gobbles zum Essen deswegen in die Bar gegangen war. Das würde Ranger nicht verstehen; Linsen und Hirse wären gegenüber der Baumrinde und den Wüstenkäfern, von denen er sich bei der Sondereinheit ernährt hatte, eine gigantische kulinarische Verbesserung.

Um kurz vor elf rollte Ranger auf den Parkplatz hinter meinem Haus. Er betrat die kleine menschenleere Eingangshalle, zog mich an sich und küsste mich. Zunächst nur flüchtig, aber dann wurde es intensiver. Meine Finger krallten sich in sein Hemd, jemand stöhnte. Etwa ich? Ranger drückte den Aufzugknopf, die Tür öffnete sich, und er schob mich in die Kabine. Als wir vor meiner Wohnungstür standen, meinte ich plötzlich, er müsste unbedingt hereinkommen und nachschauen, ob auch keine Gefahr bestand. Ob sich auch keine notorischen Vergewaltiger, Serienmörder oder andere geifernden Gruselmonster unterm Bett versteckten. In der Zwischenzeit könnte ich mich ausziehen, weil mich eine massive Hitzewallung befiel.

Wir standen mitten im Wohnzimmer, bewegten uns Richtung Schlafzimmer, als plötzlich Rangers Handy klingelte. Er zog die Hand unter meinem Hemd hervor, ging ans Handy und starrte beim Zuhören zu Boden. »Wann?«, fragte er. »Wo?« Er legte auf.

»Das war Tank«, sagte er. »Doug Linken wurde niedergeschossen.«

»Schlimm?«

»Er wird gerade operiert. Tank sagt, es sähe nicht gut aus. Und seine Frau sähe noch schlimmer aus.«

»Wurde sie auch getroffen?«

»Nein. Hysterischer Anfall.« Ranger griff meine Hand und zog mich zur Tür. »Ich brauche dich jetzt. Du kommst mit ins Krankenhaus.«

Ich schaltete auf stur. »Auf keinen Fall. Bin ich der Babysitter von Monica Linken?«

»Ich zahle dir auch das Anderthalbfache.«

»Das reicht nicht.«

Er stemmte die Fäuste in die Seiten und sah mich an. »Du bekommst noch ein Auto obendrauf.«

»Für immer? Gehört es mir, oder ist es nur ein vorübergehendes Angebot?«

»Es gehört dir, bis du es wieder zu Schrott gefahren hast. Bei deinem Verschleiß an Autos dauert das sowieso nicht lange.«

»Okay. Abgemacht.«

So wahnsinnig toll war der Deal nun auch nicht. Ranger schenkte mir andauernd neue Autos. Immer wenn er sich mal wieder für meine übliche Rostlaube schämte. So lief das.

Zu dieser späten Stunde herrschte nicht viel Verkehr, und die Fahrt zum St Francis Hospital dauerte nur kurz. Das Krankenhaus befand sich in der Hamilton Avenue, nur ein paar Straßen von unserem Büro entfernt, am Rande von Burg. Für Gehirn-OPs sollte man das St Francis lieber meiden, bei Schussverletzungen dagegen war es die erste Adresse. In Trenton waren Schießereien an der

Tagesordnung. Die Chirurgen von St Francis hatten viel Übung in der Entfernung von Geschossen aus menschlichem Gewebe.

Ranger rauschte in die Notaufnahme, und ein Rangeman-Mitarbeiter in Uniform kam uns entgegen. Er beschrieb uns den Weg zu Monica Linken und übernahm das Auto. Das war der Rangeman-Parkservice.

Monica war in einem kleinen, nur für Angehörige von OP-Patienten reservierten Wartezimmer abgestellt worden. Hal, einer aus Rangers-Security-Force hielt vor der Tür Wache. Er sah aus, als würde er sich am liebsten aus dem Fenster stürzen. Monica ging nervös auf und ab und nuckelte gierig an einer E-Zigarette. Sobald sie Ranger erblickte, stürzte sie sich auf ihn.

»Sie sollten uns doch schützen!«, kreischte sie. »Nennen Sie das vielleicht Schutz?«

»Wir sind nicht für einen Rundum-Personenschutz engagiert worden«, sagte Ranger. Ruhig. Emotionslos. »Die Alarmanlage in Ihrem Haus arbeitet störungsfrei. Und die Sicherheitsbeleuchtung im Außenbereich funktioniert ebenfalls einwandfrei.«

»So einwandfrei, dass sie meinen blöden Mann im Rampenlicht erschießen konnten. Er wollte nur draußen heimlich eine rauchen. *Zack!*, gehen die Lampen an, und *peng!*, schießt irgend so ein Arschloch auf ihn. Leichte Beute, bei dem Licht!«

»Bedauerlich«, sagte Ranger. »Haben Sie einen Verdacht, wer das gewesen sein könnte?«

»Da kommen so einige in Frage. Mein Mann war nicht gerade beliebt. Nicht mal ich mochte ihn besonders. Und ich hab nichts gesehen, wenn Sie das wissen wollen. Ich hab ferngeguckt. *CSI – Den Tätern auf der Spur.* Da wird viel geballert. Ich hab ihn erst in der Werbepause gefunden, da bin ich in die Küche, der Hintereingang stand offen, und da lag er. Auf der Terrasse. Mit dem Gesicht nach unten. Jede Menge Blut.« Monica nahm einen kräftigen Zug aus ihrer E-Zigarette. »Wie soll ich jetzt den Blutfleck aus den Steinfliesen kriegen? Die muss ich austauschen. Haben Sie eine Ahnung, wie teuer die sind? Die Steinmetze sind solche Halsabschneider!«

»Ich sehe mal nach Ihrem Mann«, sagte Ranger. »Stephanie bleibt bei Ihnen.«

»Na toll«, giftete Monica. »Da geht's mir ja gleich besser. Und Ihre durchgedrehte Oma?«, wandte sie sich an mich. »Ist die auch da?«

»Nein. Nur ich«, sagte ich.

Sie zog wieder an der E-Zigarette und schaute Ranger hinterher, der den Raum verließ. »Hübscher Hintern«, sagte sie. »Bumst er Sie?«

»In letzter Zeit nicht«, sagte ich. »Ich hab schon eine feste Beziehung. Irgendwie. Jedenfalls dachte ich das immer.«

»Ja. Ich hab auch eine feste Beziehung. Irgendwie. Aber das hält mich nicht ab.«

»Wie ich sehe, wollen Sie mit dem Rauchen aufhören.«

»Bald kann man nichts mehr unschuldig genießen. Man kann darauf wetten, dass es einem schadet. Wir sind vor ein paar Wochen auf diese elektronischen Dinger umgestiegen. Ich mag sie überhaupt nicht, aber ich versuche, mich an das Programm zu halten. Doug hat oft gemogelt. Er hat bei vielen Dingen gemogelt. Ganz unter uns, ich hätte nichts dagegen, wenn er an der Raucherei krepieren würde.«

Meine Fresse, ganz schön deprimierend. Dafür hatte ich mehr verdient als einen Jeep. Das würde Ranger einen Mercedes oder einen Porsche kosten.

»Ich brauche was zu trinken«, sagte Monica. »Schicken Sie einen von den Rangemännern los, was Alkoholisches holen. Wodka wäre gut. Den könnte ich jetzt aus der Flasche trinken. Egal, bringen Sie mir irgendwas.«

»Würde ich ja liebend gerne, aber die Jungs lassen sich nur von Ranger was sagen.«

»Dann holen Sie Mister Hot Stuff her. Sagen Sie ihm, ich brauche was zu trinken.«

Ich rief Ranger an und sagte ihm, Monica verlange nach einem Glas Wodka.

»Ein Glas wird nicht reichen«, sagte Ranger. »Sie kann gleich Schlummerraum Nummer eins reservieren. Ihr Mann hat es nicht geschafft. Der Arzt ist unterwegs, um es ihr beizubringen.«

»Und der Wodka?«

»Ich schicke Hal los.«

Ich legte auf und steckte das Handy wieder in meine Tasche. »Hal besorgt Ihnen Wodka«, beruhigte ich Mrs Linken.

»Gott sei Dank. Warum sind solche Räume immer nur so trist? Gucken Sie sich mal den Fernseher an, der hier steht. Ein Steinzeitmodel.«

Ich konnte keinen großen Unterschied zu meinem Fernseher zu Hause feststellen. Ich sah auf die Uhr und fing an, die Minuten zu zählen, bis endlich der Wodka eintraf.

Ein erschöpfter Mann in einem blauen Krankenhauskittel steckte den Kopf durch die Tür. »Mrs Linken?«, sagte er. »Dürfte ich Sie mal sprechen?«

»Ich gehe kurz raus«, bot ich an. »Bleibe aber in der Nähe für den Fall, dass ich gebraucht werde.«

Im Flur wartete Ranger auf mich.

»Habt ihr bei den Linkens Überwachungskameras im Außenbereich installiert?«, fragte ich ihn.

»Nein. Sie wollten keine haben.«

»Schade. Sonst hätten wir den Schützen jetzt auf Video.«

»Doug Linken wollte verhindern, dass bestimmte Hausgäste von Überwachungskameras erfasst wurden.«

»Zwielichtige Geschäftspartner?«

»Zwielichtige Sexualpartner«, sagte Ranger.

»Und wie sollen wir jetzt weitermachen?«

»Ich will erst noch abwarten, ob Mrs Linken unsere Hilfe braucht, und dann fahren wir nach Hause.«

Zehn Minuten später hatten wir Monica Linken auf den Rücksitz eines Rangeman-SUV angeschnallt. Sie trank Wodka aus der Flasche und lächelte selig.

»Trauernde Witwe geht anders«, sagte ich zu Ranger, als der Wagen davonrauschte.

»Hal sperrt sie in ihr Haus ein und stellt sich dann über Nacht mit dem Auto in die Garageneinfahrt. Die Spurensicherung der Polizei durchkämmt sicher noch ihren Garten. Ich rufe sie morgen an, ob sie unseren Service weiter in Anspruch nehmen will.«

»Glaubst du, dass sie in Gefahr ist?«

»Ja. Sie wird uns umkippen und nie wieder aufwachen, wenn sie wirklich die ganze Flasche Wodka leert.«

8

Um acht Uhr verließ ich meine Wohnung. Im Treppenhaus erwartete mich ein Mitarbeiter von Rangeman. »Der ist für Sie«, sagte er und händigte mir einen Autoschlüssel für einen Mercedes aus. »Die Papiere liegen im Handschuhfach. Ranger sagte, Sie wüssten Bescheid.« Ich nahm die Schlüssel entgegen und bedankte mich. Ranger war effizient, wie immer. Wir gingen zusammen aus dem Haus, und der Mann von Rangeman entfernte sich erst, als ich mein neues Auto gefunden und mich hinters Steuer gesetzt hatte.

Ranger hatte mir einen kleinen SUV überlassen, der wahrscheinlich aus seinem Fuhrpark stammte, denn an die Rückbank waren Fußfesseln montiert. Aber er roch fabrikneu und war makellos sauber.

Ich fuhr zum Büro, parkte vorn an der Straße, und noch bevor ich dazu kam, hatte Lula mir schon die Tür aufgemacht.

»Ranger hat dir wohl wieder ein Auto vermacht«, sagte sie. »Sogar einen Mercedes. Dann musst du ihn ja wirklich verwöhnt haben.«

»Da muss ich dich leider enttäuschen. Es war rein geschäftlich.«

»Rein geschäftlich? Dann müsste ich eine ganze Mercedesflotte haben.«

Connie sah zu mir herüber. »Doug Linken wurde erschossen, hab ich gehört. War das während deiner Schicht?«

»Nein. Die Linkens waren zu Hause. Er ist zum Rauchen nach draußen gegangen, dabei hat man auf ihn geschossen.«

Ihre Blicke flogen zur Eingangstür, und ich sah ebenfalls hin. Morelli.

»Officer Hottie zu Besuch«, sagte Lula. »Von dem würde ich mir gerne Handschellen anlegen lassen.«

Morelli winkte mich mit dem gekrümmten Finger heran. »Kann ich dich mal sprechen?«, sagte er. »Draußen?«

Mist. Ich war nicht gerade scharf auf ein Gespräch mit Morelli. Es gab Wichtigeres. Ich mag Morelli gern. Ich liebe ihn sogar. Aber im Moment wusste ich nicht, was ich ihm sagen oder von ihm halten sollte. Am liebsten hätte ich ihm in die Fresse gehauen.

»Entschuldige, dass ich gestern Abend nicht angerufen habe«, sagte er. »Es war viel los. Erst eine Gruppenvergewaltigung im Auto, und dann bekam ich die Schießerei bei den Linkens aufgedrückt.«

»Glückspilz.«

»Ich hab noch kurz Mrs Linken vernommen, bevor sie aus den Latschen gekippt ist. Sie sagte, du und Ranger, ihr hattet den Auftrag, sie zu beschützen.«

»Der Auftrag umfasste nur den Personenbegleitschutz auf der Totenfeier von Getz. Danach war Schluss. Als dann plötzlich auf Doug Linken geschossen wurde, bat Ranger mich, den Babysitter für Monica zu spielen.«

»Brauchte sie einen?«

»Viel dringender brauchte sie Wodka.«

»Hast du was von ihr erfahren, was uns weiterhilft?«

»Man höre und staune: Ihre Ehe war nicht perfekt, und Doug hatte viele Feinde. Das war ihre größte Neuigkeit. Glaubst du, dass sie auf ihn geschossen hat?«

»Das möchte ich bezweifeln. Der Schütze hat aus sechs bis zehn Meter Entfernung auf das Haus gefeuert.«

»Monica hat noch gesagt, sie habe die Schüsse nicht gehört, weil sie gerade ferngesehen habe, *CSI*, mit viel Ballerei zwischendurch. Ich finde das wenig glaubhaft, aber vielleicht stimmt es ja doch. In der Werbepause musste sie aufs Klo, und erst da ist ihr die offen stehende Tür aufgefallen.«

»Die Notfallhelfer haben ausgesagt, Doug Linken sei zum Rauchen vor die Tür gegangen.«

»Das behauptet Monica auch. Die beiden wollten mit dem Rauchen aufhören, aber Doug ist es schwerer gefallen als ihr.«

»Das Problem hat er jetzt nicht mehr«, bemerkte Morelli trocken. »Es ist noch zu früh, um die Witwe mit meinen Fragen zu konfrontieren. Hast du Lust auf einen Kaffee?«

»Nein. Du bist ein Idiot.«

»Ehrlich, ich kann nichts dafür. Es liegt in der Familie.«

Das stimmt. Die Männer in der Familie Morelli sind allesamt Losertypen. Außer Morelli. Irgendwann in den Zwanzigern hatte er die Kurve gekriegt, und es war ihm gelungen, doch noch erwachsen zu werden. Er war ein richtig guter Polizist und bis vor zwei Tagen auch ein ganz guter Freund.

»Ich verstehe nicht, warum du aus deinem Beruf aussteigen willst. Bist du nicht immer gerne bei der Polizei gewesen?«

»Ich hab Sodbrennen.«

»Ich dachte, das käme von mir.«

»Ja, auch.« Sein Handy brummte, er las die SMS. »Ich muss gehen. Sie wollen noch heute Morgen Linkens Leiche obduzieren. Ich will dabei sein.«

»Vielleicht kommt daher das Sodbrennen.«

»Leichen machen mir keine Angst. Ich mache mir eher Sorgen um die Lebenden. Allmählich glaube ich, dass dieser Planet ein Videospiel ist, an dem eine außerirdische Rasse mit einem abartigen Sinn für Humor ihre helle Freude hat.«

»Du meine Güte!«

Morelli zog mich an sich und drückte mir einen Zungenkuss auf, wenig Kuss, viel Zunge. »Halt dich tapfer«, sagte er, gab mich wieder frei und eilte zu seinem grünen SUV.

Das Auto hatte er sich nur gekauft, um seinen großen rotbraunen Hund Bob chauffieren zu können. Es war nicht mehr ganz neu, aber es fuhr sich gut und sah ganz anständig aus, abgesehen von dem Rücksitz, in den Bob ein Loch geknabbert hatte. Bob leidet unter einer Essstörung: Er frisst *alles*.

»Willkommen in Plumville, wo das Glück zu Hause ist«, trällerte Lula, als ich wieder ins Büro kam. »Noch keine neun Uhr, und schon zwei heiße Typen vernascht. Der eine schenkt dir einen Mercedes, der andere einen feuchten Kuss. Warum musste Morelli denn so schnell abhauen?«

»Doug Linkens Obduktion ist für heute Morgen angesetzt. Morelli will dabei sein.«

»Das nennt man Schnellspur-Obduktion«, sagte Connie. »Ist gerade Flaute in der Gerichtsmedizin?«

»Gestern Abend hab ich übrigens Ken Globovic gesehen«, sagte ich zu Connie. »Aber er ist mir entwischt. M Street, Ecke Hawthorne. Kannst du mal seine Kameraden aus der Studentenverbindung durch unsere Suchmaschine schicken? Vielleicht wohnt ja einer in der Nähe.«

»An der Kreuzung ist eine Bar, da gibt es ausgezeichnete Zwiebelringe«, sagte Lula. »Was dagegen, wenn wir uns das Viertel in der Mittagspause mal vorknöpfen?«

»Ich bin dabei«, sagte ich. »Erst ein Streifzug durch Billy Bacons Revier, dann kapern wir uns Julie Ruley für einen Plausch, und bis dahin hat Connie hoffentlich eine Adresse in der Nähe der Bar für uns herausgefunden.«

Connie zog einen wattierten Umschlag vom Schreibtischrand heran und übergab ihn mir. »Der wurde gestern für dich abgegeben. Ohne Absender. Öffne ihn lieber draußen, nur für den Fall.«

»Find ich gar nicht lustig«, raunte Lula ihr zu. »All die Verrückten, die Stephanie mal in den Knast gebracht hat und die jetzt auf Bewährung raus sind, laufen draußen frei herum. Zum Glück sind die meisten zu blöd, um sich Anthrax zu besorgen oder eine Bombe zu bauen. Trotzdem, man kann nie wissen. Hab ich recht?«

Ich öffnete den Umschlag und zog das Foto eines nackten Mannes heraus. Er lag in einer Badewanne, und sein Schniedel schwebte friedlich im Wasser.

Lula blickte mir über die Schulter. »Der hat aber eine

schöne Badewannenablage«, sagte sie. »Wenn die mal nicht von Pottery Barn ist.«

Conny kam hinter ihrem Schreibtisch hervor und sah sich das Foto an. »Das ist Daniel Craig. Das Foto kenne ich. Es steht auf YouTube.«

»Unsinn!«, sagte Lula. »Daniel Craig ist James Bond. Der würde seinen schlaffen Schniedel niemals so im Wasser dümpeln lassen.«

»Irgendeine Nachricht dabei?«, fragte Connie.

Ich untersuchte den Umschlag. »Keine Nachricht. Nur das Bild, unterschrieben mit Casanova.«

Ich gab Connie das Foto zurück. »Wirf es weg. Ich kenne niemanden mit diesem Namen.«

»Darf ich es behalten?«, sagte Lula. »Für meine Akte: Wie verschönere ich mein Heim.«

Als Handtasche benutze ich zurzeit eine Kuriertasche mit grünbeigem Tarnmuster. Sie ergänzt sich gut mit meiner Jeans, dem T-Shirt und den Sneakers, außerdem passt mein ganzes Handwerkszeug hinein: Kriminalakten, Handschellen, Haarspray, Lipgloss, Elektroschocker, Haarbürste, Pfefferspray, Handy, Pickel-Abdeckstift, Kleenex, Hand-Desinfektionsmittel, Autoschlüssel und so weiter. Ich machte mich startklar und schlang mir die Tasche über die Schulter.

»Schick mir eine SMS, wenn du fündig geworden bist«, bat ich Connie.

»Alles klar.«

»Geiler Anblick«, sagte Lula. »Dein todschickes neues Auto!«

Wir fuhren zu Billy Bacon, stiegen die Treppe hinauf zu seiner Wohnung im zweiten Stock und klopften an. Keine Reaktion. Nochmaliges Klopfen. Wieder keine Reaktion. Lula lehnte sich gegen die Tür, aber sie war abgeschlossen.

»Ich habe Drogen dabei«, schrie Lula.

Billy Bacons Mutter öffnete uns schließlich und schaute uns an. Die Tür gegenüber öffnete sich ebenfalls, und ein junger Mann sah heraus.

»Wie viel?«, fragte er.

»Das war gelogen«, sagte Lula. »Und Sie waren außerdem nicht gemeint.«

Billy Bacons Mutter schnaubte genervt und knallte ihre Tür wieder zu.

»He!«, sagte Lula und hämmerte gegen die Tür. »Mach auf. Ich bin's. Lula. Ich muss mit dir reden.«

Die Tür öffnete sich ein zweites Mal, diesmal beäugte uns Bacons Mutter misstrauisch. »Ich kenne keine Lula.«

»Ich war mit Charlene befreundet. Ihr beide habt euch als Profinutten damals eine Kreuzung geteilt.«

»Hast du was zu trinken dabei?«

»Nein«, sagte Lula. »Wir haben nicht daran gedacht, Alkohol mitzubringen.«

»Wenn ihr welchen hättet, wäre ich bereit zu reden.«

Ich holte einen Zehndollarschein aus meiner Tasche und wedelte Bacons Mutter damit vor der Nase herum. Sie wollte sich ihn schnappen, doch ich entzog ihn ihr wieder.

»Ist Billy da?«, fragte ich sie.

»Welcher Billy?«

»Ihr Sohn.«

»Er war schon weg, als ich aufgestanden bin.«

»Wann sind Sie denn aufgestanden?«

»Gerade eben.«

»Dürfen wir uns mal in Ihrer Wohnung umsehen?«, fragte ich sie.

»Kriege ich dann auch den Zehner?«

Ich gab ihn ihr und trat ein. Schlafzimmer, Badezimmer, kleines Wohnzimmer mit Küchenzeile, Kühlschrank, Doppelkochplatte und Spüle. Ein zerfleddertes Sofa, ein Resopaltisch, zwei Stühle, Fernseher, Doppelmatratze mit zerknüllter Bettwäsche auf dem Wohnzimmerboden. Kein Billy Bacon.

Ich legte meine Visitenkarte auf den Tisch, und wir verließen die Wohnung.

»Ihr erbärmlicher Anblick tut mir in der Seele weh«, sagte Lula, als wir die Treppe hinunterstapften. »Wenn ich bedenke, wie viel Geld sie damals verdient hat. Sie stand an einer der einträglichsten Straßenecken in der Stark Street. Brauchte nicht mal bei Regen zu arbeiten. Sie war eine Gutwetternutte. Und jetzt? Sieh sie dir an. Auf ihrer Lippe wächst irgendein Furunkel, sowas kenne ich nur aus Horrorfilmen.«

Wir saßen in dem Mercedes und hatten die Straße im Blick. Niemand kam aus dem Haus oder ging hinein. Billy Bacon erst recht nicht.

»Wir könnten mal an seinem ehemaligen Arbeitsplatz vorbeischauen«, sagte Lula. »Vielleicht ist er ja in seinen alten Beruf als Burgerbrater zurückgekehrt.«

Ich fuhr zu Mike's Burger und wartete draußen mit laufendem Motor, während Lula hineinging und sich nach Billy erkundigte. Sie kam mit einem riesigen Becher Limonade und einem kleinen Eimer Pommes zurück. Ohne Billy.

»Die wissen auch nicht, wo er sich aufhält«, sagte Lula. »Sie glauben, dass er sich versteckt, weil irgendein durchgedrehter Kopfgeldjäger ihn beinahe in den Tod getrieben hätte.«

»Das musst du gewesen sein«, sagte ich zu Lula.

»Ich war eine unschuldige Zuschauerin. Ich hab keinem Menschen was angetan. Im Gegenteil, ich wurde in meinem eigenen Auto entführt. Möchtest du Pommes haben?«

»Die sind ja grün.«

»Das ist eine Spezialsorte. Die haben sie mir nicht mal extra berechnet.«

»Dann lieber nicht.«

9

Es war später Vormittag, als wir am Kiltman College eintrafen. Ich stellte mich auf einen Parkplatz hinter dem Verwaltungsgebäude, und wir liefen zu Fuß über das Gelände.

Im Vorgarten des Zeta-Hauses marschierten drei Frauen auf und ab. Sie trugen Protestschilder mit der Forderung nach einem Verbot der Zetas.

»Was geht hier ab?«, fragte Lula eine der Frauen. »Was haben Sie gegen die Zetas?«

»Die sind alle Schweine. Die Zetas sind eine absolut sexistische Studentenverbindung.«

»Studentenverbindungen müssen sexistisch sein. Dafür sind sie da«, klärte Lula sie auf. »Wenn jetzt jeder, der sich im Haus aufgehalten hat, anfangen würde, Kakerlaken zu erbrechen, gut, das wäre etwas anderes. Haben Sie das schon mal erlebt?«

»Nein«, sagte die Frau. »Nur ganz normalen Würfelhusten.«

»Da bin ich ja beruhigt«, sagte Lula. »Bei Kakerlaken hätte ich mir Sorgen gemacht.«

Die Haustür stand offen, und wir gingen hinein. Alles war ruhig. Keine Schweine suhlten sich auf dem Boden. Keine Kakerlaken krabbelten herum.

»Das Haus ist groß«, sagte Lula. »Gobbles könnte sich hier wer weiß wo verstecken. Willst du von Zimmer zu Zimmer gehen?«

»Nein. Ich will lieber gar nicht sehen, was sich hinter den Türen verbirgt.«

»Das Böse?«

»Nackte Männer?«

»Soll ich für dich gucken?«

»Nur wenn es einen guten Grund gibt.«

»Ich vermute, dass er im Keller ist«, sagte Lula. »Menschen verstecken sich immer im Keller oder auf dem Dachboden. Gut, manchmal auch im Wäscheschrank oder unterm Bett. Und kannst du dich noch an den kleinen Mann im Wäschetrockner erinnern? Obwohl, freiwillig ist der nicht in die Trommel geklettert, weil, die hat sich ja gedreht, und jemand musste den Aus-Schalter drücken.«

»Nach meiner Erfahrung haben Studentenverbindungen immer eine Kellerbar oder wenigstens einen kalten Raum, um Bierfässer zu lagern.«

»He«, rief Lula einen jungen Mann herbei, der gerade das Haus verlassen wollte. »Wie kommt man hier in den Keller?«

»Der Keller ist abgeschlossen. Da unten lagern wir Zeug.«

»Und wer hat den Schlüssel?«, fragte ich.

»Das weiß ich nicht. Mehrere Leute haben einen. Gobbles zum Beispiel hatte einen. Und Professor Pooka.«

»Warum Professor Pooka?«

»Weil er unser Studienberater ist. Einige Studentenverbindungen haben Hausmütter. Wir haben einen Hausmann.«

»Weil Sie Sexisten sind, oder?«, sagte Lula.

»Weil die letzte Hausmutter zu partywütig war. Sie wurde schwanger. Danach hat man uns Pooka zugeteilt.«

»Wohnt er hier?«, fragte ich ihn.

»Nein, aber er kommt jeden Tag vorbei und schaut nach dem Rechten. Was wollen Sie im Keller?«

»Die Zähler ablesen«, sagte Lula. »Gas und Wasser.«

»Die Zähler sind draußen angebracht.«

»Das habe ich Stephanie auch gesagt«, verteidigte sich Lula. »Aber sie meint, die sind im Keller.«

Lula und ich gingen um das Haus herum.

»Es gibt keine Kellerfenster, auch keine Tür, die in den Keller führt«, sagte Lula. »Wir haben alles abgesucht.«

»Ich will noch mal Julie Ruley überprüfen«, sagte ich. »Laut Stundenplan hat sie bis elf Uhr ein Seminar.«

»Gut so. Vorher holen wir uns den Kellerschlüssel.«

»Was du bloß immer mit dem Keller hast. Warum sollte sich Gobbles dort verstecken? Es wäre unvernünftig. Der Keller hat ja nicht mal einen zweiten Ausgang.«

»Aber vielleicht einen Geheimausgang. Einen Geheimtunnel, der zu dem Restaurant in der M Street Ecke Hawthorne führt.«

»Das müsste ein extrem langer Tunnel sein.«

»Das sagt mir mein Gefühl. Ich verfüge nämlich über eine außersinnliche Wahrnehmung. Manchmal wache ich nachts auf und denke, dass es gleich regnet, und fast immer regnet es dann.«

»Ist ja der Hammer!«

»Ja. Mit so einem Talent ist nicht jeder gesegnet. Ich könnte als Wetterprophetin im Fernsehen auftreten. Vergiss Doppler und den ganzen Mist. Wenn ich sage, es regnet, kannst du drauf wetten, dass es regnet.«

»Okay. Kann nicht schaden, sich Pooka noch mal vorzunehmen. Zumindest könnte er uns sagen, mit wem Gobbles sich so getroffen hat.«

Wir trabten zu dem Naturwissenschaftlichen Institut und fuhren mit dem Aufzug in den zweiten Stock. Mit uns in die Kabine stiegen noch sechs andere junge Frauen, offenbar Studentinnen. Im zweiten Stock angekommen öffneten sich die Aufzugtüren, und die jungen Frauen rannten über den Flur zum Biologielabor.

»Unser Wunderknabe hat wohl wieder Sprechstunde«, sagte Lula. »Das Wunder an dem Knaben scheint mir eher, wie er bei den vielen Verehrerinnen überhaupt noch was auf die Reihe kriegt.«

Pookas Bürotür war geschlossen. Ich klopfte an, und jemand schrie: »Gehen Sie!«

»Hört sich voll nach Pooka an«, sagte Lula. »He, Mister Baggypants«, rief sie. »Machen Sie die Tür auf.«

Die Tür wurde aufgerissen, Pooka sah uns wütend an. »Ich bin beschäftigt!«

»Im Schlafanzug? Schöne Beschäftigung«, sagte Lula.

Pooka sah an seiner Hose herab. »Das ist keine Schlafanzughose. Das ist ein Dhoti.«

»Was für eine Idiotie?«

»Ein Dhoti! Ein indisches Beinkleid.«

»Hat die Halskette Ihnen diesen Modetipp gegeben?«, fragte Lula.

»Das Amulett kann seine Wirkung besser entfalten, wenn meine kleinen Jungs unten mehr Bewegungsfreiheit haben.«

»Das sehe ich ein«, sagte Lula. »Wenn alle Männer ihren kleinen Jungs unten mehr Bewegungsfreiheit gönnen würden, gäbe es bestimmt weniger Gewalt auf der Welt. Wie heißt es so schön: Mit eingeklemmten Klöten geht das Glück gleich flöten. Einer von den Zetas hat uns gesagt, Sie seien der Hausmann der Studentenverbindung. Sagen Sie, ist es schon mal vorgekommen, dass dort jemand Kakerlaken erbrochen hat?«

»Nein.«

»Ganz sicher?«

»Daran würde ich mich erinnern.«

»Ich suche immer noch Ken Globovic«, sagte ich. »Wer waren seine engsten Freunde?«

»Das weiß ich nicht. Ich habe Wichtigeres zu tun, als Globovic' Freundeskreis zu kontrollieren.«

»Ach ja? Was denn zum Beispiel?«, fragte Lula.

»Mein Leben leben. Einfach alles ist mir wichtiger, als jeden Schritt von Ken Globovic zu überwachen.«

»Das gilt nicht für uns«, sagte Lula. »Wir müssen ihn finden, sonst bekommen wir keinen Lohn.«

»Nicht mein Problem«, sagte Pooka. »Und jetzt raus aus meinem Büro.«

»Oh nein«, sagte Lula. »Ich verlasse Ihr Büro erst, wenn Sie uns helfen, Gobbles zu finden.«

»Ich rufe den Sicherheitsdienst«, drohte Pooka.

Lula rückte ihm auf die Pelle. »Wehe, Sie fassen das Telefon an. Wenn Sie das tun, setzte ich mich auf Sie drauf und bleibe so lange sitzen, bis von Ihnen nur noch ein Fettfleck übrig ist.«

»Ich muss mich meiner Forschung widmen«, sagte Pooka. »Sie stehlen mir meine kostbare Zeit.«

»Aha, jetzt kommen wir der Sache näher«, sagte Lula. »Was denn für eine Forschung? Geht es um globale Erwärmung?«

»Nein.«

»Dann sind Ihre Forschungen wohl doch nicht so wichtig, oder?«

»Globale Erwärmung ist ein einziger Schwindel. Nur ein weiteres Beispiel dafür, wie das amerikanische Volk von seiner korrupten Regierung belogen und betrogen wird«, sagte Pooka.

»Reden Sie lieber nicht so über die Regierung«, sagte Lula. »Das ist respektlos. Sonst kommen sie noch und holen Sie ab. Sperren Sie ein.«

Pooka starrte Lula an. »Haben Sie was läuten hören?«

»Nichts Genaues«, sagte Lula. »Ich hab nur so eine Vorahnung, weil das ganz schön verrückt klingt, was Sie da erzählen.«

»Brian Karwatt«, ließ sich Pooka endlich herauskitzeln.

»Was ist mit ihm?«, fragte ich.

»Globovic hat sich mit Brian Karwatt herumgetrieben. Und jetzt, raus aus meinem Büro.«

»Ist ja schon gut. Aber ich hab da noch so ein unbestimmtes Gefühl. Was den Keller im Zeta-Haus betrifft«, sagte Lula. »Ich glaube, Gobbles hält sich dort versteckt.«

»Nein«, sagte Pooka. »Ich war gestern Abend da, und Gobbles war nicht im Keller.«

»Er könnte sich heute Morgen ins Haus geschlichen haben«, sagte Lula. »Wenn mich mein Gefühl nicht täuscht.«

»Noch mal zum Mitschreiben: Er versteckt sich nicht im Keller.« Pooka war sichtlich erregt. »Ende der Diskussion. Nerven Sie mich nicht.«

»Danke für Ihr Entgegenkommen«, sagte Lula. »Sie haben uns sehr geholfen.«

Er wies mit ausgestrecktem Arm zur Tür. »Raus!«

Lula musste noch einen draufsetzen. »Ein Letztes. Darf ich mal Ihr Amulett berühren?«

»Nein!«

Ich zerrte Lula nach draußen auf den Flur, und Pooka knallte die Tür zu und schloss ab.

»Der Mann hat auch sein Päckchen zu tragen«, sagte Lula. »Aber die weite Hose nutzt ihm dabei rein gar nichts.«

»Ich möchte noch mal zurück zum Zeta-Haus. Mit Brian Karwatt reden.«

»Und Julie Ruley?«

»Ich weiß ja, wo sie wohnt. Die kann ich später noch befragen.«

Wir gingen den gleichen Weg über den Campus zurück, die Demonstrantinnen vor dem Haus waren verschwunden. Auf dem kleinen Balkon im ersten Stock, über dem Haupteingang, lungerten ein paar Jungs. Unten im Erdgeschoss war viel los. Wir setzten den Fuß auf die Verandatreppe, da stutzte Lula und schnupperte. Der Geruch frisch gebratener Zwiebeln und Hamburger strömte aus der Küche nach draußen und erfüllte die Luft. Der Koch bereitete das Mittagessen vor.

»Hm. Riecht das gut«, sagte Lula. »Aber ich hab mir jetzt nun mal frittierte Zwiebelringe in den Kopf gesetzt, und die hier riechen wie stinknormale gebratene Zwiebeln.«

Platsch! Eine Wasserbombe landete auf Lulas Kopf. Volltreffer. Ich sprang instinktiv zur Seite.

»Verdammte Hacke. Was soll der Scheiß?!«, schrie Lula. »Schweinepriester.« Sie sah mich an. »Was war das?«

»Eine Wasserbombe. Gefüllt mit Bier. Riecht jedenfalls so. Eine Bierbombe.«

Lula holte ihre Pistole aus der Handtasche und setzte schnell hintereinander vier Schüsse in den Balkon ab. Die Jungs stoben in Panik auseinander.

»Gut, dass ich daran gedacht habe, meine Pistole mitzunehmen«, sagte sie und schielte hinauf zum Balkon. »Hab ich jemanden getroffen?«, fragte sie.

»Sieht nicht so aus.«

»Ich hatte Bier in den Augen.«

Das machte es auch nicht besser. Lula war einfach ein sauschlechter Schütze. Sie trug heute eine Afrofrisur, lavendelfarben, ungefähr einen halben Meter Durchmesser. Sie schüttelte sich das Bier aus den Haaren und sah danach aus, als wäre nichts gewesen. Dann schlüpfte sie aus ihrem orangefarbenen Tanktop, wrang es aus und streifte es sich wieder über.

»Wie neu«, sagte sie. »Zum Glück macht mir Biergeruch nichts aus.«

Wir gingen hinein, und der Raum leerte sich.

»Ich möchte gerne Brian Karwatt sprechen«, rief ich. »Ist Brian da?«

Schweigen.

»Ist ja der reinste Partybunker hier«, sagte Lula. »Die können nur mit Bierbomben werfen. Was ist los? Wo sind die alle hin?«

»Sie sind es nicht gewohnt, dass man auf sie schießt.«

»Siehst du, deswegen wohne ich so gerne in meinem Multikulti-Viertel. Da ist man das gewohnt. Da tummeln sich alle möglichen Menschen. Gesetzlose Verbrecher, gesetzestreue Verbrecher, Gangmitglieder, Vergewaltiger und dazu noch Assis, Drogis und Alkis. Die schießen ständig aufeinander.«

»Vielleicht solltest du lieber wegziehen.«

»Ja, vielleicht, aber die Miete ist bezahlbar, und der Kleiderschrank ist riesig. Ich muss es nur lange genug aushalten, dann ist um mich herum alles gentrifiziert.«

Lula wohnt in einem kleinen neoviktorianischen Haus mit Holzverzierungen, momentan in den Farben Pink, Gelb und Lavendel. Das einzige Haus ohne Graffiti, denn die lesbische Besitzerin hätte jeden in den Boden gerammt, der es wagte, sich dem Haus mit einer Dose Sprühfarbe auch nur zu nähern. Sie wohnt im Erdgeschoss, Lula in einer der beiden Wohnungen im ersten Stock, unterm Dach eine Fünfundsiebzigjährige. Die alte Dame hält sich für Katherine Hepburn, kommt aber sonst ganz gut zurecht, nach Auskunft von Lula.

Vom Zeta-Haus zogen wir weiter ins Studentenzentrum, doch Julie Ruley war nirgends zu finden, weder in der Zeitungsredaktion noch im Gastronomiebereich.

»Von dem Biergeruch in meinen Klamotten kriege ich

direkt Hunger«, sagte Lula. »Zwiebelringe würden jetzt gut dazu passen. Ich bin dafür, dass wir uns Billy Bacon vornehmen.«

Gute Idee. Die Suche nach Gobbles stockte, und für das Kiltman College konnte ich mich einfach nicht erwärmen. Als wir uns dem Verwaltungsgebäude näherten, hörten wir eine Autoalarmanlage losheulen. Der Lärm kam von unserem Mercedes, wir gingen hin, und mit meinem Schlüsselanhänger schaltete ich den Alarm aus.

»In deinem Auto ist ja eine Gans!«, staunte Lula und trat näher. »Nein! Ein ganzer Schwarm. Und alles vollgeschissen.«

Am Rand des Parkplatzes hatte sich eine Menschenmenge versammelt, darunter auch Mintner.

»Sieht mir ganz nach einem Streich der Zetas aus. Er weist alle typischen Merkmale auf«, sagte Mintner.

»Sollte man die Gänse nicht freilassen?«, sagte Lula. »Muss doch nicht gerade angenehm für sie sein, so eingepfercht im Auto.«

»Nicht gerade angenehm« war charmant untertrieben. Die Gänse wüteten wie blind, hackten mit den Schnäbeln gegen die Fensterscheiben, zerrissen die Ledersitze, schissen, was der Darm hergab.

Die Menge wich zurück. Niemand wollte den verschreckten Gänsen im Weg stehen.

»Sie als Besitzerin sollten die Tür öffnen«, sagte Mintner zu Lula.

»Was ist denn schon groß dabei«, sagte Lula. »Die Tierchen wollen doch nur ins Freie und ihrer Wege gehen.«

Lula machte die Tür auf, und die Gänse stürmten heraus, schlugen wild mit den Flügeln, ein einziges Flattern und Schnattern, und die kreischende Lula im Epizentrum dieses Gänsesturms. Dann flogen sie weiter, stürzten sich auf alles und jeden, der ihnen im Weg stand. Die Meute suchte Zuflucht in dem Gebäude.

Lula war wie benommen. Die Gänse hatten an ihrer Afrokugel gepickt und Löcher in ihre Kleidung gerissen. Auf dem Asphalt verstreut dampften frische Flatschen Gänsekot, in der Ferne ertönte ein Hupkonzert.

»Das ist der Dank dafür, dass ich diese blöden Viecher freigelassen hab«, sagte Lula. »Diese Gänse sind verdammt rabiat.«

Ein schwarzer Porsche 911 rollte auf den Parkplatz. Ranger stieg aus, sah den Mercedes und lachte.

»Das ist nicht zum Lachen«, sagte ich. »Alles nur deine Schuld, weil du mir den Mercedes aufgeschwatzt hast. Ich war völlig zufrieden mit meiner alten Rostlaube, und dann kommst du mit einem neuen Auto daher, und die Katastrophe ist programmiert. Du hast genau gewusst, was passiert. Zählst wahrscheinlich schon den ganzen Morgen die Minuten, bis ich dein Auto ruiniert hab. Wieder mal, und diesmal in Rekordzeit, stimmt's? Ich sehe schon die Schlagzeile: ›Stephanie Plum zerstört Neuwagen in vier Stunden.‹«

Ich hatte die Beherrschung verloren und kriegte mich einfach nicht wieder ein. Wie eine Gans lief ich schnatternd und mit den Armen wedelnd umher.

»Das nervt total«, sagte ich. »Warum passieren immer nur mir solche Sachen?«

»Worüber beklagst du dich eigentlich?«, sagte Lula. »Hat

dir vielleicht jemand Bier über den Kopf geschüttet? Hat dich eine Horde angepisster Gänse zerrupft?«

Ranger schlang die Arme um mich und drückte mich. Ich spürte, wie er lachte.

»Das ist überhaupt nicht zum Lachen«, wiederholte ich.

»In meinem Leben gibt es nicht viel zu lachen, Babe. Lass mir doch die Freude.«

»Du hast einen komischen Humor.«

»Die meisten Leute meinen, ich hätte gar keinen Humor.«

Ich schob ihn von mir. »Bist du rein zufällig hier?«

»Das Kontrollzentrum hat mir den Einbruch gemeldet, und weil ich gerade in der Nähe war, dachte ich mir, das darfst du dir nicht entgehen lassen. Ich sah Lula gerade noch die Autotür öffnen.« Das Lächeln kehrte auf sein Gesicht zurück. »Beinahe wäre ich über die Bordsteinkante gestolpert, als die Gänse herausflogen.«

»Das hat bestimmt einer von den Zetas zu verantworten.«

»Meinst du aus Rache, weil ihr nach Globovic sucht?«, sagte Ranger.

»Ja. Lula hat heute auf ihren Balkon geschossen.«

Ranger musste an sich halten.

»So kommen wir nie zu unseren Zwiebelringen«, sagte Lula. »Das Auto ist voller Gänsedreck, und die Viecher haben das Steuerrad angefressen. Ich hatte mich so auf die Zwiebelringe gefreut.«

»Hal ist schon unterwegs. Er kümmert sich um den Mercedes und bringt dich ins Büro zurück«, sagte Ranger zu Lula.

»Hal ist doch der Stegosaurus, oder?«, sagte Lula.

»Stiernacken. Pralle Rückenmuskeln. Hübsches Gesicht. Dem würde ich gerne ein paar von meinen Zwiebelringen abgeben.« Lula zupfte an ihrer Afrokugel.

Hal wird außerdem ohnmächtig beim Anblick von Blut und hat eine Heidenangst vor Lula.

»Ich kann auch bei Hal mitfahren«, sagte ich.

»Es wäre mir lieber, du fährst mit mir«, sagte Ranger. »Ich muss mit dir reden.«

Wir segelten vom Parkplatz, und im selben Moment traf Hal ein. Ich bilde mir ein, dass er bei dem Anblick des mit Gänsekot übersäten Parkplatzes erbleichte, aber vielleicht lag es auch nur an der Straßenbeleuchtung oder an Lula in ihrer zerrissenen Kleidung und der vom Federvieh umgestylten Frisur.

»Dein altes Auto hab ich bereits entsorgt«, sagte Ranger. »Möchtest du einen Ersatzmercedes?«

»Nein! Ich will nicht noch mal für den Untergang eines Mercedes verantwortlich sein. Bring mich zu meinen Eltern. Ich leihe mir Big Blue aus, bis ich was anderes gefunden hab.«

Big Blue ist ein himmelblau-weißer Buick Roadmaster, Baujahr 53. Großonkel Sandor hat ihn meiner Oma vererbt, als er ins Altersheim übersiedelte, seitdem steht der Schlitten bei meinen Eltern in der Garage. Das einzige Zugeständnis an den Zeitgeist sind die notdürftigen Sicherheitsgurte. Abgesehen davon fährt er sich wie ein Kühlschrank auf Rädern und schluckt schneller Benzin, als man tanken kann. Dafür ist er umsonst und unverwüstlich.

»Heute war die Obduktion von Doug Linken. Die Leiche wird jetzt der Familie übergeben. Morgen Abend findet die Totenfeier statt, Donnerstag die Beerdigung. Monica hat mich mit der Security für beide Veranstaltungen betraut. Kann ich wieder mit dir rechnen?«

»Ja. Gib mir nur keine neuen Autos mehr.«

10

Als ich eintrudelte, aßen meine Mutter und Grandma
Mazur gerade in der Küche zu Mittag. Grandma Mazur
war zu meinen Eltern gezogen, nachdem mein Opa von
diesem Leben ins nächste aufgestiegen war. Als gute Ka-
tholikin akzeptiert meine Mutter diese Regelung als das
Kreuz, das sie zu tragen hat, und kommt mit Gottes und
Jim Beams Hilfe einigermaßen zurecht. Mein Vater hat
seitdem die hohe Kunst des selektiven Hörens entwickelt
und verbringt viel Zeit mit den Kumpels seiner Loge. Und
seitdem wir ihm seine Pistole abgenommen haben, kann
man ihn auch wieder mit Grandma allein lassen.

Meine Eltern und Grandma wohnen in einer zweigeschossigen Doppelhaushälfte, also Wand an Wand
mit einem fast identischen Haus. Sie verfügt über eine
kleine Diele, ein kleines mit Polstermöbeln vollgestelltes
Wohnzimmer, ein Esszimmer mit Esstisch, an dem zehn
Personen unbequem Platz finden können, und eine etwas
altmodische, aber gemütliche Küche auf der Rückseite des
Hauses. Oben befinden sich drei Schlafzimmer und ein
Badezimmer.

»Du kommst gerade rechtzeitig«, sagte Grandma. »Es
gibt Käse-Schinken-Sandwiches.«

»Hört sich gut an.« Ich holte mir einen Teller aus dem Regal und setzte mich an den kleinen Küchentisch.

An diesem Tisch haben meine Schwester und ich unsere Hausaufgaben gemacht. Sie war das artige Kind, ich das unartige. Als ihre erste Ehe zu Bruch ging, bekam ihre Artigkeit einen Kratzer, aber nur kurz, denn sie heiratete bald ein zweites Mal und befindet sich jetzt wieder auf dem Weg in den Heiligenstand und produziert in erschreckendem Tempo Enkel für meine Eltern.

»Wie geht es Valerie?«, fragte ich. »Ich hab seit Tagen nichts von ihr gehört.«

»Sie ist eine wandelnde Tonne und lässt Wasser beim Gehen«, sagte Grandma. »Dabei ist das Baby erst in vier Wochen fällig.«

Meine Mutter schmierte mir ein Sandwich. »Mit Senf oder Mayo?«

»Mayo.«

»Deine Mutter und ich waren heute Morgen in der Kirche. Alle reden nur über Doug Linken. Dass man ihn umgelegt hat und so. Musst du immer noch auf seine Frau aufpassen?«

»Ich bin mit der Security für die Totenfeier und die Beerdigung beauftragt.«

»Da hast du ja einen echten Glamour-Job erwischt«, staunte Grandma. »Zum Leichenschmaus darfst du dann wohl auch. Dafür würde ich meine Eckzähne hergeben.«

Was kein großes Opfer wäre, weil Grandma ein Gebiss trug. Abgesehen davon hätte sie keinerlei Bedenken, uneingeladen zu einem Totenmahl zu kommen.

»Die Frau hat ihn plattgemacht, das glauben jedenfalls

die Verkäuferinnen in der Bäckerei. Alle wussten, dass Doug Linken rumgehurt hat. Er ist zum Rauchen nach draußen gegangen, und seine Frau hat ihm ein paar Kugeln verpasst.«

»Schrecklich«, sagte meine Mutter. »Eine Tragödie.«

»Es soll nur eine Totenfeier geben, hab ich gehört«, sagte Grandma. »Es wird also rappelvoll. Falls du noch ein paar starke Arme brauchst, ich stehe bereit.«

»Ich warne dich«, wandte sich meine Mutter an mich. »Wenn du deine Großmutter dafür engagierst, bist du für den Rest deines Lebens von allen Nachspeisen in diesem Haus ausgeschlossen.«

»Ich brauche keine starken Arme«, sagte ich. »Ranger stellt die Security. Ich bin bloß da, falls Monica mal für kleine Mädchen muss.«

»Ziehst du dafür wieder die Rangeman-Uniform an?«, fragte Grandma. »Bist du bewaffnet?«

»Ersteres: Nein. Letzeres: ein bisschen.«

»Ein bisschen bewaffnet? Wie soll das gehen?«, fragte Grandma.

»Ich hab keine Munition mehr. Ich vergesse dauernd, welche zu kaufen.«

»Also, wenn es nur das ist, da könnte ich dir aushelfen.«

Meine Mutter sah meine Oma durchdringend an. »Gestern hast du mir noch gesagt, du würdest deine Pistole und alle Munition abschaffen. Du hast es mir *versprochen*.«

»Ich wollte ihr nur vorschlagen, zu Walmart zu gehen«, sagte Grandma. »Die haben alles Nötige.«

Ich sah den verstohlenen Blick meiner Mutter zum Regal über der Spüle. Sie versteckte dort ihren Fusel, und wahrscheinlich wog sie ab, ob sie mein Bild von ihr als Alkoholikerin mit ihrer Gier nach einem Schluck aus der Flasche bestätigen oder doch lieber auf ihr Trostwasser verzichten wollte. Ich liebe Grandma Mazur, aber wenn ich mit ihr zusammenwohnen müsste, ehrlich, ich würde mir auch hin und wieder einen genehmigen.

»Jagst du wieder Verbrecher?«, fragte Grandma.

»Ach, nur die üblichen Verdächtigen«, sagte ich. »Nichts Besonderes.«

»Du sollst Billy Bacon geschnappt haben, aber er ist dir entwischt, oder?«, sagte Grandma.

Ich nickte. »Wir hatten ihn schon in Gewahrsam genommen, aber dann kam es zu einem Zwischenfall.«

Meine Mutter wurde sofort hellhörig. »Was für ein Zwischenfall? Von einem Zwischenfall ist mir nichts zu Ohren gekommen.«

»Es hatte mit Lula zu tun«, sagte ich. »Ich wollte Mittagessen für uns alle kaufen. Lula und Billy Bacon haben währenddessen im Auto gewartet und wurden entführt.«

»Oh mein Gott«, sagte meine Mutter und bekreuzigte sich umgehend. »Wo ist das passiert? Bestimmt in einer schlechten Wohngegend. Du hältst dich viel zu oft in solchen Vierteln auf. Ich verstehe nicht, warum du dir nicht eine anständige Arbeit suchst.«

»Mein Job gefällt mir«, sagte ich. »Ich hab viele Freiheiten, und ich muss mich nicht jeden Tag in Schale schmeißen.«

»Du verdienst wenig Geld, und immer hast du mit Kriminellen zu tun«, wandte meine Mutter ein. »Es ist ein furchtbarer Job. Du solltest kündigen und Joseph heiraten.«

Ich seufzte.

»Was ist?«, sagte meine Mutter.

»Ich bin nicht bereit, Morelli zu heiraten.«

»Warum nicht? Er hat eine feste Stelle. Er hat ein Haus. Er hat ein schönes Auto.«

»Und er ist heiß«, ergänzte Grandma. »Das ist nicht zu verachten.«

Ob es wohl Nachtisch gibt?, fragte ich mich. Auf der Küchenablage stand eine weiße Schachtel von der Tasty-Pastry-Bäckerei.

Grandma sah meinen hungrigen Blick. »Italienisches Gebäck«, sagte sie. »Rosinenschnecken, Mandelhörnchen und Pistazienkekse.« Sie stand auf und stellte die Schachtel auf den Tisch.

»Schließlich wirst du auch nicht jünger«, warnte mich meine Mutter. »Worauf wartest du noch? Lad ihn doch Freitag zum Essen ein. Ich mache Schmorbraten.«

Ich nahm mir eine Rosinenschnecke. »Wir haben Schluss gemacht.«

Meiner Mutter fielen die Augen aus dem Kopf. »Schluss gemacht? Warum?«

Ich zuckte mit den Achseln. »Er hat mich abserviert.«

»Was hast du ihm denn getan?«, fragte meine Mutter weiter. »Irgendwas musst du ihm doch getan haben.«

Ich sah demonstrativ auf meine Armbanduhr. »Oje. Wie die Zeit vergeht. Ich muss los. Darf ich mir Onkel Sándors Auto ausleihen?«

»Was ist mit deinem Auto?«, sorgte sich meine Mutter.

»Es gab da ein kleines Problem.«

»Was denn für eins? Reifen geplatzt? Batterie leer?«

»Es war voller Gänse«, sagte ich. »Nicht meine Schuld.«
Sinnlos, es zu verschweigen. Wahrscheinlich kam es
sowieso in den Abendnachrichten, wenn es nicht schon
längst auf YouTube stand. Jeder auf dem Parkplatz hatte
das Fiasko mit seinem Handy gefilmt.

Meine Mutter schien wie benommen, als hätte ihr jemand mit einer Bratpfanne einen über den Schädel gezogen. »Gänse«, murmelte sie.

»Alles in Ordnung«, sagte ich. »Lula hat sie wieder raus-
gelassen. Den Gänsen geht es gut.«

»Mist. Immer verpasse ich die aufregenden Sachen«,
beklagte sich Grandma.

Ich nahm mir noch etwas Gebäck, stand auf und
schlang mir meine Umhängetasche über die Schulter. »Ich
muss wieder an die Arbeit.«

Grandma holte den Autoschlüssel aus der Kramschub-
lade und gab ihn mir. »Ich hab noch Pistolenkugeln, falls
du welche brauchst«, flüsterte sie. »Aber verpetz mich
nicht bei deiner Mutter.«

Am Steuer von Big Blue fühlte ich mich immer wie eine
Versagerin, denn ich fuhr ihn nur, wenn mir keine andere
Wahl blieb. Automäßig bedeutete Big Blue für mich den
absoluten Tiefpunkt. Komiker Jay Leno hätte den Schlitten bestimmt ultracool gefunden, ich fand ihn einfach
nur ultraschwer zu manövrieren. Ein 53er Buick ließ sich
nicht mit meinem Selbstbild vereinbaren. In Wahrheit ließ
sich auch der Mercedes SUV nicht mit meinem Selbstbild
vereinbaren, ein knallgelber Jeep Wrangler oder auch ein
flotter roter Hyundai entsprachen viel eher meinem Typ.

Ich glitt mit dem blauen Koloss aus der Garage auf die Straße, legte den Gang ein, gab Gas, und der Wagen schob sich nach vorn. Ich ließ Burg hinter mir, bog in die Hamilton Avenue, als mir im Rückspiegel ein rotes Blinklicht auffiel. Es war Morelli in seinem grünen SUV, mit einer Kojak-Leuchte auf dem Dach. Ich zog rüber auf den kleinen Kundenparkplatz von Tasty Pastry, und Morelli stellte sich hinter mich. Mit erhobenen Händen stieg ich aus dem Auto.

»Sehr witzig«, sagte er. »Nimm die Hände runter, bevor noch jemand deine Mutter anruft und sagt, ich wollte dich hochnehmen.«

»Was gibt's?«

»Ich hab dich vorbeifahren sehen und mir gedacht, das ballistische Gutachten, das ich gerade bekommen habe, könnte dich interessieren. Die Kugeln, die man in Doug Linkens Leiche und in der seines Partners Harry Getz geborgen hat, wurden von ein und derselben Waffe abgefeuert.«

»Somit ist der Todesschütze also auch ein und derselbe. Habt ihr die Waffe schon?«

»Nein.«

»Habt ihr euch mal nach dem Motiv gefragt?«

»Naheliegend wäre ein verschnupfter Investor, aber das glaube ich kaum.«

»Wären da noch die Ehefrauen.«

»Traust du ihnen einen Mord zu?«

»Unter bestimmten Umständen schon.«

»Einverstanden, aber es überzeugt mich nicht.«

»Was überzeugt dich denn?«

»Im Moment gar nichts. Die Obduktion hat nichts Interessantes ergeben. Und auf den Bericht des Kriminallabors warte ich noch. Ich sage dir das, weil Ranger meines Wissens wieder die Security für Linkens Witwe stellen soll. Und ich nehme an, dass du dabei bist.«

»Richtig geraten.«

»Könntest du ein bisschen spitzeln für mich? Ich gehe auch zu beiden Veranstaltungen, aber ich hab nicht den Zugang zu den Leuten, den du hast.«

»Wolltest du deinen Dienstausweis und deine Waffe nicht abgeben?«

»Das ist ein längerer Prozess. Ich muss erst noch ein paar Sachen regeln.«

»Ein neuer Job?«

»Ja. In der Zwischenzeit mache ich meinen alten, so gut ich kann.«

»Das ist echt großzügig von dir.«

»Ja. So bin ich. Die Großzügigkeit in Person.«

»Ich verstehe es trotzdem nicht. Du hast Sodbrennen. Viele Menschen haben das. Kein Grund, seinen Job als Polizist an den Nagel zu hängen. Was willst du stattdessen machen? Versicherungsvertreter? Minimarktmanager?«

»Ja vielleicht.«

»Wir beide haben praktisch zusammengewohnt, und du hast mir nie davon erzählt.«

»So etwas muss ich mit mir selbst ausmachen.«

Ich verdrehte die Augen. »Versteh einer die Männer!«

Er machte einen Schritt auf mich zu, und ich dachte schon, er würde mich küssen, aber er nahm nur meinen Pickel unter die Lupe.

»Ist er das?«, fragte er.

»Ist schon besser als gestern.«

»Und alles nur wegen mir?«

»Ja!«

Grinsend schaukelte er auf den Fersen vor und zurück.

»Es tut mir leid.«

»Das nehme ich dir nicht ab.«

»Doch. Es tut mir leid. Ich schwöre. Möchtest du einen Donut? Kaffee?«

»Nein. Trotzdem danke. Ich muss los. Hab noch zu tun.«

Ich klemmte mich hinters Steuer, und Morelli lehnte sich ins Fenster. »War schön, dich mal wiederzusehen.«

Unwillkürlich verdrehte ich wieder die Augen. Ich schaute zu, wie Morelli vom Parkplatz rollte, fuhr dann den gleichen Weg wie vorher von der Bäckerei zurück zum Büro und stellte mich hinter Lulas Firebird.

Connie blickte auf, als ich hereinkam. »Wo ist Lula?«

»Mit Hal unterwegs. Zwiebelringe probieren.«

»Rangeman Hal?«

»Genau der. Heute geht mal wieder alles schief. Die Zetas wollen uns von der Suche nach Gobbles abhalten. Sie haben Lula mit einer Bierbombe beworfen. Und dann auch noch den Mercedes als Gänsestall missbraucht.«

»Lebende Gänse?«

»Ja. Kein schöner Anblick. Kurz: Ranger hat mich zu meinen Eltern gefahren. Ich hab mir Big Blue ausgeliehen. Und Lula hat sich mit Hal verabredet.«

»Ich hab alle Mitglieder der Studentenverbindung durch die Suchmaschine laufen lassen. Keine Treffer für eine Adresse Nähe M Street Ecke Hawthorne.«

Die Tür flog auf, und Lula segelte herein.

Connie starrte sie an. »Meine Fresse. Was ist denn mit dir passiert?«

»Gänse«, antwortete Lula. »Undankbares Pack.«

»Du hast Gänsefedern im Haar«, sagte ich.

»Ja, ich weiß. Ich muss unbedingt in den Beauty-Salon. Ayesha verbringt wahre Wunder mit ihren Händen. Sowieso, ich brauche einen Farbwechsel. Lavendel kommt gut mit meiner hübschen braunen Hautfarbe, aber es schränkt zu sehr ein. Ich färbe mir meine Haare blond, dann kann ich zu der roten Abteilung in meinem Kleiderschrank übergehen. Stimmungsmäßig bin ich gerade voll auf Rot eingestellt.«

»Hast du Hal zu den Zwiebelringen überreden können?«, fragte ich sie.

»Er hatte keine Zeit. Wir haben so lange gewartet, bis das Auto auf den Tieflader gezogen wurde, danach musste er auf Streife gehen. Vorher hat er mich aber noch hier abgesetzt. Ist mir auch recht, dann kann ich mich jetzt gleich von Ayesha aufhübschen lassen und später noch ausgehen. Kommt doch mit! Ein Frauenabend. Nur wir drei. Gleichzeitig halten wir nach Gobbles Ausschau. Der kommt nachts bestimmt raus aus seinem Versteck.«

»Ich bin dabei«, sagte Connie. »Ich hab heute Abend sowieso nichts vor.«

»Ich komme auch«, sagte ich.

»Ehe ich es vergesse«, wandte Connie sich an mich. »Du hast wieder einen Brief bekommen. Könnte von Daniel Craig sein. Ohne Absender. Die Handschrift ist die gleiche wie beim ersten.«

Oh Mann.

Ich machte den Umschlag auf und zog ein Foto heraus. Ein splitternackter Mann mit einem riesigen Ständer und Daniel Craigs Kopf. Eine Fotomontage, eindeutig.

»Daniel hat ja einen saftigen Bolzen«, sagte Lula.

»Das ist nicht Daniel Craig«, sagte ich. »Der Absender hat nur dessen Kopf auf einen anderen Körper geklebt. Man sieht doch, die Hautfarben passen nicht zusammen.«

»Pech für Daniel Craig«, sagte Lula. »Der hätte sicher auch gerne so einen Prügel.«

Connie sah mir über die Schulter. »Der Penis ist ja gigantisch. Ist der echt?«

»Ich hab sie schon in der Größe gesehen«, sagte Lula. »Aber meistens sind die Männer mit solchen Apparaten schlicht gestrickt. Ich meine, es sind keine Könner, wenn ihr versteht, was ich meine.«

Ich wusste nicht, was sie meinte, und ich wollte auch nicht nachfragen.

»Auf der Rückseite steht was«, sagte Connie.

Ich drehte das Foto um und las das Handgeschriebene. »Hier steht: Das ist mein wahres Ich.«

»Das wahre Ich scheint ein bisschen größenwahnsinnig zu sein«, sagte Lula.

»Willst du das Foto behalten?«, fragte ich Lula. »Obwohl diesmal keine Badewannenablage drauf ist.«

»Ich nehme es trotzdem«, sagte Lula. »Mein Liebesleben ist in letzter Zeit etwas mau.«

11

Um acht Uhr überfiel mich ein Mordshunger, obwohl ich zwischendurch ein Erdnussbutter-Oliven-Sandwich gefuttert hatte. Ich wusch mir das von Lula verspritzte Bier aus den Haaren, schlüpfte in eine frische Jeans, streifte ein schickes Tanktop über und kombinierte es mit einem Sweater. Dann nur noch in meine neuen Flats gestiegen, und ich war startklar für unseren Frauenabend.

Eine Viertelstunde später traf ich mich mit Lula und Connie im Büro. Lula hatte ihre jetzt narzissengelb gefärbten Haare zu Cornrows flechten und einige Verlängerungen anbringen lassen, die bis zu den Schultern reichten. Sie steckte in einem feuerroten knallengen Bandage-Kleid, das sie wie eine Wurstpelle umgab, aber irgendwie stand es ihr. Dazu passender Lippenstift und ebenso passende gefälschte Louboutin-Stöckel.

Connie hatte ihre Bürokleidung nicht abgelegt. Enger schwarzer Bleistiftrock, der bis knapp zu den Knien reichte, enges schwarzes Top mit U-Ausschnitt und reichlich Einblick, klobige Goldkette, Armreif und Schuhe mit goldenen Keilabsätzen. Connie war ein paar Jahre älter und viel italienischer als ich. Meine Haare waren von Geburt an widerborstig, ihre absichtlich.

Wir quetschten uns in Lulas Firebird und fuhren zur Kreuzung M Street und Hawthorne, kurvten durch die umliegenden Straßen und hielten Ausschau nach Gobbles, bevor wir uns einen Parkplatz suchten.

»Ich würde mich an die Freundin halten«, sagte Connie. Mir war das schnuppe. Ich dachte an Morelli. Er war wirklich ein guter Polizist. Ich konnte ihn mir in einem anderen Beruf gar nicht vorstellen. Allerdings, vor ein paar Tagen hätte ich mir auch nicht vorstellen können, dass er mich abservieren würde. Es war nicht etwa unsere erste Trennung. Uns verband eine endlose Folge von Trennungen. Aber noch nie hatten wir uns getrennt, wenn wir nackt waren. Das war neu. Und echt belastend.

Wir marschierten in die Bar ein und checkten die Lage. Zwei Tische besetzt, an der Theke vier Männer, Gobbles war nicht darunter.

Wir suchten uns einen freien Tisch und bestellten Burger und Pommes, Zwiebelringe und einen Pitcher Bier.

»Habt ihr schon mal daran gedacht, euch einen neuen Job zu suchen?«, fragte ich Connie.

»Ich denke jeden Tag daran.«

»Ich nicht«, sagte Lula. »Mir gefällt mein Job.«

»Du hast ja auch keinen«, sagte Connie. »Du rauschst nach Lust und Laune ins Büro. Du fährst Stephanie durch die Gegend. Du machst Besorgungen für uns. Du kaufst Hähnchen-Sandwiches und Donuts. Und wir bezahlen dich.«

»Stimmt«, sagte Lula. »Das ist lieb von euch. Mir konnte nichts Besseres passieren, als wir damals, nachdem unser Büro abgebrannt war, von Papier auf elektronisch umgestellt haben. Ich hab als Sekretärin für die Aktenablage angefangen, und heute gibt es kaum noch Akten zum Ablegen. Zum Glück hab ich ja noch mehr zu bieten. Ich besitze intime Kenntnisse über die schlimmsten Gegenden der Stadt und die widerlichsten Menschen unter uns. Und ich gehe Vinnie auf die Nerven.«

Wir stießen mit unseren Biergläsern auf die Nervensäge Vinnie an.

»Du hast dich für unseren Frauenabend ja richtig in Schale geworfen«, sagte Connie.

»Darauf kannst du deinen Arsch verwetten. Ich bin stolz auf mein äußeres Erscheinungsbild.« Sie sah an sich hinab und ordnete ihre Brüste neu, hob die Kleinen ein bisschen an. »Man weiß ja nie, wann der Richtige kommt. Dann will man doch vorzeigbar sein.«

Connie, die mir gegenübersaß, sah mich an. »Warum fragst du? Denkst du daran, deinen Job zu wechseln?«

»Ich kenne jemanden, bei dem ein großer Wechsel bevorsteht, und das hat mich ins Grübeln gebracht.«

»Was würdest du machen, wenn du nicht mehr für Vinnie arbeitest?«, fragte Connie.

Unser Essen kam, und ich aß einen Zwiebelring und überlegte, wie ein Leben nach der Ära Vincent Plum aussehen könnte.

»Keine Ahnung«, sagte ich.

»Was wolltest du als Kind früher mal werden?«

»Wonder Woman.«

»Verstehe ich gut«, sagte Lula. »Sie schwang ihr goldenes Lasso der Wahrheit. Und dann diese Stiefel. Super!«

»Ich wollte Madonna sein«, sagte Connie.

Ich aß meinen Burger auf und ging zum Barkeeper.

»Ich erinnere mich an Sie«, sagte er. »Sie und noch einer, der aussah wie Batman, waren hinter einem Mann her, der eine Dreißig-Dollar-Zeche geprellt hat und dann durch die Küche abgehauen ist. Den habe ich seitdem nicht wiedergesehen.«

»Kein Stammgast?«

»Das nun wirklich nicht.«

»Hat er irgendwas gesagt? Hat er sich mit Ihnen unterhalten?«

»Nein. Sind Sie von der Polizei?«

»Von der Kautionsagentur Plum.«

Ich gab ihm zwanzig Dollar und ging zurück zu unserem Tisch.

»Wie ist es gelaufen?«, fragte Lula.

»Gobbles ist nicht wieder aufgekreuzt.«

»Er ist im Keller der Zetas«, sagte Lula. »Ich spüre es. Es ist fast wie eine Vision, nur etwas verschleiert.«

»Meinst du, wir sollten uns den Keller mal angucken?«

»Nicht wir. Ihr«, sagte Lula. »Ich war gerade erst beim Friseur, und ich will mir mein schickes rotes Kleid nicht schmutzig machen. Außerdem wissen wir nicht, was sie mit den Gänsen gemacht haben. Vielleicht sind sie im Keller und beschützen Gobbles.«

»Was sagt deine Vision über die Gänse?«

»Ich sehe keine Gänse, aber das muss nicht heißen, dass es dort keine gibt. Wie gesagt, die Vision ist verschleiert.«

»Es könnte nicht schaden, uns noch mal im Zeta-Haus umzusehen.«

Lula stellte sich auf einen Behindertenparkplatz hinter dem Studentenzentrum und legte einen Behindertenausweis auf das Armaturenbrett.

»Das ist meine Tarnung. Damit mir nicht wieder einer Gänse ins Auto stopft. So was kann nur ein ziemlich grässlicher Charakter tun.«

Ich schaute mir die Parkerlaubnis an. »Woher hast du die?«

»Von Macy's«, sagte Lula. »Betrüger-Jimmy hatte auf dem Kundenparkplatz seinen Verkaufsstand aufgebaut.«

»Du kaufst dir bei Betrüger-Jimmy einen Behindertenausweis? Hast du keine Angst, dass er dich betrügt?«

»Jimmy? Niemals! Ich kenne ihn seit Jahren. Ich hab den Lappen genau untersucht. Er sieht verdammt echt aus.«

»Aber du bist doch gar nicht behindert«, sagte Connie.

»Es gibt alle möglichen Arten von Behinderungen«, sagte Lula. »Sichtbare und unsichtbare. Ich hatte zum Beispiel eine benachteiligte Kindheit, und ich fürchte mich vor Schlangen. Ich glaube, ich bin sogar Legasthenikerin, und ich leide unter Glutenunverträglichkeit. Und als ich dies Kleid hier anzog, dachte ich, habe ich jetzt etwa auch noch Magenblähungen?«

Ehe sie sich weiter über ihre Magenblähungen auslassen konnte, übernahm ich die Führung über den Campus zum Zeta-Haus. Dort angekommen blieben wir zunächst eine Zeitlang im Schatten stehen und beobachteten die Leute, die ein und aus gingen. In allen Fenstern brannte Licht, und Musik plärrte.

»Glaubst du immer noch, dass er im Keller ist?«, fragte ich Lula.

»Ich weiß es nicht mehr«, sagte sie. »Anfangs war ich mir ziemlich sicher, aber jetzt verschleiert mir der Nebel den Blick.«

»Verdammt noch mal!«, platzte Connie der Kragen. »Warum bringen wir es nicht endlich hinter uns und steigen hinunter in den Keller?«

»Die Tür ist immer abgeschlossen«, sagte ich.

»Dann gehen wir eben ins Haus und bitten den Verantwortlichen, uns die Tür aufzuschließen.«

»Wenn das so einfach wäre«, sagte ich. »Das letzte Mal hat Lula auf ihren Balkon geschossen.«

»Aber ich hab niemanden getroffen«, sagte Lula. »Und wenn man sich die Leute hier so ansieht, wie die alle saufen und kiffen, dann erinnert sich bestimmt kein Schwein mehr an den Vorfall.«

»Also gut, gehen wir rein. Aber nicht schießen«, sagte ich zu Lula. »Es fällt kein Schuss! Klar? Lass dir bloß nicht einfallen, deine Pistole aus der Handtasche zu holen.«

»Verstanden«, sagte Lula. »Wir gehen ganz ruhig und friedlich rein und schauen uns unauffällig um. Mischen uns unter die Leute und schleichen uns zur Kellertür. Vielleicht ist sie ja sogar offen.«

Unauffällig? Mit einem derartigen Hingucker an meiner Seite? Einer schwarzen Neunzig-Kilo-Frau in einem roten XS-Elastan-Röhrenkleid, das ihren Po kaum bedeckte? Mit einem Ausschnitt tief wie der Grand Canyon? Mit so strammen Brustwarzen, dass sie das Elastangewebe fast durchbohrten?

»Gute Idee«, sagte ich. »Also rein. Und schön bedeckt halten.«

Wir durchquerten die Eingangshalle, schafften es bis ins Wohnzimmer, wo ich stehen blieb und mich umsah.

Ein Mann mit einem Tablett voller Plastikbecher Bier kam auf uns zu. »Seid ihr Studentinnen hier?«

»Ja klar«, sagte Lula. »Wir studieren allen möglichen Scheiß.«

»Will jemand von euch mit nach oben?«

»Eigentlich wollen wir lieber runter«, sagte Lula.

»Wir möchten uns gerne den Keller angucken«, sagte Connie.

»Der Keller ist abgeschlossen«, sagte er. »Da unten ist sowieso nichts los.«

»Warum ist er dann abgeschlossen?«, fragte ich.

»Wir bewahren da unser Bier auf«, sagte er.

»Das würde ich mir gerne ansehen«, sagte Lula. »Bier macht mich total heiß. Die meisten Leute wollen Bier trinken, aber ich gucke es mir lieber an. Du kannst dir nicht vorstellen, was ich alles mit dir anstellen würde, wenn ich nur genug Bier zum Angucken hätte. Du wärst nicht mehr derselbe. Du wärst völlig erledigt, wenn ich mit dir durch bin.«

»Mist«, sagte er. »Ich hab keinen Schlüssel. Professor Pooka hat einen. Was ist nun? Willst du mich nicht happy machen? Oder ihr alle drei?«

»Das musst du schon allein machen. Wir machen Leute erst happy, nachdem wir sie besser kennengelernt haben. Man hat schließlich seine Prinzipien.«

»Wie teuer sind denn eure Prinzipien?«, fragte er Lula. »Was kriege ich für zehn Dollar?«

»Für zehn Dollar kriegst du gar nichts«, sagte Lula.

119

»Wenn ich in dem Gewerbe wäre, würde ich dich für zehn Dollar nicht mal mit dem Hintern angucken.«

»Ich erhöhe auf zwanzig. Für zwanzig kriege ich doch wohl eine schöne Handentspannung.«

»Soll das eine Beleidigung sein?«, sagte Lula. »Weißt du, was du für zwanzig kriegst? Eine Ladung Pfefferspray. Ich hab welches in meiner Handtasche.«

Lula holte ihre Pistole hervor.

Dem Jungen gingen die Augen über. »Scheiße! Jetzt weiß ich wieder, wer Sie sind. Die Verrückte, die auf unseren Balkon geschossen hat.«

Jemand schrie: »Sie hat eine Waffe! Ruft die Polizei! Lauft um euer Leben!«

»Ich hab nur nach meinem Pfefferspray gesucht«, sagte Lula.

Die Leute stürmten die Treppe hoch oder liefen in Panik nach draußen.

»Das ist ja der helle Wahnsinn hier«, sagte Lula. »Und alles nur wegen mir.«

Ich schob sie in Richtung Küche. »Immer Connie nach!«

Wir liefen durch die leere Küche zum Hinterausgang. Ich knallte mit Dekan Mintner zusammen, was ihn glatt umhaute.

Connie und ich halfen ihm auf die Beine.

»Entschuldigung«, sagte ich. »Ich hab Sie im Dunkeln nicht gesehen.«

»Was haben Sie hier zu suchen?«, fragte Lula ihn.

»Ich beobachte. Notiere mir Namen und sammle Beweise.«

»Beweise? Wofür?«

»Das weiß ich nicht«, sagte Mintner. »Das habe ich noch nicht herausgefunden.«

»Jetzt weiß ich, warum ich nicht aufs College gehe«, sagte Lula. »Weil hier nur Vollidioten rumlaufen.«

Wir ließen Mintner mit sich allein und rannten zu Lulas Firebird. Lula schmiss den Behindertenausweis wieder ins Handschuhfach, und wir fuhren zurück zum Büro.

»Ein richtig lustiger Frauenabend«, stellte sie fest. »Sollten wir öfter machen.«

12

Als ich aufwachte, roch es nach frisch gebrühtem Kaffee. Einerseits wunderbar, andererseits erschreckend, denn es bedeutete, dass sich jemand in meiner Küche aufhielt. Ein geistesgestörter Killer? Der würde sich wohl kaum Kaffee kochen. Blieben nur noch Morelli, der einen Wohnungsschlüssel besaß, und Ranger, der mit seinen Zauberhänden jedes Schloss knackte. Ich tippte auf Morelli. Ranger hätte zwei Becher Starbucks-Kaffee mitgebracht. Ich stand auf und schlich mich auf Zehenspitzen in die Küche.

Morelli lehnte mit einem Kaffeebecher in der Hand an der Küchenablage. Er goss mir auch einen Becher ein, tat Milch hinzu und reichte ihn mir.

»Ich muss mit dir reden«, sagte er.

»Ich besitze ein Telefon. Und an meiner Haustür ist eine *Klingel*.«

»Ich weiß. Aber die ist kaputt.«

»Du kannst von Glück sagen, dass ich nicht auf dich geschossen habe.«

»Deine Pistole ist in der Plätzchendose, und sie ist nicht geladen, Pilzköpfchen.«

Ich trank einen Schluck und strich mir das Haar aus der Stirn. »Worüber willst du überhaupt mit mir reden?«

»Über Doug Linken. Wir haben das toxikologische Gutachten bekommen. Dort heißt es, an seinen Schuhsohlen finden sich Spuren von schwarzem Schießpulver. An Harry Getz' Schuhsohlen war das gleiche Pulver. So häufig kommt das Zeug nicht vor. Bei Waffenschmieden und Sammlern vielleicht, aber weder Linken noch Getz haben eine Waffe besessen.«

»Warum erzählst du mir das?«

»Du begleitest heute Abend Monica Linken. Ich hab sie nach dem Pulver gefragt, aber sie weiß angeblich von nichts. Vielleicht kriegst du ja irgendetwas raus. Schnappst auf, was so geredet wird. Jemand defiliert am Sarg vorbei, der aussieht, als würde er seine Munition selbst herstellen. Ein Fan von historischen Schlachten, ein Waffennarr, was weiß ich.«

»Zählt Monica noch immer zu den Verdächtigen?«

»Jedenfalls zu den Personen von besonderem Interesse. Für die Tatzeit hat sie ein hieb- und stichfestes Alibi. Und Getz' Frau umgekehrt eins für den Fall Linken.«

»Getz und Linken wurden also mit derselben Waffe getötet, und beide hatten Schießpulver an den Fußsohlen.«

»Genau!«

»Sonst noch eine Gemeinsamkeit?«

»Sie waren Geschäftspartner.«

»Vielleicht haben sie Geschäfte mit jemandem gemacht, der Schießpulver verwendet.«

»Wir haben alle Geschäftsvorgänge durchforstet und nichts gefunden, aber vom Tisch ist der Verdacht damit noch nicht. Irgendwo müssen sie jedenfalls in Schießpulver getreten sein, so viel ist klar.«

»Warum glaubst du, dass es mit den Schüssen in Zusammenhang steht?«

»So weit würde ich nicht gehen. Ich finde es nur ein seltsames Detail. Ein Rätsel, das ich gerne lösen möchte.« Ich steckte einen Scheibe Toast in den Toaster und sah Morelli an. »Willst du einen Toast? Cornflakes?«

»Nein danke. Ich hab schon gefrühstückt.«

Ich hatte in einem schlabbrigen alten T-Shirt und einem Bikini-Unterteil geschlafen, und Morelli stierte gebannt auf den Saum des Shirts, das bis knapp unter die Pofalte reichte.

»Süß«, sagte Morelli.

»Bist du wirklich gekommen, um mit mir über Doug Linken zu reden?«

Er trank den letzten Schluck Kaffee und wusch den Becher in der Spüle aus. »Ja. Ich bin ganz schön versaut, was?«

»So kommt es wenigstens rüber, aber was weiß ich schon.«

Er zog mich an sich und küsste mich. Seine Hand glitt unter mein Shirt und schob sich weiter hinauf, der Daumen reizte meine Brustwarze.

Sein Handy meldete eine SMS, und wir erstarrten.

»Scheiße«, sagte Morelli.

Sein Handy brummte erneut. Morelli nahm die Hand von meiner Brust und las die Nachricht.

»Das ist der Grund für mein Sodbrennen«, sagte er. »Immer wenn ich gerade mit *irgendwas* beschäftigt bin, wird jemand ermordet.«

Er küsste mich flüchtig, entschuldigte sich und ging.

Es war das zweite Mal innerhalb von kaum achtundvierzig Stunden, dass ein Mann aufhörte, mich zu streicheln, weil sein Handy klingelte. Und beide Male war jemand getötet worden. Wenn ich nicht so ein ausgeglichener, emotional stabiler Mensch wäre, könnte ich da schon auf komische Gedanken kommen.

Ich schmierte Erdnussbutter auf die Scheibe Toast, schnitt Bananenscheibchen obendrauf, trank einen Schluck Kaffee und checkte meine Mails.

Ich löschte mehrere Angebote für Penisverlängerungen und zwei Mails von Russinnen, die mich kennenlernen wollten, beantwortete eine Mail von meiner Freundin Mary Lou und sah mich auf ein paar News-Seiten um. Die News zogen mich dermaßen runter, dass ich zur Aufmunterung erst mal Pharrell Williams Video »Happy« anklickte. Ich tanzte dazu in die Küche, fütterte Rex, gab ihm frisches Wasser und war bereit für die zweite Hälfte des Tages.

Eine Stunde später schlug ich im Büro auf. Lula hatte es sich mit dem *Star* auf dem Sofa gemütlich gemacht, Connie saß am Schreibtisch. Die Tür zu Vinnies Arbeitszimmer war geschlossen, aber sein Auto stand auf dem kleinen Parkplatz neben dem Haus, er war also da.

»Hier ist eben ein Karton für dich abgegeben worden«, sagte Connie.

»Der Größe nach könnte es ein Schuhkarton sein«, sagte Lula. »Es sind bestimmt Schuhe.«

Es gab keinen Absender, und der Poststempel war nicht aus New Jersey.

»Ich hab keine Schuhe bestellt«, sagte ich. »Eigentlich hab ich gar nichts bestellt.«

Ich riss das Klebeband ab, klappte den Deckel auf und las die beiliegende Karte.

»Was steht da?«, fragte Lula.

»Hier steht: *Endlich hab ich dich gefunden. Bin ich nicht klug? Anbei ein Geschenk für dich. Du kannst es benutzen, bis wir uns persönlich kennenlernen.* Unterschrift: *Casanova.*« Ich rupfte das Seidenpapier heraus, und gemeinsam starrten wir auf das Gebilde im Karton.

»Ein Dildo«, sagte Lula. »Und was für einer. Ganz schön groß.«

Vinnie kam aus seiner Höhle und sah sich den Dildo an. »Scheiße, verdammte«, sagte er. »Damit kann man ja eine Kuh ficken.«

Lula nahm ihn aus dem Karton und hielt ihn hoch. »Auf dem Etikett steht der Name des Dildos. *Big Whopper.* Die Noppen sind zur Luststeigerung.«

Lula drückte einen Knopf am Hodensack, der Dildo leuchtete auf und fing an zu vibrieren.

»Das ist ein Hightech-Dildo«, stellte Lula fest. »Er hat einen schönen satten Sound.«

»Wer ist dieser Casanova?«, fragte Vinnie.

»Stephanie hat ein paar heimliche Verehrer«, sagte Lula. »Sie schicken ihr ständig irgendwelches Zeug, immer ohne Absender. Es sei denn, der hier heißt wirklich Casanova.«

»Sehr interessant«, sagte Vinnie. »Aber es wäre noch viel interessanter, wenn ihr diesen Gummischwanz wegpacken und endlich anfangen würdet zu arbeiten. Wir sind kein Wohltätigkeitsverein. Warum ist Billy Bacon noch nicht gefasst?«

»Weil er uns jedes Mal entwischt«, sagte Lula. »Er ist aalglatt.«

»Dann stellt ihm eine Falle. Tut endlich was!«

Vinnie zog sich wieder in sein Arbeitszimmer zurück, knallte die Tür zu und schloss sich ein.

»Keine schlechte Idee«, sagte ich. »Wir stellen ihm eine Falle. Laden ihn zu einer Pizzaparty ein.«

»Das gefällt mir«, sagte Lula. »Ein Koloss wie er würde sich niemals eine gute Mahlzeit entgehen lassen. Schon gar nicht, wenn es umsonst ist. Wir lassen die Pizza ins Haus seiner Mutter liefern. Die weiß bestimmt, wie man ihn erreicht.«

»Mein Cousin arbeitet bei Domino's«, sagte Connie. »Wie viele Pizzen soll ich bestellen?«

»Jedenfalls so viele, dass er anbeißt«, sagte ich. »Schick ihm vier extragroße mit allem Drum und Dran. Der Pizzabote soll ausrichten, es sei eine Werbeaktion, und Bacon sei zufällig ausgewählt worden. Und er soll sie um Punkt zwölf liefern.«

»Domino's ist die beste Pizzeria«, sagte Lula. »Da gibt es alles. Sogar glutenfreie Pizza. Wir nehmen lieber auch eine glutenfreie, falls Billy Bacon allergisch ist.«

»Ach, übrigens, kennen wir jemanden, der Umgang mit Schießpulver hat?«, fragte ich Connie.

»Mein Onkel Lou«, sagte Connie. »Alte Schule. Er gießt seine Patronen selbst.«

»Der muss doch mindestens achtzig sein«, sagte Lula. »Arbeitet er immer noch als Auftragskiller?«

»Gelegentlich nimmt er noch Angebote an«, sagte Connie. »Er findet leicht Kontakt zu Alters- und Pflegeheimen.

Mischt sich einfach unter die Leute. Heute macht er hauptsächlich Sterbehilfe. Krebs im Endstadium. Fortgeschrittene Alzheimer-Demenz.«

»Und außer Lou?«, fragte ich.

»Ich kenne welche, die Sprengstoff herstellen.«

»Terrorristen?«, fragte Connie.

»Gangmitglieder«, sagte Lula. »Sie sind nicht wirklich gefährlich, weil sie alle von der Schule geflogen und Analphabeten sind. Und ungeschickt. Die meisten haben beim Panschen von dem Zeug ein paar Finger verloren.«

Erneut flog die Tür zu Vinnies Arbeitszimmer auf. »Ihr sitzt ja immer noch hier!«, brüllte Vinnie uns an. »Glaubt ihr vielleicht, die Ratten, für die wir Kaution zahlen, kommen freiwillig zurück?« Er zog den Kopf ein und knallte die Tür zu.

»Der Mann leidet unter einer Persönlichkeitsstörung«, sagte Lula.

»Und das ist nur die Spitze des Eisberg«, sagte Connie. »Das Verhältnis zu seinem Schwiegervater ist auch gestört. Wir schreiben in diesem Monat Verluste, Harry ist *not amused*. Könnt ihr euch noch an Ernest Blatzo erinnern?«

Unwillkürlich verzog ich das Gesicht. Für Blatzo hatten wir eine hohe Kaution gezahlt, aber dann ließ er seinen Gerichtstermin verstreichen, und seitdem war er komplett von der Bildfläche verschwunden.

»Wenn ihr Blatzo findet, wären wir wieder im grünen Bereich«, sagte Connie. »Blatzo ist doppelt so viel wert wie Billy Bacon und Ken Globovic zusammen.«

Blatzo war ein Monster. Er vergewaltigte Frauen auf bestialische Weise, und man verdächtigte ihn, seine Opfer in kleine Happen zerstückelt und diese an einen Schwarm verwilderter Katzen, die auf seinem Grundstück lebten, verfüttert zu haben. Da die Leichen der Frauen niemals gefunden worden waren, konnte auch keine Anklage erhoben werden. Nur zu gerne hätte ich ihn hinter Gitter gebracht, doch auf eine direkte Konfrontation mit ihm war ich nicht scharf. Mut ist nämlich nicht gerade meine Stärke. Mein Erfolg beruht hauptsächlich auf Hartnäckigkeit und Glück. Lula stand mir in dem Punkt nicht nach. Sie fängt unsere NVGler mehr oder weniger zufällig, indem sie sie mit dem Auto überfährt oder ihnen heißen Sex verspricht und sich dann auf sie hockt und so lange sitzen bleibt, bis ich zur Stelle bin.

»Seine Akte ist in meiner Tasche«, sagte ich zu Connie. »Ich hatte die leise Hoffnung, dass er außer Landes ist.«

»Laut einem Informanten ist Blatzo in sein altes Haus zurückgekehrt. Bisher hat ihn noch keiner zu Gesicht bekommen, aber seine Katzenmeute streicht wieder durch den Garten.«

»Mir kommt das Kotzen, wenn ich nur daran denke«, sagte Lula. »Widerlich.«

Ich lief nach draußen. »Bis später«, sagte ich zu Connie. »Vergiss nicht, die Pizzaparty klarzumachen.«

»Geht in Ordnung«, sagte Connie. »Und was soll ich mit *diesem Ding* hier machen?«

»Wirf es weg«, sagte ich.

»Das wäre Verschwendung«, sagte Lula. »Diese *Dinger* sind sauteuer. Wenn keiner ihn haben will, nehme ich ihn. Auf e-Bay kann ich bestimmt viel Geld dafür rausschlagen.«

Connie übergab den Dildo Lula, die ihn in ihrer Handtasche verstaute.

»Willst du den Karton auch haben?«, fragte Connie.

»Nein«, sagte Lula. »So transportiert er sich leichter.«

Am Straßenrand standen friedlich vereint mein Buick und Lulas Firebird.

»Welches Auto sollen wir nehmen?«, fragte ich.

»Lieber den Buick. Falls wir erfolgreich sind, möchte ich Billy Bacon nicht schon wieder auf meinen Rücksitz packen müssen.«

»Alles klar.«

Wir tuckerten los, und ich bog nach links in die Broad Street.

»Mir schwant Übles«, sagte Lula. »Willst du wirklich nach Blatzo suchen?«

»Nur mal durch sein Viertel fahren. Wenn wir wilde Katzen sehen, die an menschlichen Körperteilen nagen, rufen wir die Polizei.«

»Mir gruselt es allein bei dem Gedanken. Albträume kriege ich davon.«

Blatzo wohnte in einem heruntergekommenen, drogenverseuchten Stadtteil mit schäbigen kleinen Häusern aus Betonschalsteinen, die auf vermüllten Grundstücken kauerten. In den Vorgärten dümpelten Schrottwagen und verrostete Kühlschränke. Ratten in den verkrauteten Gärten dienten den Bewohnern als lebende Zielscheiben. Das Beste, das man über Blatzos Straße sagen konnte, war, dass hier keine Gangmitglieder wohnten, die hatten sich auf der Stark Street eingerichtet. Nur ab und zu statteten ein paar dem florierenden Crystal-Meth-Labor zwei Häuser neben Blatzo einen Besuch ab.

Vor Blatzos Haus hielt ich an, und Lula und ich sahen die Straße rauf und runter.

»Scheint keiner da zu sein«, sagte Lula. »Keine Lichter. Kein Auto in der Einfahrt. Keine niedergetretenen Grasbüschel. Keine Katzen auf der Eingangstreppe. Wohnt Blatzo hier wirklich?«

»Laut Connie ja. Sein Name steht als Mieter im Vertrag, und die Miete wird auch bezahlt.«

»Willst du dich umschauen?«

»Ich überlege noch.«

»Überleg dir das gut. Du musst es nämlich allein schaffen. Ich komme nicht mit. Auf dem Grundstück sind Schlangen.«

Das war ein Argument. Schwer zu sagen, was in dem hohen Gras und dem Müll sonst noch so kreuchte und fleuchte.

»Zu dem Haus führt ein kleiner Weg«, sagte ich. »Ich klopfe an die Haustür.«

»Bist du wahnsinnig? Was ist, wenn er an die Tür geht?«

»Wenn er an die Tür geht, lege ich ihm Handschellen an.«

»Der Mann ist über eins achtzig groß, wiegt wahrscheinlich so viel wie ein Volkswagen und isst rohes Menschenfleisch.«

Ich stieg aus, steckte die Handschellen in die rechte und das Pfefferspray in die linke Gesäßtasche.

»Hast du eine Pistole dabei?«

»Nur meinen Elektroschocker.«

»Funktioniert der auch?«

Ich nahm den Elektroschocker aus meiner Umhängetasche und schaltete ihn ein. »Ja«, sagte ich. »Er ist geladen.«

»Ich hab gerade wieder so eine Eingebung«, sagte Lula. »Es wird ein Unglück passieren.«

»Es ist mehr als unwahrscheinlich, dass Blatzo zu Hause ist«, sagte ich. »Ich klopfe an die Tür. Niemand wird mir öffnen. Fall abgeschlossen.«

»Schöner Gedanke«, sagte Lula. »Ergibt Sinn. Ich könnte deinen Einsatz sogar mit meinem Handy filmen, um Vinnie zu beweisen, dass wir etwas unternommen haben.«

Ich straffte die Schultern, reckte das Kinn und marschierte über die Straße zu Blatzos Hütte. Lola stieg ebenfalls aus und begann zu filmen. Auf halbem Weg, mein Ziel fest im Blick, trat ich auf eine Schlange. Kreischend sprang ich zur Seite. Die Schlange verschwand im Gras, und ich stürzte zurück zum Auto.

»Soll ich weiterfilmen?«, fragte Lula.

»Nein! Ab ins Auto!«

Ich fuhr die gleiche Strecke zurück zur Broad, hielt vor dem kleinen Baumarkt und kaufte ein Paar Gummistiefel. Danach: Blatzo, die zweite.

»Ich glaube nicht, dass deine Stiefel schlangenfest sind«, sagte Lula. »Wenn du nun auf eine Schlange mit riesigen Zähnen trittst? Oder auf eine Springschlange?«

Ich stieg aus und schlüpfte in die Stiefel. »Diesmal achte ich genau darauf, wo ich hintrete.«

»Soll ich wieder filmen?«

»Mir egal.«

»Bist du stinkig?«

»Nur ein bisschen gestresst.«

»Nach der Pizzaparty wird es dir besser gehen.«

»Die Party ist nicht für uns.«

»Ich weiß, aber vielleicht lässt uns Bacon ja ein paar Stücke übrig. Gute Pizza sollte man nicht verkommen lassen.«

Ich stiefelte über die Straße, den kleinen Vorgartenweg entlang zu den Eingangsstufen. Ich klingelte, die Tür wurde geöffnet, eine große behaarte Hand schoss hervor, packte sich einen Zipfel meines T-Shirts und zog mich ins Haus. Die Tür fiel krachend zu, und ich sah Blatzo in die Augen.

»Ernest?«

»Ja.«

»Sie haben die Kautionsvereinbarung verletzt. Kommen Sie bitte mit.«

»Keine Lust. Soll ich dir sagen, worauf ich Lust habe?«

Scheiße, Scheiße, Scheiße. Er wird mich vergewaltigen und zu Katzenfutter verarbeiten.

»Ich hab Lust auf Party«, sagte er. »Nur du und ich. Wie wär's?«

»Schön wär's. Aber erst, nachdem wir Sie bei Gericht angemeldet haben.«

»Ich habe aber *jetzt* Lust auf Party.«

Er hielt noch immer den Zipfel meines T-Shirts in der Faust, und als er *jetzt* sagte, stieß er mich gegen die Wand.

Ich zerrte den Elektroschocker aus der Tasche, schaltete ihn ein und rammte ihm die Zinken mit voller Wucht in den Hals.

Für einen Sekundenbruchteil rutschte seine Pupille in die Augenhöhle, sonst erfolgte keine Reaktion.

»Wie unfreundlich«, sagte er. »So behandelt man doch nicht einen Mann, der einen zu einer Party einlädt.«

Ich trat nach ihm, woraufhin er mir mit dem Handrücken ins Gesicht schlug.

Die Haustür ging auf, und Lula steckte den Kopf durch.

»Alles okay, hier?«

»Nein!«, schrie ich. »Schieß ihn nieder!«

Lula fasste in ihre Tasche und zog den Riesendildo hervor.

»Was soll der Scheiß?«, sagte Blatzo.

Lula warf ihm das Gummiteil an den Kopf, es prallte ab, und er bückte sich, um es aufzuheben.

»Los, weg!«, sagte ich zu Lula.

Wir stürmten aus dem Haus, über die Straße und schmissen uns in den Buick. Meine Hand zitterte so stark, dass ich den Schlüssel nicht in den Anlasser bekam.

»Er kommt! Er kommt!«, schrie Lula.

Ich konnte gerade noch rechtzeitig den Motor anlassen, drückte das Gaspedal bis zum Anschlag durch, und wir brausten los, ließen Blatzo mitten auf der Straße stehen. Ich klammerte mich ans Steuerrad, und mein Herz überschlug sich förmlich.

»Ich dachte schon, ich sollte zu Katzenfutter verarbeitet werden«, sagte ich. »Ich hab ihm einen Schlag mit dem Elektroschocker verpasst, aber er hat nicht mal geblinzelt.«

»Ich hab meinen Dildo dagelassen«, jammerte Lula.

»Im Ernst? Überhaupt, was sollte das mit dem Dildo? Ich wollte, dass du ihn niederschießt, nicht dass du Sex mit ihm hast.«

»Meistens braucht man keinen Dildo für Sex mit einem

Mann«, meinte Lula. »Es sei denn, es sind zwei Männer. Aber in der Fraktion kenne ich mich nicht so aus.«

»Warum hast du nicht auf ihn geschossen?«

»Wollte ich ja, aber der Dildo lag ganz oben in meiner Handtasche. Ich hab ihn versehentlich rausgeholt. In der Panik lag er einfach so schön und warm in der Hand. Man greift eben immer zuerst nach was Vertrautem.«

Ich sah mich an und entdeckte Blutflecken auf meinem Hemd.

»Du hast da im Mundwinkel eine Verletzung«, sagte Lula.

»Ich hab Blatzo getreten, und er hat mich geschlagen.«

»Ich hab das Unglück ja vorausgeahnt.«

»Wenn du statt des Dildos deine Pistole gezogen hättest, wäre es gar nicht so weit gekommen.«

»Ich hab ihn zum ersten Mal aus nächster Nähe gesehen. Kein attraktiver Mann«, sagte Lula. »Und ich glaube, er hatte getrunken.«

13

Ich verließ Blatzos Stadtviertel und kehrte zurück ins Büro, um mich frisch zu machen.

»Holla!«, sagte Connie. »Was ist denn mit dir passiert?«

»Ich habe Ernest Blatzo gefunden.«

»Und?«

»Er hat mich geschlagen, und dann hat Lula den Dildo nach ihm geworfen. Wir mussten um unser Leben rennen. Das nächste Mal nehme ich Ranger mit.«

»Ist alles auf meinem Handy festgehalten«, sagte Lula. »Das musst du dir ansehen. Stephanie ist auf eine Schlange getreten.«

Ich ging auf die Toilette und betrachtete mich im Spiegel. Die Lippen geschwollen, aber nicht allzu schlimm. Eine kleine Platzwunde, die zwar wehtat, musste aber nicht genäht werden. Ein hübscher Bluterguss auf der rechten Gesichtshälfte. Ich wusch mir das getrocknete Blut von den Lippen und klebte ein Pflaster auf die Wunde. Gegen das versaute T-Shirt konnte ich im Moment nichts machen.

»Ich hab die Pizzen bestellt«, sagte Connie, als ich von der Toilette kam. »Soll ich es rückgängig machen?«

Ich schüttelte den Kopf. »Mir geht es gut«, sagte ich und sah zu Lula. »Komm, wir schwirren ab.«

»Wirklich alles in Ordnung mit dir?«, fragte sie. »Dein Auge zuckt ständig.«

»Gibt es Menschen, die nicht auf Elektroschocker reagieren?«, fragte ich.

»Vielleicht hatte Blatzo Drogen genommen«, sagte Lula.

»Echt?«

»Besser, ich setze mich ans Steuer des Buick«, sagte Lula. »Sonst lässt du deine Wut noch am Autoverkehr aus.«

»Ein Donut würde mich beruhigen. Und mit vier oder fünf Donuts wäre ich wieder vollkommen hergestellt.«

»Normalerweise eine gute Idee«, sagte Lula. »Aber bei deinem Pickel und dem Augenzucken ist Zucker nicht zu empfehlen.«

»Ich will einen Donut! Und zwar sofort!«, schrie ich Lula an.

Ich sah zu Connie. »Das war jetzt unbeherrscht, oder?«

»Ja«, sagte Connie. »Willst du es wiedergutmachen?«

»Ich hab in letzter Zeit einfach einen Haufen Stress an der Backe.«

»Weißt du, was ich bei Stress mache?«, sagte Lula. »Ich gehe shoppen. Am besten Schuhe.«

»Ich stricke«, sagte Connie.

»Ist nicht wahr!«, sagte Lula. »Ich wusste gar nicht, dass du Handarbeiten machst.«

»Ich mache keine Handarbeit!«, sagte Connie. »Ich stricke.«

Vinnie steckte erneut den Kopf durch die Zimmertür. »Und wisst ihr, was ich mache?«

»Allerdings!«, sagte Lula. »Du brauchst es uns nicht noch mal zu erzählen.«

Vinnie zog wieder den Kopf zurück, knallte die Tür zu und schloss sich ein.

»Statt Donuts zu kaufen, könnten wir uns eine von den bestellten Pizzen schnorren«, sagte Lula. »Das bringt dich auch auf Trab.«

Lula und ich verabschiedeten uns von Connie und stiegen in den Buick. »Ich will einen Donut«, sagte ich, und eine einsame Träne stahl sich aus meinem Auge.

»Versteh ich«, sagte Lula. »Keine Sorge. Du kommst schon noch zu deinen Donuts. Und wir spülen sie mit Pizza hinunter.«

Scheiße! Ich war ein emotionales Wrack! Ich hatte auf eine Schlange getreten. Ein Mann hatte mir ins Gesicht geschlagen. Und mein Freund hatte mich in die Wüste geschickt. Mit allem konnte ich fertigwerden, nur mit der Trennung nicht. Es brachte das Fass zum Überlaufen. Damit hatte mir Morelli einen Tiefschlag versetzt. Es traf mich völlig unvorbereitet. Ich versuchte, es locker zu nehmen, doch in Wahrheit saß der Schmerz tief.

Lula fuhr zu Tasty Pastry und parkte am Straßenrand.

»Geh rein und kauf dir so viele Donuts, wie du willst«, sagte Lula. »Das ist ein akuter Notfall.«

Zehn Minuten später verließ ich die Bakery mit zwei Kartons. »Ich hab zwei Stück von jeder Sorte«, sagte ich. »Von den Boston Cream sogar vier. Und ich hab mich für einen Job bei ihnen beworben.«

»Was?«

»Sie suchen eine Bäckerin.«

»Du kannst doch gar nicht backen. Du kannst ja nicht mal ein Ei kochen.«

»Ich kann es lernen.«

»Sind sie bereit, es dir beizubringen?«

»Davon war nicht die Rede. Ich kaufe mir Kochbücher und gucke den Kochkanal.«

»Du hast einen guten Job. Warum willst du auf einmal Bäckerin werden?«

Ich biss herzhaft in einen Boston Cream Donut. »Weiß ich auch nicht. Mir ist eben so. Als Schülerin hab ich bei Tasty Pastry hinter der Theke gestanden.«

Lula nahm sich einen Donut mit Ahornglasur und Puderzucker. »Hast du jemals in einer Backstube gearbeitet?«

»Nein, aber dafür bestimmt zehnmal den Film *Ratatouille* gesehen.«

»Diesen Trickfilm über Ratten?«

»Er hat mich inspiriert.«

Lula bog von der Hamilton in die K Street, Richtung Norden.

»Wir brauchen einen Plan, um Billy Bacon festzunehmen«, sagte sie. »Mit einem Mittagessen locken wir ihn nicht vor die Tür, wenn ihm vier Pizzen frei Haus geliefert werden.«

»Wir überraschen ihn beim Essen. Du lenkst ihn ab, und ich lege ihm Handschellen an.«

»Nicht schlecht. Falls es nicht klappt, quälst du ihn ein bisschen mit deinem Elektroschocker. Bitte nur kein Pfefferspray einsetzen, wegen der Pizzen.«

Ich genehmigte mir einen zweiten Boston Cream Donut.

»Geht es dir jetzt besser?«, fragte Lula.

Ich nickte. »Es ist eben im Büro mit mir durchgegangen.«

Wir parkten gegenüber von Billy Bacons Haus und warteten auf den Pizzaboten. Ein kleines Auto mit Dominos Logo hielt am Straßenrand. Ein junger Mann mit vier Pizzakartons stieg aus, sah herüber und streckte uns die Faust mit dem aufgestellten Daumen entgegen. Alles klar.

Er verschwand in dem Haus und kam fünf Minuten später wieder heraus.

Lula lehnte sich aus dem Fenster. »Wie viele Personen halten sich in der Wohnung auf?«

»Nur eine«, sagte er. »Eine alte Frau im Nachthemd.«

Er stieg in seinen Lieferwagen und fuhr davon.

Zwanzig Minuten später immer noch kein Anzeichen von Billy Bacon.

»Er hätte längst auftauchen müssen«, sagte ich. »Ich kann mir kaum vorstellen, dass er sein Viertel je verlässt. Verfügt das Haus noch über einen anderen Ausgang?«

»Das hab ich nie nachgeprüft. Ich hab mich auf dich verlassen.«

Scheiße.

Wir ließen Big Blue allein, überquerten die Straße, stiegen die drei Treppen zu Billys Wohnung hinauf und lauschten an der Tür.

»Ich höre ihn«, flüsterte Lula. »Er spricht mit seiner Mutter, und er isst meine Pizza.«

Ich klingelte, das Gespräch verstummte.

Ich klingelte noch mal, und Eula rief, wir sollten verschwinden.

»Du musst die Tür eintreten«, sagte Lula.

Türeneintreten ist nicht meine Stärke, das ist eher Rangers und Morellis Metier.

»Das kannst du vergessen«, wehrte ich ab.

»Soll ich auf das Türschloss schießen?«, schlug Lula vor.

»Bloß nicht!«

»Wir nehmen Anlauf und werfen uns mit der Schulter dagegen.«

Ich hämmerte an die Tür. »Aufmachen! Kautionsvollstreckung!«

Die Tür wurde aufgerissen, und Billy Bacon rollte heraus und stieß Lula und mich wie Bowlingkegel um. Er rannte die Treppe hinunter, Pizzakarton unter den Arm geklemmt. Lula und ich rappelten uns hoch und nahmen die Verfolgung auf.

Einen halben Block weiter hatte ich ihn eingeholt, bekam sein T-Shirt zu fassen und krallte mich darin fest, doch aufzuhalten vermochte ich Billy damit nicht.

»Platz da!«, rief Lula. »Ich komme!«

Ich ließ Billy Bacon los, sprang zur Seite, und Lula rannte ihn einfach um. Er stürzte mit dem Gesicht nach unten zu Boden, und Lula hockte sich auf ihn. Er klammerte sich an den Pizzakarton.

Ich legte ihm Handschellen an, und Lula wälzte sich von ihm herab.

»Ich hab mir das Knie aufgeschürft«, jammerte Billy und setzte sich auf. »Gucken Sie mal. Sie haben mir ein Loch in die Hose gerissen.«

»Ist die Pizza noch ganz?«, fragte Lula ihn.

»Ja. Ma und ich sind nicht mehr zum Essen gekommen.«

Lula klappte den Karton auf. »Ich nehme mir ein Stück.«

»Ich hab sie bei einem Gewinnspiel gewonnen«, sagte Billy. »Sie waren der Hauptpreis.«

Wir stellten Billy Bacon auf die Beine und schoben ihn über die Straße zum Buick, setzten ihn auf die Rückbank und schnallten ihn an. Zur Besänftigung überließen wir ihm die restlichen Donuts, während wir uns über die Pizza hermachten.

»Sie kaufen mich doch wieder aus dem Gefängnis frei, oder?«, fragte Billy.

»Sobald wir können«, beruhigte ich ihn. »Ich rufe Connie an und sage ihr, dass Sie gegen Kaution entlassen werden möchten.«

»Wie soll ich die Donuts mit gefesselten Händen essen?«, fragte er.

Ich nahm einen Donut aus dem Karton und stopfte ihm damit das Maul.

Gegen zwei schlugen Lula und ich wieder im Büro auf. Ich gab Connie die Empfangsbestätigung, die ich für die Übergabe von Billy Bacon in den Polizeigewahrsam bekommen hatte, und Lula überließ ihr die beiden letzten Pizzastücke.

»Werden wir ihn wieder rausholen?«, fragte Lula.

»Wenn das Gericht eine Kaution festsetzt«, sagte Connie. »Und Billy Sicherheiten vorzuweisen hat. Vinnie ist schon hingefahren, um sich der Sache anzunehmen.«

»Billy ist kein schlechter Mensch«, sagte Lula. »Nur ein bisschen schlicht im Geist.«

»Ich muss gehen«, sagte ich. »Hab noch zu tun.«

»Was denn zum Beispiel?«

»Alles Mögliche. E-Mails checken, Wäsche waschen, Nachdenken.«

»Ich wäre dir ja gerne behilflich«, sagte Lula. »Aber erst muss ich noch die *Star* auslesen. Ich will wissen, was mit Justin Bieber los ist.«

Ich tuckerte mit meinem Buick nach Hause, stellte die Kiste auf dem Mieterparkplatz ab, stieg die Treppe zu meiner Wohnung hinauf und stutzte. Vor meiner Tür stand ein Blumenarrangement vom Express-Blumenversand. Vorsichtig trug ich die Vase hinein und las die Karte.

Herzlichen Glückwunsch. Entschuldige, dass ich nicht mit dir zusammen feiern kann. Kenny.

Ich hatte nicht Geburtstag. Ich kenne auch keinen Kenny, der mir Blumen schicken würde. Die Adresse auf der Karte stimmte zwar, aber der Absender fehlte.

Es kam schon mal vor, dass ich verdächtige Post ins Büro geschickt bekam. Ich verteilte ja meine Visitenkarten an alle möglichen Leute. Einmal hatte Vinnie sogar ein Foto von mir für ein Werbebanner benutzt. Und gelegentlich erschienen Zeitungsartikel über mich, die Chaosqueen, die mal wieder einen Brand in einem Beerdigungsinstitut verursacht oder eine Bingohalle in Aufruhr versetzt. Aber dass mir jemand Blumen nach Hause schickte, war noch nicht vorgekommen, und es störte mich, weil ich meine Privatadresse eigentlich nicht herausrückte. Obwohl, wenn ich jetzt so drüber nachdenke: Meine Wohnung ist mehrmals Ziel von Brandbombenanschlägen gewesen, es konnte also nicht allzu schwierig sein, meine Adresse ausfindig zu machen. Wenigstens waren es diesmal Blumen und kein Dildo.

Ich stellte die Blumen auf die Küchenablage und begrüßte Rex. Er kauerte in seiner Suppendose und beachtete mich nicht. Wahrscheinlich hatte er sich die Nacht über wieder in seinem Laufrad bis zur Erschöpfung verausgabt. Das konnte ich nachempfinden. Meine Batterie war auch bald leer.

Auf meinem Computer googelte ich aus Neugier mal nach Bäckerfachschulen. Ich hatte Lula belogen, ich brauchte keine E-Mails zu checken und auch keine Wäsche zu waschen. Ich wollte eigentlich nur nach Hause, um mich im Internet zum Thema Backen schlauer zu machen. So schwer konnte backen doch nicht sein. Man folgte den Anweisungen des Rezepts, mehr nicht. Auf Schlangen würde man in einer Bäckerei wohl nicht treten, und ins Gesicht geschlagen wurde man dort auch nicht. Die Bezahlung konnte unmöglich schlechter sein als der lumpige Lohn, den ich bei Vinnie verdiente. Und man durfte eine coole Konditorinnenjacke tragen.

Ich surfte mich durch die Angebote und fand einige Ausbildungsprogramme an Junior Colleges und sehr viele Online-Kurse. Natürlich konnte ich mir das Nötigste auch selbst beibringen und Kuchenrezepte herunterladen, als eine Art Versuchsballon, ob mir Kuchenbacken genauso zusagen würde wie Kuchenessen.

Ich fand ein Rezept für eine Schokoladen-Schichttorte, das mir einigermaßen unkompliziert erschien. Ich hatte noch nie einen Kuchen gebacken, nur als Kind meiner Oma und meiner Mutter hunderte Male dabei zugeschaut. Ich druckte das Rezept aus und erstellte eine Liste der Zutaten, einschließlich Kuchenformen.

Bis zu meiner Verabredung mit Ranger hatte ich noch massenhaft Zeit, ich stiefelte also in den nächsten Supermarkt und kaufte alles Nötige ein, dazu ein Sixpack Bier, eine Tüte Chips und Aufschnitt für Sandwiches.

»Ach, ist das spannend«, begrüßte ich Rex, als ich wieder da war und meine Einkäufe auf der Küchentheke ausbreitete. »Das könnte mein Traumjob werden. Meine Lebensaufgabe. Vielleicht bin ich für den Beruf der Konditorin bestimmt und habe es bis jetzt nur nicht gemerkt.«

Rex schnüffelte in dem Abfall vor seiner Suppendose nach fressbaren Köstlichkeiten. Ich warf einen Frito-Maischip in seinen Käfig, und er kriegte sich gar nicht wieder ein. Deswegen sind Hamster die besseren Freunde: Sie brauchen nicht viel zum Glück.

14

Ich zog mir einen schwarzen Rock an, ein rotes Strech-Top, einen weißen Leinenblazer und schwarze Flats, verließ die Wohnung und wartete vorm Haus auf Ranger. Den grün, schwarz und blau schillernden Bluterguss auf meiner Wange hatte ich durch kunstvollen Wimperntuscheauftrag auszugleichen versucht, das Lipgloss durch feine Wundsalbe ersetzt.

»Babe«, sagte Ranger, als ich in seinen Porsche stieg.

Es klang eher wie eine Frage, nicht wie eine Begrüßung.

»Ernest Blatzo wollte nicht zurück ins Gefängnis«, sagte ich.

»Und?«

»Und deswegen ist er nicht hingegangen.«

»Brauchst du Hilfe?«

»Ja.«

»Wir nehmen ihn uns morgen vor«, sagte Ranger. »Ich will nachts nicht durch seinen schlangenverseuchten Vorgarten stapfen.«

Sag bloß.

Wir stellten uns auf den Kundenparkplatz des Bestattungsinstituts und warteten am Seiteneingang auf Monica.

»Glaubst du wirklich, dass sie in Gefahr ist?«, fragte ich.

»Solange wir das Motiv für die beiden Morde nicht kennen, ist es schwer zu sagen, wer überhaupt in Gefahr ist und wer nicht.«

Der Haupteingang war noch geschlossen, doch der Parkplatz bereits voll, zahllose Trauergäste hatten sich auf der Veranda eingefunden. Die Menge ergoss sich über die Treppe bis auf den Bürgersteig.

Ein schwarzer Rangeman-SUV hielt vor uns, und Monica Linken stieg aus. Der Saum ihres kurzen hautengen fuchsienroten Rocks reichte kaum bis zum Schritt, und aus dem tiefen Ausschnitt ihres Shirts quollen die Brüste hervor. Sie zog ihr Röckchen über die Oberschenkel und beugte sich ein Stück vor.

»Ich trage keine Unterwäsche«, sagte sie.

»Da sind Sie in guter Gesellschaft«, sagte ich. »Ranger auch nicht.«

Ranger quittierte es mit einem Lächeln.

Wir nahmen unsere Plätze am Kopf des Sarges ein. Monica holte ihre E-Zigarette hervor und blies sich auf. Der Direktor des Bestattungsunternehmens fragte sie, ob sie gerne einen Moment mit ihrem Mann allein sein wolle, doch Monica lehnte dankend ab, sie habe schon vor seinem Tod zu viel Zeit mit ihm verplempert.

Die Flügeltür zu Schlummerraum Nummer vier öffnete sich, und die Meute strömte herein, angeführt von Grandma Mazur. Sie peste nach vorn und ergatterte den dritten Platz in der Schlange der Trauergäste, die dem Verstorbenen die letzte Ehre erweisen wollten. Beinahe wäre sie zweite gewesen, wenn sich Myra Campbell nicht in letzter Sekunde vorgedrängt hätte.

»Ein schwerer Verlust«, sagte Grandma zu Monica. »Mein Beileid.«

»Wenn Sie meinen«, sagte Monica.

Grandma beugte sich über den Sarg, um sich den Verstorbenen genauer anzusehen.

»Wollen Sie ihn küssen, oder was?«, fragte Monica.

»Ich wollte mir nur angucken, wo sie ihn aufgeschnitten haben, um ihm das Gehirn zu entnehmen«, sagte Grandma.

Monica zog genüsslich den künstlichen E-Rauch ein.

»Dafür brauchten Sie ihm nur den Hosenlatz aufzuziehen.«

Eine Dreiviertelstunde später wurde Monica unruhig und sah sich um.

»Gibt es hier was zu trinken?«, sagte sie.

»Was möchten Sie: Wasser, Kaffee, Tee?«, fragte ich.

»Wodka pur. Wie lange soll diese Gruselshow noch gehen?«

»Totenfeiern dauern meistens bis neun, zehn Uhr«, sagte ich.

»Die erwarten doch wohl nicht, dass ich die ganze Zeit dableibe, oder?«

»Eigentlich ist das so üblich.«

»Ich kenne all die Leute überhaupt nicht. Zum Beispiel das Gespenst da in der ersten Reihe. Wer ist diese Frau?«

»Das ist meine Großmutter.«

»Ach ja, richtig, jetzt erinnere ich mich.«

Grandma winkte mir zu und tätschelte ihre Handtasche.

Um Viertel nach acht verkündete Monica, sie wolle jetzt gehen. »Richten Sie dem Bestatter aus, er soll so lange weitermachen, wie er will«, bat sie mich. »Ich verschwinde. Auf mich kommt es hier ja nicht an. Das ist Dougs Party.«

Morelli stand ganz hinten an der Wand, einen Schritt neben der Tür. Unsere Blicke trafen sich, und mit einem Achselzucken gab ich ihm zu verstehen, dass ich noch nichts Mitteilenswertes von Monica erfahren hatte.

Ich sah, wie er sein Handy hervorkramte, und kurz darauf meldete meins eine SMS.

Woher der Bluterguss und die geplatzte Lippe?

Ernest Blatzo. Sonst alles klar.

Selbst aus der Entfernung sah ich, wie Morelli die Zähne zusammenbiss. Wahrscheinlich das Sodbrennen.

»Wohin wollen Sie?«, fragte ich Monica.

»Ich suche mir eine Bar, um meinen Wodkadurst zu stillen.«

»Wenn Sie möchten, begleite ich sie.«

»Wirklich?«

»Klar. Ich trinke gerne Wodka. Außerdem brauchen Sie ja vielleicht Personenschutz.«

Von meinen Spitzeldiensten für Morelli ganz zu schweigen.

»Babe«, sagte Ranger. »Bist du scharf auf eine Überstundenzulage?«

»Dienen ist mein Leben.«

»Darauf komme ich zurück, wenn ich dich nach Hause bringe.«

Mir wurde ganz heiß, von der Magengrube bis zu

meiner Dingsbums. Am besten ignorieren, sagte ich mir. Dienst an Ranger führte zu keinem guten Ende. Ranger war ein umwerfender Lover und wunderbarer Freund, aber letztlich doch ein Einzelkämpfer. Es gab Vorkommnisse in seiner Vergangenheit, die sich auf seine Zukunft auswirken würden. Mehr wusste ich auch nicht, nur dass man sie nicht ignorieren konnte.

Wir wandten uns an den Direktor des Bestattungsunternehmens und erklärten ihm, dass Monica leider gehen müsse.

»Ist ihr nicht gut?«, fragte er.

»Die emotionale Belastung ist zu viel für sie«, erklärte ich.

Er nickte mitfühlend. »So etwas kommt vor. Leider ist sonst kein Angehöriger des Verstorbenen anwesend. Wer soll die Beileidsbekundungen der übrigen Trauergäste entgegennehmen? Wer soll dem Verstorbenen die letzte Ehre erweisen?«

»Grandma«, sagte ich spontan.

Der Direktor sah mich entsetzt an. »Ihre Großmutter? Sie meinen doch nicht etwa Edna Mazur?«

»Genau die. Edna stand der Familie sehr nahe.«

»Oje. Sie ist eine liebenswürdige alte Dame, aber ich glaube nicht, dass sie ...«

Ich winkte Grandma heran.

»Die Witwe muss gehen. Möchtest du für sie einspringen? Du warst doch eng mit der Familie befreundet.«

»Du meinst, ich soll mich ans Kopfende des Sarges stellen?«

»Ja.«

»Geil! Ich werde mir die größte Mühe geben.« Sie schaute in den Sarg. »Wie hieß der Typ doch gleich?«

»Doug.«

»Macht euch keine Sorgen. Ich und Doug kommen schon zurecht.«

Der Bestattungsunternehmer biss sich nervös auf die Unterlippe, bekreuzigte sich und trat ein paar Schritte zurück.

Monica, Ranger und ich verdrückten uns durch einen Seiteneingang, und der Rangeman-SUV schnurrte heran.

»In den steige ich nicht ein«, protestierte Monica. »Für mich nur der heiße Sportwagen.«

Ranger gab mir den Schlüssel zu seinem 911 Turbo. Wir schnallten uns an, und ich startete den Motor.

»Haben Sie eine Lieblingsbar?«

»Das Lotus.«

Das Lotus war ein berüchtigtes Baggerloch. Hier ging man hin, um sich abschleppen zu lassen. Ich war noch nie dort gewesen, doch jetzt, ganz ohne Freund, könnte ich ja die Gelegenheit nutzen, die Bar mal zu inspizieren. Die Alternative wäre, meiner Mutter freie Hand zu geben, mich mit dem Metzger zu verkuppeln. Das wollte ich auf jeden Fall verhindern.

Die Bar befand sich in einer Nebenstraße im Stadtzentrum. Ich fuhr auf der Hamilton Avenue bis zur Kreuzung Broad Street, bog dort ab und weiter bis zur Merchant Street. Als ich auf den Parkplatz des Lotus rollte, sah ich den Rangeman-SUV die Merchant Street entlangrauschen und kurz darauf umkehren. Ranger hatte also auf Schutzmodus geschaltet.

»Erzählen Sie mal: Was hatte Ihr verstorbener Mann für Freunde?«, fragte ich Monica. »Ich bin neugierig. Verdächtigen Sie einen von ihnen? Hat er sich mit irgendwelchen Waffenliebhabern getroffen?«

Monica zog ihren blutroten Lippenstift nach, ohne Hilfe eines Spiegels, ein Kunststück, das mir bisher noch nie gelungen war.

»Seine Freunde waren allesamt Spießer. Zu bedeutungslos, um sich eine Waffe zuzulegen. Lieber haben sie sich über Aktien und Immobilien unterhalten und in Erinnerungen an ihre gemeinsame Zeit auf dem Kiltman-College geschwelgt. Harry und Doug waren in derselben Studentenverbindung, Zeta. Vielleicht hatten ja Dougs Freundinnen Waffen. Von denen kenne ich aber keine.«

»Er hatte Freundinnen?«

»Ja. Gott sei Dank. Sonst hätte ich ja mit ihm ficken müssen. Er hat gedacht, ich wüsste nicht, dass er andere Frauen mit nach Hause bringt, wenn ich nicht da war. Hätte ich gewusst, wo sie wohnen, ich hätte ihnen Präsentkörbe geschickt.«

Krass.

»Was ist mit seinen Geschäftskontakten? Gibt es da irgendeine Verbindung zum Waffenhandel?«

Monica stieg aus dem Porsche und zupfte ihr Röckchen zurecht, wieder hüpften ihr die Brüste aus dem Ausschnitt.

»Ehrlich«, sagte sie und stopfte den Vorbau zurück. »Seine Geschäfte haben mich einen feuchten Kehricht interessiert.«

»Ach ja? Seine Geschäfte haben Geld ins Haus gespült.«

»Ich wüsste nicht, dass er Verbindungen zum Waffenhandel hatte. Soll das ein Verhör sein?«

»Ich bin nur neugierig.«

»Sicher. Das glaube ich Ihnen sogar. Was ist nun? Wollen wir den ganzen Abend hier draußen stehen? Ich brauche was zu trinken.«

Ich auch. Der Tag war nicht gut gelaufen, und obendrein hatte ich jetzt auch noch meine »verdeckte Vernehmung« vermasselt.

»Dann kommen Sie«, sagte ich. »Gehen Sie voraus.«

Äußerlich unterschied sich das Lotus nicht sonderlich von den vielen anderen Bars in Trenton und noch weniger von den beiden anderen in der Merchant Street. Roter Backstein, schwere Eichentür, darüber in Neon der Name, verdunkelte Fenster. Innen sah es aus wie in einem Bordell. Viel Plüsch, rote Wände, polierte Theke über die gesamte Länge des Raums, rote Polsterbänke mit schwarz lackierten Zierleisten, mehrere Stehtische mit Barhockern und künstlichen Kerzen. Hinter der Theke TV-Bildschirme, über die Sportübertragungen flimmerten. Die Sitzbänke und Stehtische waren alle besetzt. Vor der Theke drängten sich in zwei Reihen Gäste.

»He, Sie!«, rief Monica einem der Barkeeper zu. »Mein Mann ist gerade gestorben. Ich brauche einen Wodka.«

Mit dem Victory-Zeichen bestellte ich zwei.

Nach zehn Minuten wurden zwei Plätze frei, und Monica drängelte sich an die Theke. Wir bestellten zwei Slider von der Getränkekarte der Bar sowie zwei weitere Wodkas.

»Der Laden soll gut zum Anbaggern sein«, sagte Monica. »Aber ich sehe hier nur Losertypen. Als hätten sie die alten Leutchen vom Pflegeheim rangekarrt. Mein beschissener Mann sieht besser aus als die meisten Männer hier, und mein Mann ist *tot*.«

Zugegeben, das Durchschnittsalter der Gäste überraschte mich. Ich hatte mich nie in der Baggerszene bewegt, aber doch etwas mehr Glamour erwartet.

»Können wir uns mal für einen Moment ernsthaft unterhalten?«, bat ich Monica. »Haben Sie einen Grund für die Annahme, dass Ihr Leben in Gefahr ist?«

»Sie meinen, außer dass mein Mann und sein Partner ermordet wurden?«

»Ihre Ermordung muss noch lange nicht heißen, dass man es auch auf Sie abgesehen hat.«

»Mag sein, aber woher soll ich das wissen?«

Ein gutes Argument.

»Ich kann ja nicht mal verreisen«, sagte Monica. »Ich bin von besonderem Interesse für die Polizei. Ich darf die Stadt nicht verlassen. Das ist doch absolute Scheiße!«

Gierig stürzte sie die beiden Slider hinunter und bestellte die nächste Runde. Ich hatte noch mit meinem zweiten Wodka zu kämpfen.

»Ach Gottchen«, sagte sie mit Blick auf mein Glas. »Sie sind ja Anfängerin. Ist ja nicht zum Aushalten. Jetzt geben Sie sich einen Ruck, verdammt noch mal.«

»Ich bin keine geübte Trinkerin.«

Monica kippte ihren dritten Wodka. »Üben, üben, üben!«

Nach dem elften rutschte sie von ihrem Barhocker. »Ich bin voll«, sagte sie. »Bringen Sie mich nach Hause.«

Ich hatte drei Gläser getrunken, und ich nahm die Welt nur noch verschwommen wahr. Hoffentlich wartete

Ranger auf dem Parkplatz auf mich, andernfalls müsste ich mir ein Taxi bestellen.

Arm in Arm torkelten Monica und ich aus der Bar, und mein Wunsch wurde wahr. Ranger tauchte an meiner Seite auf, und ein Rangeman-SUV fuhr vor. Monica wurde auf die Rückbank verfrachtet, die Tür geschlossen, und das Auto schwebte hinaus in die Nacht.

»Ich bin total hinüber«, sagte ich zu Ranger. »Bring mich nach Hause, ins Bett.«

»Babe.«

15

Ich wachte in Rangers Bett auf, allein, aber es war nicht zu übersehen, dass er neben mir geschlafen hatte. Das hat man davon, wenn man einen Mann bittet, einen ins Bett zu bringen, und man nicht dazusagt, in *welches*. Noch halb verpennt sah ich mich an. Ich trug meine Unterhose und ein T-Shirt von Ranger. Vermutlich hatte mir jemand beim Entkleiden geholfen. Ich erinnerte mich undeutlich, dass Ranger mich zugedeckt hatte. Dass ich noch einen Slip trug, interpretierte ich als ein gutes Zeichen. Schlimm, wenn ich was mit Ranger gehabt hätte und mir das Erlebnis entfallen wäre. Ich hätte mich völlig umsonst schuldig gefühlt.

Das Zimmer war kühl und dunkel. Hinter einem Vorhang ein Lichtspalt. Mein iPhone lag auf dem Nachttisch. Fast acht Uhr. Eine SMS von Morelli, ich möge bitte zurückrufen.

Rangeman residiert in einem neungeschossigen Haus in einer ruhigen Wohnstraße in der City von Trenton. Es ist mit einer Tiefgarage und modernsten Security-Systemen ausgestattet. Im obersten Stock befindet sich Rangers Privatwohnung, die ihm ein Innenarchitekt eingerichtet hat. Klar strukturiert, warme Brauntöne, schwarzes Leder. Es kommt Ranger entgegen, die Räume sind behaglich und pflegeleicht, aber unpersönlich. Keine Familienfotos, kein Nippes, keine Souvenirs. Für den tadellosen Zustand sorgt Haushälterin Ella. Seine T-Shirts sind ordentlich gefaltet. Seine Oberhemden und Hosen gebügelt, im Schrank aufgereiht. Seine Waffen liegen verschlossen in Schubladen. Alles ist einfach zu kombinieren, weil Ranger nur Schwarz trägt.

Sein Badezimmer ist eine ultramoderne Zen-Klause. Das Schlafzimmer der reine Luxus, ruhig und dezent männlich. Die Badetücher sind flauschig. Die Laken weich. Allem, was er berührt, haftet der unwiderstehliche Duft des Duschgels von Bulgari an. Ich würde Ranger schon allein wegen Ella und der teuren Bettwäsche heiraten.

Meine Sachen hingen über einer Stuhllehne im Ankleideraum, angepinnt ein Zettel, in der Küche stünde ein Frühstück und in der Parkbucht Nummer zwölf ein Auto für mich bereit. Außerdem erinnerte er mich daran, dass die Beerdigung von Linken für elf Uhr angesetzt und wir um halb elf in der Aussegnungshalle verabredet waren. Mist!

Ich zog mich an, griff mir in der Küche einen Bagel und fuhr mit dem Aufzug in die Tiefgarage. Ein schwarzer glänzender Porsche Macan stand in der Parkbucht Nummer zwölf. Der Schlüssel lag auf dem Armaturenbrett. Ich sprang hinein und düste los. Um neun stand ich bei mir zu Hause unter der Dusche. Keine Zeit für Katzenjammer. Ich trocknete mir die Haare und band sie zu einem Pferdeschwanz zusammen. Halb zehn. Mit einem Schluck Kaffee spülte ich ein paar Kopfschmerztabletten hinunter, dann putzte ich mir die Zähne und musterte mich im Spiegel. Der Bluterguss sah noch schlimmer aus als gestern.

In meinem Kleiderschrank wühlte ich nach etwas Passendem für eine Beerdigung, möglichst ohne Soßen- oder Blutflecken, und entschied mich für ein uraltes schwarzes Kostüm mit Bleistiftrock, das ich mit einem Paar Heels aufwertete. Dann schnappte ich mir meine Tasche, verabschiedete mich mit einem lauten »Auf Wiedersehen« von Rex und rannte los. Vom Auto aus rief ich Morelli an.

»Hast du gestern Abend etwas herausgefunden?«, fragte er.

»Auf der Totenfeier nicht, aber wie du weißt, bin ich nicht bis zum Schluss geblieben. Monica wollte gehen, also bin ich mitgegangen.«

»Ich hab gehört, ihr seid im Lotus gewesen.«

»Monica brauchte was zu trinken und wollte angebaggert werden.«

»Mit Erfolg?«

»Getrunken hat sie eine Menge«, sagte ich. »Aber zum Anbaggern waren die Voraussetzungen zu dürftig.«

»Ja. Dank Viagra hängen im Lotus neuerdings nur noch ältere Herrschaften ab. Früher mussten wir uns mit Typen rumschlagen, die schwarzgebrannte K.o.-Tropfen vertickt haben. Heute sind es kleine blaue Potenzpillchen. Da kriegen die Swinger aus den Siebzigern noch mal Gelegenheit, sich einen hübschen Tripper zu holen. Hast du Monica was entlocken können?«

»Nichts, was uns weiterhilft. Sie befürchtet, dass sie auf der Todesliste steht, zeigt aber auch keine Bereitschaft, sich dazu befragen zu lassen. Ich glaube, ihr Verstand ist zu einem klaren Gedanken nicht mehr fähig.«

»Danke für den Versuch. Wir sehen uns auf der Beerdigung.«

»Komm mir nicht zu nahe. Ich muss schwer an mich halten. Ehrlich, am liebsten würde ich dir in die Fresse hauen.«

»Okay. Alles klar.«

Vor dem Beerdigungsinstitut bremste ich scharf ab und stieß in eine Parkbucht. Ranger, maßgeschneiderter schwarzer Anzug, schwarzes Hemd und Krawatte, wartete bereits auf mich. Die Glock an seiner Hüfte war unübersehbar, störte aber den eleganten Schnitt des Jacketts nicht im Geringsten.

Ich stieg aus dem Macan und strich mühsam die Falten aus meinem Rock. »Vielen Dank, dass du mich gestern Abend gerettet hast«, sagte ich. »Und natürlich für den Leihwagen.«

»Der gehört zu meiner Dienstflotte, und es ist eine Dauerleihgabe. Wenigstens so lange, wie der Wagen durchhält. Wir können es uns nicht leisten, unsere Kriminellen in einem 53er Buick zu verfolgen. Den erkennt man sofort.«

Allmählich versammelten sich die Trauergäste, fuhren auf den Parkplatz oder reihten sich in die Autoschlange vorn an der Straße ein.

»Das wird der reinste Zirkus«, sagte ich zu Ranger. »Ist die Witwe schon da?«

»Sie ist bei dem Verstorbenen. Ein letzter Abschied. Tank passt auf sie auf.«

»Dafür hat er sich einen Bonus verdient.«

»Er kriegt das Wochenende frei«, sagte Ranger.

Wir gingen hinein und steckten uns zur besseren Kommunikation batteriebetriebene Ohrhörer an. Ich sollte neben Monica sitzen, Ranger sich hinten in der Kirche postieren. Nach dem Trauergottesdienst würden Ranger und ich gemeinsam mit Monica in der Limousine des Beerdigungsinstituts zum Friedhof fahren. Tank und Hal würden in einem Rangeman-SUV folgen, danach der Rest von Trenton.

Monica trug ein figurbetontes Etuikleid, die üblichen Stöckelschuhe und eine übergroße Sonnenbrille.

»Wie sehe ich aus?«, fragte sie mich. »Glauben Sie, dass das Fernsehen kommt?«

»Ich sehe weit und breit keine Übertragungswagen«, sagte ich. »Aber es ist ja noch früh.«

Der Gottesdienst war kurz. Kein Schusswechsel. Kein SAT-Truck. Im Anschluss scheuchten wir Monica durch den Seitenausgang in die Limousine. Sie zückte einen Flachmann aus ihrer Handtasche und kippte einen Schluck, es roch nach Terpentin.

»Wenn alles vorbei ist, weise ich mich ins Betty Ford Center ein«, sagte Monica. »Ich warte so lange, bis meine Leberwerte wieder fallen, danach gönne ich mir nur noch ab und zu ein Schlückchen.«

Na dann, viel Glück, Betty Ford.

Unterwegs zum Friedhof fing es an zu regnen.

»Das darf nicht wahr sein«, sagte Monica. »Regen! Schlimmer kann es ja wohl nicht werden.«

Am Grab war ein kleines Baldachinzelt aufgestellt worden, darunter einige Klappstühle für die Angehörigen. Die übrige Trauergemeinde duckte sich unter schwarzen Schirmen. Ich setzte mich auf einen reservierten Platz neben Monica und beobachtete, wie Grandma ein paar Leute beiseitedrängte, um einen Stuhl zu ergattern. Ich ließ meinen Blick über die Trauergemeinde schweifen und erkannte einige Leute aus Burg. Professor Pooka und Dekan Mintner waren ebenfalls gekommen.

»Kennen Sie Professor Pooka vom Fachbereich Biologie am Kiltman College?«, fragte ich Monica.

»Diese Schwuchtel. Er hatte sich wegen der Finanzierung eines Forschungsprojekts an Doug gewandt. Eines Abends stand er vor unserer Tür. Uneingeladen. Sah aus wie ein Irrer. Mit Schaum vorm Mund erzählte er uns was von irgendeiner verrückten Entdeckung.«

»Warum ist er damit ausgerechnet zu Doug gegangen?«

»Doug war Mitglied in vielen Kommissionen. Er sah sich gerne als VIP der Ehemaligen des Kiltman College, der Spenden eintrieb und so.«

»Hat Doug ihm bei der Finanzierung helfen können?«

»Nein. Niemand will Pookas Projekte finanzieren. Er hat ja auch keine Festanstellung erhalten. Mehr weiß ich nicht. In die Details hat Doug mich nie eingeweiht. Den Klatsch hat er sich für seine Flittchen aufgehoben.«

Die Zeit mit Monica trug nicht gerade dazu bei, meine Einstellung zu Ehe und Familie zu stärken. Oder ganz allgemein meine Einstellung zu meinen lieben Mitmenschen.

Der Priester sprach über Doug Linken, aber bei dem prasselnden Regen auf dem Zeltdach war er kaum zu verstehen. Er bekreuzigte sich und sah zu Monica. Der

Direktor des Bestattungsunternehmens übergab Monica eine Rose, und Monica warf sie auf den Sarg.

»Das wäre erledigt«, sagte sie und stand auf. »Gehen wir was essen. Ich hab für den Totenschmaus Rigatoni mit Wodka-Tomatensoße bei Marsilio's bestellt.«

Die Abschiedsfeier fand in der alten Feuerwache statt, in dem Raum, der dienstags immer für die Bingospieler reserviert war. Es gab eine Getränkebar mit Selbstbedienung, zwei Tische mit gespendeten Speisen in Einwegbehältern und genug Wodka-Penne für zweihundert Personen. Ich heftete mich an Monica. Ranger beobachtete uns aus fünf Meter Entfernung, und Morelli stand in einer Ecke und ließ mich keine Sekunde aus den Augen. Er trug Jeans, ein blaues Button-Down-Hemd mit blau-rot gestreifter Krawatte und einen marineblauen Blazer. Es war mitten am Tag, aber Morelli hatte schon einen Bartschatten, der ihm ausnehmend gut stand. Der Saum seiner Jeans war etwas nass geworden, aber sonst hatte ihm der Regen offenbar nichts anhaben können.

Ich hatte mich nicht so gut gehalten wie Morelli. Meine Haare kräuselten sich zu einem riesigen Afro-Pferdeschwanz, mein Kostüm war klamm, und meine feuchten Schuhe schmatzten bei jedem Schritt.

Grandma machte sich an mich heran. »So ein Flop. Private Trauerfeiern zu Hause sind doch viel schöner. Man kann sehen, wie die Leute eingerichtet sind und welches Klopapier sie benutzen. Wozu habe ich mich hier bloß selbst eingeladen. Hat sich nicht gelohnt.«

»Hast du was von dem Essen abbekommen?«

»Eine Portion Wodka-Penne. Und einen Löffel von Mabel Worcheks Auflauf mit Fleischbällchen. Aber jetzt gehe ich nochmal zum Büfett. Mir ein paar Stücke von den leckeren Kuchen abgreifen.«

»Ich will auch mal einen Kuchen backen.«

»Das glaubst du doch selbst nicht.«

»Ich hab ein Rezept gefunden und Kuchenformen gekauft.«

»Wie kommst du auf die Idee?«

»Einfach so.«

»Du bist doch nicht etwa schwanger, oder?«

»Nein!«

»Sag einen Ton, wenn du Hilfe brauchst. Viele hier haben mich gefragt, was du da für einen Bluterguss hast. Sieht übrigens todschick aus. Aber was soll ich den Leuten antworten?«

»Sag ihnen, ich hätte mich in einer Kneipe geprügelt.«

»Oder eine Dragqueen hätte dich geschlagen?«

»Von mir aus.«

»Klingt doch viel spannender.«

Monica, die hinter mir stand, lachte prustend. »Ich würde mir glatt einen Tag Urlaub nehmen, wenn ich sehen könnte, wie Sie einen auf die Nase kriegen. Egal von wem.«

»Urlaub? Ich dachte, Sie arbeiten nicht.«

»Stimmt. Ich mein ja auch nur, wenn.«

Ich sah mich im Raum nach Tatverdächtigen um. Im Film kehrt der Täter bekanntlich immer an den Tatort zurück oder geht auf die Beerdigung des Opfers. Zu dieser Trauerfeier waren nur die üblichen professionellen Leichenfledderer erschienen, die wenigen bekannten

Gesichter vom Kiltman College waren dagegen nicht anwesend. Der politische Anstand erstreckte sich offenbar nicht auf die Trauerfeier. Sie wussten wohl nicht, dass hier Wodka-Penne serviert wurde.

»Ich bin völlig durchnässt«, sagte Monica. »Ich will nach Hause. Holen Sie mir noch einen Nachschlag von der Wodka-Penne. Wir treffen uns draußen.«

»Gilt auch für mich«, hörte ich Rangers Stimme in meinem Ohr.

Ich fand ein einigermaßen sauberes Tablett, bedeckte es mit Alufolie und wandte mich zum Gehen, da lief mir Morelli über den Weg.

»Du nimmst dir Wodka-Penne mit? Das könnte Ärger geben«, sagte er. »Offiziell gehören die Speisen dem Veranstalter.«

»Ich riskiere es einfach mal.«

Zärtlich fuhr er mit dem Finger über meinen Bluterguss. »Ein grauenvoller Anblick.«

»Willst du dir den Schlag in die Fresse abholen, oder was?«

»Ja. Gib's mir ordentlich. Ich hab es verdient.«

»Das sagst du nur, weil ich gerade beide Hände voll hab.«

»Stimmt. Ist das dein Abendessen?«

»Monica hat mich darum gebeten.«

»Ist dir heute irgendwas Ungewöhnliches aufgefallen?«

»Außer dass die Witwe nicht die geringste Reue zeigt?«

»Meinst du, sie könnte wenigstens so tun?«

»Ich meine, dass sie sich in einer Übergangsphase befindet«, sagte ich. »Sie will weiterkommen im Leben.«

»Wie nachsichtig von dir.«

»Und sie trinkt viel.«

»Allerdings. Ich hatte mir ein bisschen mehr versprochen von dir. Wer war zum Beispiel dieser irre Typ am Grab? Keiner von den üblichen Schnorrern auf Trauerfeiern.«

»Der Mann in Schlafanzughose?«

»Ja.«

»Das ist Stanley Pooka. Biologieprofessor am Kiltman College. Doug Linken war ein Ehemaliger. Aktiver Spendenwerber und so. Dekan Mintner war auch am Grab.«

Wieder hörte ich Rangers Stimme im Ohr. »Verabschiede dich. Komm nach draußen und bring das Essen mit.«

»Ich muss los«, sagte ich zu Morelli.

Monica hatte bereits im SUV Platz genommen, als ich ihr die Wodka-Penne übergab.

»Brauchen Sie noch Personenschutz?«, fragte Ranger.

»Nein, aber wenn ich mich mit den beiden Gorillas auf den Vordersitzen noch ein bisschen vergnügen kann.«

»Sie haben um vier Uhr Feierabend«, sagte Ranger.

»So lange dauert es nicht.«

Sie fuhren los, und Ranger schlang einen Arm um mich. »Wir haben unseren Termin mit Ernie Blatzo heute früh verpasst. Willst du ihn heute noch festnehmen oder bis morgen damit warten?«

»Morgen. Auf jeden Fall.«

»Du musst aus den nassen Klamotten raus, Babe. Ich bin dir gerne dabei behilflich.«

»Danke für das Angebot, aber du hast mir schon genug geholfen.«

16

Als Erstes kickte ich zu Hause die Schuhe von den Füßen. Im Badezimmer stieg ich aus den nassen Klamotten, ließ sie auf dem Boden liegen, sprang rasch unter die Dusche, um mir den Geruch der Friedhofsblumen aus den Haaren zu spülen, und zog mir dann eine Jogginghose und ein frisches T-Shirt an. Die Stunde der Wahrheit war gekommen. Ich wollte einen Kuchen backen.

Rex strampelte sich gerade in seinem Laufrad ab, als ich die Küche betrat.

»Ich backe einen Kuchen«, verkündete ich. »Was sagst du dazu?«

Rex unterbrach für einen Moment das Fitnessprogramm, blinzelte mich mit seinen klaren Knopfäuglein an und nahm dann seinen Marathon wieder auf. Unbeeindruckt.

Ich hatte mich nie ernsthaft mit meiner Kücheneinrichtung beschäftigt oder mich um ausreichend Geschirr gekümmert, und jetzt stellte sich heraus, dass nicht nur die Arbeitsfläche zu klein war, ich besaß auch weder ein Rührgerät noch eine Rührschüssel. Bei meinem Einzug hatten sie zur Ausstattung gehört, sich bei einem Brandbombenanschlag auf meine Wohnung jedoch in Rauch aufgelöst.

»Kein Problem«, sagte ich zu Rex. »Dann backe ich meinen Kuchen eben bei meinen Eltern.«

Ich packte die Kuchenformen und die Zutaten in eine Einkaufstüte, schlüpfte in meine Sneakers, schlang mir die Umhängetasche über die Schulter und bat Rex, während meiner Abwesenheit auf unsere Wohnung aufzupassen. Der Regen war in ein Nieseln übergegangen, und es sah ganz so aus, als würde bald die Sonne durchbrechen. Bei meinen Eltern angekommen, stellte ich mich in die Einfahrt, gerade als Mrs Kulicki meine Oma vor der Haustür absetzte.

»Schade, dass du nicht länger auf der Trauerfeier geblieben bist«, sagte Grandma. »Emily Root hat sich mit Highballs betrunken. Erst fing sie an, Miley-Cirus-Songs zu trällern, dann wollte sie die Rutschstange bumsen. Hat sich sogar ganz tapfer geschlagen, wenn man bedenkt, wie alt sie ist.«

»Emily Root? Kenn ich nicht.«

»Das war die in dem lila Kleid. Aus dem Seniorenheim rangekarrt. Ihr Gebiss war in der Handtasche, weil die ihr den letzten Nerv geraubt haben.« Grandma sah meine Einkaufstüte. »Was ist da drin?«

»Backutensilien. Ich möchte einen Kuchen machen.«

»Schöne Idee. Wenn erst mal der Duft durchs Haus zieht! Herrlich!«

Grandma verzog sich nach oben auf ihr Zimmer, um die nassen Kleider loszuwerden, ich belagerte die Küche.

»Darf ich hier einen Kuchen backen?«, fragte ich meine Mutter.

Meine Mutter hörte auf, Gemüse zu schnippeln, und

bekreuzigte sich. »Was ist los? Hast du Brustkrebs? Hast du einen Knoten entdeckt?«

»Nein!«

»Du bist schwanger.«

»Mir geht es gut. Ich hab einfach nur Lust, einen Kuchen zu backen.«

»Heilige Muttergottes! Wo hast du denn den Bluterguss her?«

»Ich hab mich gestoßen.«

Ich packte meine Sachen aus und legte alles auf den Küchentisch. »Erst wollte ich den Kuchen bei mir backen, aber ich hab überhaupt kein Rührgerät zu Hause. Auch keine Schüssel. Deswegen hab ich alles mitgebracht.«

»Willst du nicht lieber mit einer Fertigmischung anfangen? Ich hab noch eine von Duncan Hines in der Vorratskammer.«

»Nein. Ich will alles selbst machen. Wenn der Kuchen gelingt, möchte ich gerne Konditor werden.«

Meine Mutter schlug sich mit der Hand aufs Herz. »Was ist los? Bist du entlassen? Ist das Kautionsbüro schon wieder abgebrannt? Wurde Vinnie umgebracht?«

»Nein. Es ist alles bestens. Ich hab einfach nur Spaß am Kuchenbacken.«

»Das muss doch einen Grund haben. Hat Joseph dir einen Heiratsantrag gemacht? Hat er dir einen Verlobungsring geschenkt? Soll ich dir zeigen, wie man ein Hühnchen brät?«

»Nein, nein, nein! Schon vergessen? Joe und ich haben uns getrennt.«

Grandma kam in die Küche. »Hab ich was verpasst?«

»Stephanie und Joe sind noch immer nicht gut aufeinander zu sprechen«, sagte meine Mutter.

Ich nahm das Rezept aus der Tüte und legte es auf den Küchentresen. »Es soll ein Schokoladenkuchen werden. Und ich will ihn ganz allein backen.«

»Alle Achtung«, sagte Grandma. »Dann mal los!«

»Man braucht doch nur das Rezept zu befolgen, oder?«

»Genau«, sagte Grandma. »Wir essen ihn heute Abend. Vorher gibt es Pasta mit Tomatensoße und Fleischbällchen, falls du bleiben willst. Es ist reichlich da.«

»Hört sich gut an.«

»Warum trennst du dich nur immer wieder von Joseph?«, sagte meine Mutter. »So ein netter junger Kerl.«

Stimmt. Aber er wollte mich nicht. Das war eine so schmerzliche Erkenntnis, dass ich sie nicht laut auszusprechen wagte.

»Ich muss mich jetzt aufs Backen konzentrieren«, sagte ich. »Es soll nichts schiefgehen.«

»Beim letzten Mal ist die halbe Küche abgebrannt«, sagte Grandma.

»Da hab ich was gekocht«, sagte ich. »Backen ist besser. Dabei kann nicht plötzlich eine Pfanne mit Öl in Flammen aufgehen.«

Ich folgte den Anweisungen und wog alles haargenau ab. Dann sah ich mir die beiden Kuchenformen an.

»Hier steht, ich soll sie mit Mehl bestäuben«, sagte ich zu Grandma.

»Ja. Dazu musst du sie zuerst einfetten.«

Schon nach den Vorarbeiten war mein T-Shirt über und über mit Mehl und Teig bekleckert.

169

»Jetzt weiß ich, warum Konditormeister so schicke weiße Jacken tragen«, sagte ich.

»So eine wollte ich immer schon mal haben«, sagte Grandma. »Wir sollten uns welche besorgen. Man kann sie im Internet bestellen.«

»Kein Internet mehr«, mahnte meine Mutter. »Du bist ununterbrochen online. Du bist richtig süchtig.«

»Ich besuche nur bestimmte Seiten«, sagte Grandma. »Und ich muss ja auch liefern. Ich bin berühmt. Ich hab einen eigenen Blog.«

Ich schob die Kuchenformen in den Backofen und stellte den Timer. »Welche Seiten guckst du dir denn an?«

»Ach, die üblichen. Ich benutze Twitter und Google, und ich hab eine Facebook-Seite. Ich bin auch auf einigen Dating-Portalen unterwegs. Da trifft man sich nicht persönlich, man verabredet sich nur online. Aber einige Seiten klicke ich auch schon nicht mehr an, weil die Männer sich da so komisch verhalten.«

Zack! Meine Mutter schnitt das nächste Stück Möhre ab.

Mein Handy brummte. Eine SMS. Lula wollte wissen, wo ich mich verstecke. Ich schrieb ihr, ich sei bei meinen Eltern. Sie antwortete, sie sei in ein paar Minuten da.

»Was für eine Glasur möchtest du auf deinem Kuchen haben?«, fragte Grandma.

»Schokolade.«

»Das ist die beste. Spül bitte die Schüssel aus, dann zerlasse ich schon mal die Butter auf dem Herd.«

Ich war gerade fertig mit Aufräumen, da tauchte Lula auf.

»Hallöchen, Mrs Plum und Granny«, begrüßte sie uns. »Entschuldigt, wenn ich so hereinplatze, aber ich wollte Stephanie dieses Päckchen vorbeibringen. Connie meinte, das könnte bis morgen warten, aber ich muss wissen, was drin ist.«

Es war ein großer gefütterter Umschlag ohne Absender. Poststempel von Des Moines.

Oh Mann.

»Bestimmt was Tolles«, sagte Lula. »Das tolle Gerät vom letzten Mal kam auch aus Des Moines.«

»Sollen wir nicht lieber bis nach dem Abendessen warten?«, fragte ich.

»Kommt gar nicht in die Tüte«, sagte Grandma. »Ich will unbedingt sehen, was es ist.«

Ich riss den Umschlag auf und zog ein superknappes schwarzes Spitzenhöschen heraus.

»Fehlt da nicht ein Teil?«, sagte Grandma.

»Die trägt man so«, sagte Lula. »Im Schritt offen. Bestimmt von Frederick's of Hollywood.« Lula griff noch mal in den Umschlag und fand eine Karte. »Hier steht, er möchte Stephanie das Höschen gerne mit den Zähnen runterreißen.«

Meine Mutter holte eine Flasche Whiskey aus dem Regal über der Spüle und goss sich zwei Finger breit ein.

»Womit hab ich das verdient?«, jammerte sie und kippte das Glas wie ein Profi.

»Auf der Karte steht ein Name«, sagte Lula. »Derselbe wie beim letzen Mal. Casanova.«

»So ein Zufall«, sagte Grandma. »Ich hatte mal einen Freund, der sich auch so genannt hat, Casanova. Aber ich hab schon eine Zeitlang nichts mehr von ihm gehört, weil ich ihn von meinem Account geblockt habe. Er war einer von den Männern, die mir komisch vorkamen.«

»War das so eine Art Facebook-Freund?«, fragte Lula.

»Ja, aber es war nicht Facebook«, sagte Grandma. »Es war ein Portal für Partnersuche.«

Lula schimpfte Grandma mit erhobenem Zeigefinger aus. »Warst du etwa catfischen, Granny?!«

Ich sah Lula fragend an. »Was ist das denn?«

»Catfischen, da legt man sich auf einer Dating-Website ein falsches Profil zu«, erklärte Lula. »Granny könnte zum Beispiel behaupten, sie sei dreiundzwanzig und Cheerleader bei der Football-Profiliga. Das Problem ist: Wenn es ernst wird, und der andere will sich mit dir treffen, musst du dir ständig Entschuldigungen einfallen lassen.«

»Genau«, sagte Grandma. »Im Netz bin ich eine ganz heiße Nummer.«

»Ist ja ekelhaft«, warf meine Mutter ein.

»Machen doch alle«, sagte Grandma. »Im Fernsehen läuft heutzutage einfach nichts Gutes mehr, und irgendwie muss man ja seine Zeit totschlagen. Schon mal von Fantasy Football gehört? Ich mache Fantasy Dating.«

»Soll ich raten?«, unterbrach ich sie. »Du hast dich für mich ausgegeben.«

»Natürlich nicht«, sagte Grandma. »Man klaut nicht einfach die Identität eines anderen. Ich laufe da unter dem Namen Gina Bigelow. Und ich bin Innenarchitektin. Von dir hab ich mir nur das Foto ausgeliehen. Ohne deinen Namen.«

»Vielleicht hat der Absender den über eine Bildersuche

herausgefunden«, sagte Lula. »Connie benutzt so was andauernd. Man legt einfach ein Foto von Stephanie ein und bekommt den dazugehörigen Namen. Sobald man den Namen hat, ist es supereinfach, noch vieles andere mehr herauszukriegen, Arbeitsplatz, Adresse und so weiter.«

»Das wusste ich nicht«, sagte Grandma. »Gilt das für jeden?«

»Manche sind schwieriger zu finden als andere«, sagte ich. »Bei mir ist es einfach, weil mein Foto schon oft in der Zeitung abgedruckt war.«

»Noch leichter ist es bei Leuten, die mit ihrem Foto in den sozialen Medien vertreten sind«, sagte Lula.

»Das ist ja die reinste Magie«, sagte Grandma.

»Wie viele Männer hast du dir denn geangelt?«, wollte Lula wissen.

»Im Moment hab ich vier. Und vier habe ich wieder abgestoßen. Das sind die, denen ich das Foto geschickt hatte. Als Abschiedsgeschenk sozusagen.«

»Du musst ja wirklich eine große Nummer sein, dass sich die Männer wegen dir so ereifern«, sagte Lula. »Aus dir hätte bestimmt eine einträgliche Nutte werden können.«

»Aus deinem Mund ist das ein echtes Kompliment«, bedankte sich Grandma.

»Es riecht nach frisch gebackenem Kuchen«, sagte Lula.

»Den hat Stephanie gemacht«, sagte Grandma. »Ganz allein. Wenn er abgekühlt ist, rühren wir den Schokoguss an.«

»Ein Stück Kuchen käme jetzt gut«, lud Lula sich selbst ein.

»Bleib doch zum Abendessen«, ging Grandma darauf ein. »Den Kuchen gibt's zum Nachtisch.«

Lula sah zu meiner Mutter. »Darf ich? Ich will mich nicht aufdrängen.«

Meine Mutter ist eine gute Christin. Niemals würde sie einem Gast einen Platz an unserem Tisch verwehren. Aber ich wusste, was für ein Albtraum das für sie war. Lula und Grandma in einem Raum, und mein Vater würde sehr wahrscheinlich mit der Gabel auf eine von beiden losgehen.

Mein Vater hat im Laufe der Jahre so seine Bewältigungsstrategien entwickelt. Er hält den Kopf gesenkt, beugt sich tief über seinen Teller, schaufelt das Essen in sich hinein und hat kein Ohr für seine Tischnachbarn. Wenn er gelegentlich doch mal aufblickt, dann sieht er aus, als wollte er sich auf der Stelle der Fremdenlegion anschließen. Jetzt gerade konzentrierte er sich auf den Schokoladenkuchen.

»Das war ein wunderbares Essen«, sagte Lula zu meiner Mutter. »Und der Schokoladenkuchen ist ausgezeichnet. Wer hätte gedacht, dass Stephanie backen kann.«

»Und du?«, fragte Grandma sie. »Kannst du backen?«

»Darüber hab ich mir nie 'nen Kopf gemacht«, sagte Lula. »Wenn überhaupt, bin ich wohl eher fürs Herzhafte als für Backzeug. Na gut, einen Donut würde ich nie ausschlagen. Aber ich hab sowieso keinen Backofen.«

Ich aß mein Stück Kuchen auf und fragte mich, wie es bei mir war, ob ich eher für Backzeug geeignet war oder nicht. Der Kuchen war ganz gut geworden. Er schmeckte besser, als er aussah. Er hatte etwas Schlagseite, und es war mir nicht gelungen, ein hübsches Wirbelmuster in den Schokoguss zu zaubern.

Überhaupt hatte mich die Unternehmung nicht so überzeugt wie erhofft. Ich konnte mir nicht vorstellen, den ganzen Tag in einer Backstube Kuchen zu backen. Ich war schließlich nicht Julia Child. Und schon gar nicht war ich die Super-TV-Köchin Martha Stewart.

Ich half meiner Mutter, den Tisch abzuräumen, und klappte dann kurz in der Küche meinen Laptop auf, um meine E-Mails zu checken. Zwei Mails von Valerie, mit Fotos von ihren Kindern. Eine E-Mail von Connie, die einen neuen NVGler ankündigte. Und eine von Gobbles, er wolle mich sprechen. Ich schrieb zurück, wann und wo, und er antwortete, heute Abend, um zehn, hinter dem Zeta-Haus. Du meine Güte!

Ich zog Lula beiseite und zeigte ihr die E-Mail.

»Ich bin dabei«, sagte sie. »Den schnappen wir uns.«

»Ist das nicht merkwürdig, dass er mich sprechen will?«

»Wahrscheinlich hat er es satt, ständig auf der Flucht zu sein.«

»Warum stellt er sich dann nicht der Polizei? Dafür braucht er mich nicht.«

»Vielleicht weiß er das nicht.«

»Der Mann ist nicht dumm. Und seine Freundin, die ihm beisteht, auch nicht.«

»Was willst du damit sagen?«

»Irgendwie vertrackt die ganze Geschichte.«

»Wie bitte?«

Ich gab Lula ein Geschirrtuch, und wir fingen an, die Teller abzutrocknen, die meine Mutter mit der Hand spülte.

»Ich will ihm nicht gleich so brutal kommen«, sagte ich. »Ihm nur eine Gelegenheit geben, sich zu äußern.«

»Das verstehe ich«, sagte Lula. »Ich bin ganz deiner Meinung.«

»Also nicht schießen!«

»Klar. Nur wenn nötig.«

»Es wird nicht nötig sein.«

»Schon klar. Und wenn doch?«

»*Es wird nicht nötig sein!*«

»Mann, du kannst einem wirklich allen Spaß verderben. Was sollen wir bis zehn Uhr machen? Zur Shopping Mall gehen? Macy's hat Schlussverkauf bei Schuhen.«

»Ich kann unmöglich in diesen Klamotten rausgehen. Mit den ganzen Schokoladenflecken auf dem T-Shirt.«

»Es lenkt von dem blauen Fleck und dem Pickel ab«, sagte Lula. »Man weiß nicht, wo man zuerst hingucken soll. Es bringt die Wahrnehmung durcheinander. Warum machst du das nicht zu deinem persönlichen Markenzeichen?«

»Geh mal lieber ohne mich Schuhe kaufen und hol mich um neun Uhr ab.«

17

Um halb zehn parkten Lula und ich neben dem Studentenzentrum, überquerten den Campus zu Fuß und gingen weiter zum Zeta-Haus. Es war eine dunkle mondlose Nacht. Mitten in der Woche, und man sollte meinen, die Studenten wären fleißig am Lernen. Nichts da. Die halbe Studentenschaft des Kiltman College feierte. Das Haus war hell erleuchtet, und eine Band spielte. Wir betraten die Veranda, schauten durchs Fenster und hörten der Musik zu. Keyboard, zwei Gitarren, ein Schlagzeuger.

»Gar nicht so schlecht«, sagte Lula. »Nur der Drummer ist nicht gerade Brian Dunne.«

»Siehst du hier irgendwen, der Christopher Robin ähnelt?«

»Nein. Es ist gerammelt voll.«

Wir verließen die Veranda und gingen um das Haus herum, weil ich mich mit Gobbles auf der Rückseite verabredet hatte. Hinterm Haus war es stockfinster. Es gab keine Außenbeleuchtung, und aus den Fenstern fiel auch kein Licht nach draußen. Ungehemmt wucherten Büsche und Sträucher.

»Ich brauche eine Taschenlampe«, sagte Lula. »Man kann ja überhaupt nicht sehen, wo man hintritt.«

Ihre High Heels mit Plateausohlen waren auch nicht gerade geländegängig.

»Du läufst direkt auf die Büsche zu«, sagte ich. »Halt dich mehr nach rechts.«

»Wie weit rechts? Wo bist du überhaupt? Oh Scheiße!«

Lula krachte in die Büsche. Erst Stöhnen, dann Stille.

Ich schaltete die Taschenlampenfunktion an meinem Handy ein und beleuchtete die Szene. »Alles okay, Lula?«

»Ja. Ich bin über irgendwas gestolpert. Wer weiß, was diese Collegeversager hier alles hinwerfen.«

Ich leuchtete die unmittelbare Umgebung ab. Lula lag ausgestreckt auf dem Boden, und es war deutlich zu erkennen, dass sie über einen menschlichen Körper gestolpert war. Die Person war auf dem Rücken, der Arm steckte in einer Schlinge, im Kopf klaffte ein Loch. Dekan Mintner. Tot. Mausetot. Seine Augen standen offen, blickten starr, und es war reichlich Blut ausgelaufen. Kalte Angst durchfuhr mich blitzartig, und ich musste einen Brechreiz unterdrücken.

»Das ist ja Mintner«, sagte ich.

»Wie bitte?«

»Du bist über den Dekan Mintner gestolpert.«

Ich richtete das erleuchtete Handydisplay auf die Leiche, aber meine Hand zitterte so sehr, dass das Licht flackerte.

Lula kroch aus dem Busch hervor. »Scheiße. Verdammte Scheiße. Ich bin allergisch gegen Leichen. Davon kriege ich Gänsehaut. Das kommt von den Totenläusen. Ich muss unter die Dusche. Ich brauche einen Hamburger. Und Pommes. Ganz dringend.«

Ich schaltete das Handylicht aus und rief Morelli an.
»Wir sind hier am Zeta-Haus«, sagte ich. »Lula und ich
waren mit Gobbles verabredet und haben nach ihm gesucht, dabei ist Lula über den Dekan Mintner gestolpert.
Ich glaube, er ist tot. Das heißt, ich bin mir absolut sicher,
dass er tot ist. Er hat ein Einschlussloch im Kopf.«

Ich legte auf und leuchtete noch mal die Umgebung ab,
konnte aber keine weiteren menschlichen Körper, ob tot
oder lebendig, entdecken.

»Morelli ist unterwegs«, sagte ich zu Lula. »Er schickt
noch einen Kollegen vorbei. Gib mir deine Pistole, ich
bleibe hier. Stell du dich vorn an die Straße und warte auf
die Polizei.«

Lula reichte mir die Pistole. »Du kannst doch damit
umgehen, oder?«

»So einigermaßen.«

Wenn ich weiter für Vinnie arbeiten wollte, musste
ich mir unbedingt ein paar grundlegende Kenntnisse in
Selbstverteidigung aneignen. Und ich musste mein Verhältnis zu diversen Feuerwaffen entkrampfen. Wenigstens
sollte ich in der Lage sein, eine Pistole zu beschlagnahmen,
ohne mich zu verletzen oder gar zu erschießen.

Zur Beruhigung tankte ich ordentlich Luft, atmete
tief durch. Das Handylicht war ausgegangen, ich stand
in völliger Finsternis. Horchte auf Schritte. Doch mein
Herz pochte so laut, dass ich nicht mal einen Elefanten
im Anmarsch gehört hätte. Ich hatte Angst, der Schütze
könnte noch hier sein. Ein Serienmörder, der sich in einer
dunklen schattigen Ecke versteckte und mich ebenfalls
gleich aus dem Weg räumen würde. Ich hatte mich von

der Leiche entfernt, wollte aber nicht den Tatort verlassen und riskieren, dass er zerstört wurde. Oder gar die Leiche verschwand.

Blaulicht flackerte auf, kurz danach hörte ich Lula mit jemandem sprechen, dann sah ich den gleißenden Strahl einer Stablampe. Ich legte die Pistole auf den Boden und trat einen Schritt beiseite.

Ich kannte den Polizisten mit der Taschenlampe, Eddie Gazarra. Ich war mit ihm zusammen zur Schule gegangen, später hatte er meine Cousine Shirley geheiratet, die Heulsuse.

»Die Pistole gehört Lula«, empfing ich ihn. »Nicht dass du sie versehentlich zur Mordwaffe erklärst. Sag Lula, sie kann sie wieder einstecken.«

Eddie richtete den Strahl der Lampe auf die Pistole. »Ist die zugelassen?«

»Und wenn nicht?«, sagte Lula.

»Okay. Ich hab die Pistole nicht gesehen«, sagte Eddie und lenkte den Lichtstrahl auf die Leiche.

Eine halbe Stunde später war das Gelände gesichert, ein Absperrband gespannt, Scheinwerfer waren aufgestellt. Die Band hatte ihre Instrumente eingepackt und das Weite gesucht. Die Partygäste, hauptsächlich Studenten, saßen fest, wurden nacheinander vernommen und durften erst danach das Zeta-Haus verlassen. Auf dem Hof wimmelte es von Menschen aller Art: Sanitäter, Polizisten, Leute von der Spurensicherung, ein Polizeifotograf, ein Gerichtsmediziner, Morelli. Lula klagte über Angstzustände, und ich schickte sie nach Hause.

»Er kann noch nicht lange tot sein«, sagte Morelli. »Bis

jetzt hat sich keiner gemeldet, der Schüsse gehört hat. Die Band hat gespielt. Hinterm Haus hat sich niemand aufgehalten. Außer dir.«

»Globovic wollte sich hier um zehn Uhr mit mir treffen. Er sagte, er müsste mich sprechen.«

»War er hier?«

»Wenn ja, dann hab ich ihn nicht gesehen. Lula und ich sind um das Haus herumgegangen, es war dunkel, und dabei ist Lula über Mintner gestolpert.«

Morelli warf sich eine Handvoll Pillen in den Mund.

»Pfefferminz?«

»Magenprobleme.«

»Tut mir leid.«

»Alles nur deine Schuld.«

»Mir kommen die Tränen.«

Er grinste und drückte mich. »War nur Spaß. Es ist nicht alles deine Schuld. Nur teilweise.«

»Da bin ich aber froh. Ich kann hier nichts mehr zur Aufklärung beitragen. Jemand was dagegen, wenn ich Gazarra bitte, mich nach Hause zu bringen?«

»Nein.«

Ich setzte mich nach vorn, neben Gazarra, damit auch ja keiner auf die Idee kam, meine Mutter anzurufen, ich sei verhaftet.

»Was ist los mit Morelli?«, fragte ich Gazarra. »Gibt es Ärger auf der Arbeit?«

»Jedenfalls macht sie keinen Spaß. Wir sind hier schließlich in Trenton.«

»Warum kündigst du dann nicht?«

»Ich will meine Rente nicht verlieren.«

»Du hast doch noch Jahre bis dahin.«

»Richtig. Aber man kann sich schon jetzt darauf freuen.«

»Und was hält Morelli bei der Polizei?«

»Morelli lebt für seinen Job. Er glaubt daran. Er ist ein guter Polizist.«

»Er nimmt mehr Säureblocker als sonst.«

»Das ist mir auch aufgefallen. Ich kenne den Grund nicht.«

»Hat er dir nichts gesagt?«

»Morelli war noch nie sonderlich gesprächig, aber seit einiger Zeit ist er noch schweigsamer als sonst. Und er nimmt sich oft Urlaub. Ich dachte, wenn einer weiß, was mit ihm los ist, dann du.«

»Er hat sich von mir getrennt.«

»Wow. Das wusste ich nicht.«

Gazarra brachte mich zum Hintereingang meines Hauses. »Sitzt dir der Schreck noch in den Knochen?«, fragte er besorgt. »Soll ich mit hochkommen?«

»Danke, nicht nötig. Daran bin ich gewöhnt.«

»Einer der vielen Vorteile unserer Arbeit.«

Ich winkte ihm zum Abschied und ging ins Haus, stieg die Treppe hinauf in den ersten Stock und sah Julie Ruley vor meiner Wohnungstür kauern. Im ersten Moment Panik. Instinktiv wollte ich umkehren und die Treppe hinunterstürzen, aber die Beine versagten mir den Dienst.

»Wo ist Gobbles?«, fragte ich sie.

»Er ist nicht mitgekommen. Er weiß nicht, dass ich hier bin. Wir sind zusammen losgegangen, um uns mit Ihnen zu treffen. Auf dem Campus sahen wir Polizei. Wir dachten, die ist wegen uns da, aber dann haben wir erfahren, dass jemand niedergeschossen wurde. Wir haben aus der Ferne zugeguckt, dann sind wir abgehauen. Ich hab gehört, es soll Dekan Mintner sein.«

»Er wurde erschossen.«

»Wie schrecklich. Ich mochte Mintner nicht, aber es ist trotzdem schrecklich.«

»Es ist Ihnen doch klar, dass Sie und Gobbles zu den Hauptverdächtigen gehören?«

»Wir haben nichts damit zu tun. Und mit dem, was Mintner vorher angetan wurde, hat Gobbles auch nichts zu tun.«

»Mintner glaubte, dass in der Studentenverbindung irgendetwas Schlimmes vor sich geht.«

»Nichts Schlimmes. Es sind nur ein paar merkwürdige Dinge passiert. Gobbles und ich wollten dem nachgehen, aber wir sind nicht weit gekommen. Wir brauchen professionelle Hilfe, und wir haben Angst, uns an die Polizei zu wenden. Sie würde Gobbles sofort einsperren.«

»Und wieso glauben Sie, dass ich Gobbles nicht einsperren würde?«

Julie zuckte mit den Schultern. »Sie machen einen netten Eindruck. Gobbles meinte, wir müssten uns jemandem anvertrauen, deswegen sind wir auf Sie gekommen.«

Na toll.

»Was haben Sie denn bisher herausgefunden?«, fragte ich sie. »Sie müssen doch irgendeine Vorstellung davon haben, was da abgeht. Was sind das für merkwürdige Dinge, von denen Sie gesprochen haben?«

»Das müssen Sie Gobbles fragen.«

»Wohnt er bei Ihnen?«

»Nein. Er will mir nicht sagen, wo er untergekommen ist. Er meint, wenn ich es nicht weiß, muss ich deswegen auch nicht lügen. Ich hatte gehofft, wir könnten ein neues Treffen verabreden.«

»Klar. Aber ich will noch jemanden mitbringen. Ich möchte mich nicht allein mit Gobbles treffen.«

»Gut. Ich sage ihm Bescheid.«

Ich wollte Julie Ruley auch nicht in meine Wohnung bitten. Ich sah ihr hinterher, wie sie zum Aufzug ging, erst danach betrat ich meine Wohnung und schloss die Tür sofort hinter mir ab. Ich hatte eine unruhige albtraumhafte Nacht hinter mir, und ich fühlte mich überhaupt nicht tapfer oder sonderlich vertrauenerweckend.

Ich ging in die Küche, klopfte zur Begrüßung an Rex' Käfig und brach in Tränen aus. Ich sah auf dem Wandkalender nach, ob meine Tage näher rückten. Aber nein. Die waren noch weit weg. Mist. Ich war ein Häufchen Elend, aber diesmal konnte ich es nicht auf die Hormone schieben. Ich schmierte mir ein Erdnussbutter-Bananen-Sandwich und spülte es mit einer Flasche Bier hinunter.

»Jetzt geht es mir schon besser«, sagte ich zu Rex. »Vielleicht hatte ich einfach nur Hunger. Aber trotzdem, ein Mensch wurde gewaltsam getötet, und darüber darf man doch wohl noch weinen.«

Ich holte die Smith&Wesson aus der Plätzchendose und legte sie auf die Küchentheke zur Erinnerung, dass ich Munition kaufen musste. Ich überprüfte noch mal, ob die Wohnungstür auch wirklich abgeschlossen war. Dann lief ich durch alle Räume, schaute im Kleiderschrank und unterm Bett nach, ob sich dort auch ganz sicher kein Killer versteckte. Ich machte ein zweites Bier auf, schlüpfte in meinen Schlafanzug und kroch bei voller Beleuchtung ins Bett. Um drei Uhr wachte ich auf und löschte das Licht.

18

Ich saß bereits fertig angezogen in der Küche, als Ranger anrief.

»Schon wach?«, fragte er.

»Ich koche gerade Kaffee.«

Das Türschloss gab nach, Ranger trat ein. Er besaß keinen Schlüssel zu meiner Wohnung, weil er keinen nötig hatte. Er knackt ein Schloss schneller, als man braucht, um den Schlüssel reinzustecken. Ich konnte froh sein, wenn er vorher anrief und mich nicht zu Tode erschreckte.

Er trug den üblichen schwarzen Rangeman-Kampfanzug. Wenn man das Logo auf seinem Shirt und der Basecap übersah, konnte man ihn leicht für ein Mitglied des Sondereinsatzkommandos der Polizei halten.

»Du hast einen interessanten Abend verbracht, hab ich gehört«, sagte er.

»Am Kiltman College geht irgendwas Schlimmes vor sich. Mintner hat, wo er konnte, gegen das Zeta-Haus gewettert, und jetzt ist er tot. Lag erschossen in dem wuchernden Azaleenbusch hinterm Zeta-Haus.«

»Was macht denn deine Pistole auf dem Küchentresen? Sonst liegt sie doch immer in der Plätzchendose.«

»Zur Erinnerung, dass ich Munition kaufen muss.«

»Babe.«

Ich glaube, es amüsierte ihn.

Ich goss den Kaffee in einen Isolierbecher, nahm mir eine tiefgefrorene Waffel und stieg in meine großen Gummistiefel. »Startklar!«

»Und die Pistole?«

»Keine Munition.«

»Nimm sie trotzdem mit.«

Ich steckte die Pistole in meine Umhängetasche und ging mit Ranger zum Parkplatz. Heute begnügte er sich mit einem schwarzen Ford Explorer, einem der schlichteren Fahrzeuge aus dem Rangeman-Fuhrpark. Wir rollten die Hamilton Avenue hinunter, bis zur Broad, und hielten vor einem Baumarkt.

Erst dachte ich, er wollte sich solche Gummistiefel kaufen wie meine, aber der Baumarkt verkaufte auch Munition. Wer hätte das gedacht. Er wartete ab, bis ich die Pistole geladen hatte, schüttelte nur den Kopf, als ich eine der Patronen auf den Boden fallen ließ, und scheuchte mich aus dem Baumarkt wieder ins Auto.

Den Rest der Fahrt über beschränkte sich unser Gespräch auf das Notwendige. Ranger war in seiner Welt. Er fuhr zu Blatzo und parkte vor dem Nachbarhaus. Wir stiegen aus; Ranger schnallte sich einen Waffengürtel um und zog sich eine Kevlar-Weste über. Mir reichte er auch eine Weste und einen Waffengürtel.

Ich schaute auf die große schwarze Glock, die mit Sicherheitsgurten an meinem Oberschenkel festgeschnallt war. »Ich komme mir vor wie Annie Oakley.«

»Die Glock ist nur zum Schein. Nicht benutzen. An

dem Gürtel ist auch ein Holster für deine Smith&Wesson. Nimm die Pistole, mit der du dich wohlfühlst.«

Ich steckte meine S&W in den Gürtel und verzog das Gesicht. Ich fühlte mich mit keiner Waffe wohl.

Ranger stemmte die Fäuste in die Seiten und sah mich an. »Ich bin absolut hingerissen von dir, und ich hab keine Ahnung, warum.«

»Vielleicht weil ich süß bin.«

»Es muss mehr sein, Babe, aber ehrlich, ich weiß nicht, was das ist.«

»Eines der großen Welträtsel.«

Er zog mich fest an sich und küsste mich. Unsere Zungen berührten sich, und es versetzte mich in einen Glücksrausch allererster Güte.

»Das ist hoffentlich nur deine Pistole, die sich mir in den Bauch drückt«, sagte ich.

»Meine Pistole trage ich seitlich am Bein.«

»Oh Mann.«

»Das ist meine Taschenlampe.«

»Schon klar«, sagte ich. »Das wäre meine nächste Vermutung gewesen.«

Er löste sich von mir. »Achte auf die Schlangen, wenn du den Fuß aufsetzt.«

»Ich bin auf alles gefasst.«

Er sah sich meine Stiefel an. »Sind die Schuhe schlangenfest?«

»Ich hab sie extra zu diesem Zweck gekauft.«

Er grinste. »Und ich dachte schon, du wüsstest nicht, worauf du dich einlässt. Wie ist es hier das letzte Mal abgelaufen?«

»Ich habe an die Tür geklopft. Er hat aufgemacht. Und ehe ich ein Wort sagen konnte, hatte er mich am Kragen gepackt und ins Haus gezerrt.«

»Besitzt er Waffen?«

»Ich hab ein Gewehr neben der Tür gesehen.«

»Also gut. Versuchen wir es auf die gleiche Weise noch mal.«

Ranger ging voraus, ich folgte ein paar Schritte hinter ihm und trat zur Seite, als er an die Tür pochte. Keine Reaktion. Ranger klopfte noch mal, und ich rief: »Machen Sie auf. Wir sind von der Kautionsagentur.«

Blatzo öffnete die Tür, erkannte mich und streckte schon die Hand nach mir aus, als er Ranger entdeckte. Er wich zurück und griff nach dem Gewehr. Ranger packte Blatzo am Hemdkragen, hob ihn ein Stück hoch und stieß ihn weit von sich. Blatzo prallte an die Wand gegenüber, so dass ihm die Luft wegblieb. Er rutschte zu Boden, und Ranger legte ihm Handschellen an.

»Das ging ja schnell«, sagte ich.

»Behalte ihn im Auge. Ich schau mich mal im Haus um.« Kurz darauf kehrte er zurück, rief bei der Polizeizentrale an und bat um Unterstützung. »Wir haben ein Waffenversteck gefunden und einige verdächtige Dinge im Kühlschrank«, sagte er der Vermittlerin in der Zentrale. »Wir bleiben vor Ort, bis die Polizei da ist.«

»Was für verdächtige Dinge?«, fragte ich ihn.

»Muss dich nicht interessieren. Und jetzt guck bloß nicht nach.«

Es dauerte zehn Minuten, bis ein Streifenwagen eintraf, gleich gefolgt von einem zweiten. Die vier Männer stiegen aus und betraten vorsichtig die Veranda, offenbar hatte man sie vor den Schlangen gewarnt.

»Wieso gibt es in diesem Viertel so viele Schlangen?«, fragte ich Ranger.

»Die Crystal-Meth-Dealer und andere Verrückte setzen sie aus. Schlangen sind billiger und effektiver als Wachhunde.«

Ich zeigte dem ersten Polizisten die Kautionsunterlagen für Blatzo. Sie gaben mir die Berechtigung, seine Wohnung zu betreten und ihn festzunehmen.

»Scheint in Ordnung«, sagte er. »Wie wollen Sie vorgehen? Wollen Sie ihn dem Gericht übergeben, oder sollen wir das für Sie erledigen?«

»Nehmen Sie ihn mit, wir kommen nach«, sagte Ranger.

Einer der Polizisten ging in die Küche und schaute in den Tiefkühlschrank. »Ach, du Scheiße!«, sagte er. »He, Stan, sieh dir das an!«

Stan verzog angewidert das Gesicht und wandte sich an Ranger. »Soll ich etwa meine leckeren Burritos zum Frühstück wiederkäuen?«

»Gesund wäre das nicht«, sagte Ranger.

Das Haus füllte sich, es roch nicht gut, und ich schlich nach draußen, legte den Pistolengürtel ab und setzte mich in den SUV. Ein Zivilfahrzeug rollte die Straße entlang und stellte sich quer auf den Bürgersteig, ein dritter Streifenwagen folgte. Stan auf der Vordertreppe hielt ein Absperrband in der Hand, als wüsste er nichts damit anzufangen. Niemand wagte sich durch das hohe Gras rund ums Haus.

Ranger und zwei Streifenpolizisten kamen jetzt mit dem

gefesselten Blatzo aus dem Haus. Sie führten ihn zu einem Polizeiwagen und verstauten ihn auf dem Rücksitz.

Ranger gesellte sich zu mir und setzte sich hinters Steuer. »Guter Fang«, sagte er. »In dem Haus finden sich genug Beweise, um Blatzo bis ans Lebensende hinter Gitter zu bringen.«

Mir schauderte unwillkürlich. Wenn Lula und der Dildo nicht gewesen wären, läge jetzt ich zerstückelt in dem Tiefkühlschrank.

Gegen Mittag schlug ich im Büro auf. Connie und Lula futterten sich gerade durch einen Eimer knuspriger gebratener Hähnchenkeulen.

»Wir feiern Blatzos Festnahme«, sagte Lula. »Eine Hähnchenkeule ist noch übrig.«

Ich nahm die angebotene Keule und gab Connie die Empfangsbestätigung des Gerichts. »Schon gehört, das mit Dekan Mintner?«

»Die ganze Welt weiß Bescheid«, sagte Connie. »Es kam in den Frühnachrichten.«

»Ich hab ihr auch erzählt, wie ich ihn gefunden habe«, sagte Lula.

»Gefunden würde ich das nicht nennen«, sagte ich. »Du bist über ihn gestolpert.«

»Ja, aber ich hab es mir noch mal überlegt, und ich glaube, ich wurde von meiner übersinnlichen Wahrnehmung gelenkt.«

Connie schaute über den Rand des Eimers mit Hähnchenkeulen auf ihrem Schreibtisch hinüber zu dem großen Schaufenster der Kautionsagentur. »Und was sagt dir deine übersinnliche Wahrnehmung über den Kerl, der uns durchs Fenster anstarrt?«

Wir sahen nach draußen.

»Vielleicht hat er Hunger. Er hat den Eimer mit Hähnchenkeulen gesehen, weiß aber nicht, dass die Keulen aufgegessen sind«, sagte Lula. »Er hat so einen hungrigen Gesichtsausdruck.«

Er entfernte sich vom Fenster, ging zur Tür und trat ein.

»Stephanie Plum, alias Gina Bigelow?«

»Oh Scheiße«, sagte ich.

»Ich kenne Sie von Ihrem Foto. Sie haben hoffentlich nichts dagegen, dass ich hier so hereinplatze. Ich musste Sie einfach mal sehen. Wir hatten so eine tolle Beziehung, und dann haben Sie sie abgebrochen. Kann ich Sie mal privat sprechen?«

»Nicht nötig«, sagte ich. »Sie haben die falsche Person erwischt. Wir hatten nie eine Beziehung.«

»Wo wohnen Sie?«, fragte Lula ihn.

»Ich bin aus Des Moines.«

»Das hab ich mir gedacht«, sagte Lula. »Mister Dildo und die grauslichen Spitzenhöschen.«

»Das sind wohl Ihre Freundinnen, nehme ich an«, sagte er. »Dann sind sie sicher auch mit Ihren Problemen vertraut. Kopfläuse und Fußpilz. Ich kann Sie beruhigen, für mich ist das kein Problem. Wir finden einen guten Arzt. Einer, der Sie bei der Untersuchung nicht belästigt. Das muss ein traumatisches Erlebnis gewesen sein … auch wenn er Sie letztlich geheilt hat, ich meine, von Ihrer Frigidität.«

»Granny wird Ihnen gefallen«, sagte Lula.

»Das verwirrt mich jetzt«, sagte er. »Wer ist Granny?«

»Das ist die Frau, die Ihre Höschen anprobiert hat«, sagte Lula. »Granny ist ein Catfisch. Sie hat Sie getäuscht.« Am Hals zeigte sich eine rote Verfärbung, die langsam aufstieg. »Im Ernst? Sie meinen, belogen?«

Er war ungefähr eins fünfundsechzig groß, Mitte vierzig und neigte zur Glatze. Das Bräunungsspray in seinem Gesicht erinnerte farblich an Gulden-Senf, und ich hatte den Verdacht, dass er selbst unter Fußpilz litt. Eigentlich schien er ganz okay zu sein, wenn man keine allzu hohen Ansprüche hatte.

»Haken Sie es als Fantasieabenteuer ab«, riet ich ihm.

»Es las sich alles so aufrichtig, was Sie mir geschrieben haben«, sagte er.

»Das war nicht ich, die Ihnen geschrieben hat«, sagte ich. »Da hat sich nur jemand mein Foto ausgeborgt.«

»Ja. Ihre Oma«, sagte Lula. »Vielleicht wollen Sie ja ihre Oma kennenlernen. Sie ist jedenfalls nicht so eine Spaßbremse wie unsere Stephanie.«

»Wie alt ist sie?«, fragte er Lula.

»Steinalt«, sagte Lula. »Hat aber noch ordentlich was drauf. Ein paar gute Dates wären bestimmt drin.«

Er wandte sich wieder an mich. »Lieber würde ich mit Ihnen ausgehen.«

»Nein«, sagte ich. »Kommt nicht in Frage.«

»Übrigens haben wir für Ihren Dildo eine erstklassige Verwendung gefunden«, sagte Lula. »Wir haben einem Serienkiller damit die Birne eingeschlagen. Wenn wir den Dildo nicht dabeigehabt hätten, wäre Stephanie jetzt zu Hundefutter verarbeitet.«

»Tut mir leid, dass Sie ganz umsonst von Des Moines angereist sind«, sagte ich.

»Das macht nichts. War nur ein Abstecher für mich. Ich besuche gerade einen Zahnheilkundekongress in Atlantic City.«

»Sind Sie Zahnarzt?«, fragte Lula.

»Ich verkaufe Zahnseide. Wir bieten dieses Jahr drei neue Aromen an. Sie werden der Renner der Saison.«

Lula, Connie und ich wussten mit dieser Ankündigung so recht nichts anzufangen, deswegen wünschten wir ihm nur viel Erfolg und versprachen, in Kontakt zu bleiben.

»Der Mensch, ein unbekanntes Wesen«, sinnierte Lula, als wir das Büro verließen. »Wer hätte ihm so einen stellaren Geschmack bei Dildos zugetraut.«

»Stellar?«, sagte Connie. »Wo hast du denn das aufgeschnappt?«

»Mein Wort des Tages«, sagte Lula. »Ich will mich ständig weiterbilden. Dazu suche ich mir jeden Tag ein neues Wort aus und benutze es. Danach füge ich es meinem Wortschatz zu. Und heute ist es eben *stellar*.«

»Wann hast du damit angefangen?«, wollte Connie wissen.

»Heute«, sagte Lula. »Das ist der Startschuss zu einer neuen Lula. Also, was machen wir jetzt?«, fragte sie mich. »Fährst du nach Hause? Willst du wieder einen Kuchen backen?«

Ich nahm Connie die neue NVGler-Akte ab. »Ein Kuchen reicht«, sagte ich und blätterte in den Unterlagen. »Jesus Sanchez. Gesucht wegen Diebstahls eines Rasenmähers. Soll das ein Witz sein? Ich verdiene fünfzig Dollar, wenn ich ihn kriege. Und das ist so gut wie ausgeschlossen, weil er sich längst nach Guatemala abgesetzt hat und Gras anbaut.«

»Ich reiche die Akten nur weiter«, sagte Connie. »Ich kann dir nicht vorschreiben, was du damit machen sollst.«

»Ich aber!«, brüllte Vinnie aus seinem Büro. »Du sollst das Arschloch suchen! Fünfzig Dollar für dich sind fünfhundert für mich.«

Die Akte verschwand in meiner Umhängetasche. Vielleicht sollte ich mich bei einem Kosmetikinstitut bewerben. Oder Friseuse lernen. Das wäre wie Kuchenbacken, nur mit Haaren. Ist doch kreativ, oder?

»Ich hab heute Nachmittag viel zu erledigen«, sagte ich zu Lula. »Aber heute Abend könnte ich die Jagd auf Gobbles wieder aufnehmen. Soll ich dich anrufen?«

»Klar. Du kannst auf mich zählen.«

Ich fuhr los und googelte zu Hause nach Kosmetikinstituten. Es gab zwei in Trenton und eins in Bordertown. Das eine in Trenton bot auch eine Halbtagsausbildung an. Perfekt für mich. Ich ging ins Badezimmer und sah mir mein Haar an. Schulterlang, braun, lockig. Auf der Highschool hatte ich die Locken noch ausgebügelt, damit die Haare schön glatt wurden.

Es klopfte an der Wohnungstür. Ich ging hin und schaute durch den Spion. Morelli. Mit einem Päckchen in der Hand.

Ich machte ihm auf. »Und?«, fragte ich.

»Ich bin unten im Foyer dem UPS-Boten begegnet. Hab ihm angeboten, das Päckchen für ihn hochzubringen.«

»Kennt dich der UPS-Bote?«

»Er ist mein Cousin.«

»Und du wolltest sowieso zu mir?«

»Ja. Ich war gerade auf dem Weg nach Hause, und ich hab mir gedacht, bringe ich ihr das gerichtsmedizinische Gutachten über Mintner doch gleich persönlich vorbei.«

»Echt nett. Aber untypisch. Normalerweise tauschst du keine Informationen über laufende Ermittlungen mit mir aus. Nicht mal, wenn ich sie brauche. Nicht mal, wenn ich dich flehentlich darum bitte.«

»Übertreib nicht. Ich will dir nur helfen.«

Ich runzelte die Stirn. Das kaufte ich ihm nicht ab.

»Ich brauchte einfach eine Entschuldigung, um dich zu sehen«, sagte Morelli.

»Seit wann brauchst du dafür eine Entschuldigung?«

»Ich hab mit dir Schluss gemacht, schon vergessen? Aber du hast mir noch keine Ohrfeige gegeben. Das kannst du jetzt nachholen.«

»Zu spät.«

»Mach das Päckchen auf. Es ist von Kenny. Ist das dein neuer Freund?«

»Bist du eifersüchtig?«

Er brauchte ein paar Sekunden, und seine Antwort war leise, fast geflüstert. »Ja.«

Ich fühlte mich gleich besser. Ich quälte Morelli. Ich machte das Päckchen auf, es enthielt eine tausend Gramm schwere Godiva-Pralinenschachtel. Auf der Karte stand: *Süßes für meine Süße. Kenny.*

»Damit kann ich nicht konkurrieren«, sagte Morelli. »Ein Kilo Godiva-Schokolade übersteigt mein Budget.«

Ich seufzte. Das musste ich aufklären. »Die ist nicht für mich bestimmt«, sagte ich. »Grandma war mit meinem Foto im Internet catfischen, und jetzt kriege ich alle nasenlang blöde Geschenke.«

Das brachte mir ein breites Grinsen auf Morellis Gesicht ein. »Deine Oma ist der Hammer. Willst du ihr die Schachtel geben?«

»Nein. Ich esse sie allein auf.«

Ich suchte eine Praline aus und steckte sie mir in den Mund. Morelli lehnte ab.

»Ich muss auf mein Gewicht achten«, sagte er.

»Du siehst nicht aus, als hättest du zugenommen.«

Morelli hatte eine perfekte Figur.

»Möchtest du erfahren, was wir im Fall Mintner herausgefunden haben?«, fragte er.

Ich tat den Deckel wieder auf die Schachtel. »Ja.«

»Mintner wurde mit derselben Waffe erschossen, mit der auch Getz und Linken getötet wurden. Und er hatte schwarzes Schießpulver an den Schuhsohlen.«

»Gibt es irgendeine Gemeinsamkeit zwischen den drei Männern?«

»Das Kiltman College. Zwei Ehemalige und ein Dekan. Sonst keine.«

»Tatverdächtige?«

»Keiner, der hundert pro passen würde.«

»Globovic?«

»Warum?«, fragte Morelli. »Er ist ein kluges Kerlchen. Vielleicht zu klug. Ein bisschen unterfordert. Überschüssige Energie steckt er in Toga-Partys und Dummejungenstreiche.«

»Er ist wegen Körperverletzung angeklagt.«

»Ich hab den Polizeibericht gelesen, der hat mich nicht überzeugt. Irgendwas ist in der Nacht geschehen, und am Ende hatte Mintner einen gebrochenen Arm. Aber der Bruch passt überhaupt nicht zu einer Verletzung durch einen Baseballschläger.«

»Gobbles und Mintner sind über ein Sitzkissen gefallen.« Morelli machte eine Pause, sein Gesichtsausdruck veränderte sich, und er ließ den Bullen raushängen. »Sprichst du häufiger mit Gobbles?«

»Nein.«

»Kompliment für den Zugriff auf Blatzo heute Morgen. Sehr beeindruckend, was du da abgeliefert hast.«

»Damit hatte ich nichts zu tun. Ranger ist rein und hat seine Masche abgezogen.«

»Beim Blick in den Tiefkühlschrank soll Stanley Stoley das Frühstück hochgekommen sein.«

»Ich hab nichts gesehen. Ranger hat die Räume durchsucht. Willst du jetzt nicht doch eine Praline?«

»Nein. Ich muss los. Bob ist allein zu Hause und wartet darauf, dass ich mit ihm Gassi gehe.«

Morelli verabschiedete sich, und ich schloss die Tür ab und griff noch viermal in die Pralinenschachtel. Dann verzog ich mich ins Badezimmer und sah mir meine Haare an. Wem wollte ich hier eigentlich was vormachen? Niemals würde aus mir eine Friseuse werden. Dazu fehlte mir die Geduld. Ich fand es ja schon nervig, mir meine eigenen Haare zurechtzumachen. Ich wäre eine gute Mechatronikerin, aber keine Friseuse.

Ich tat endgültig den Deckel auf die Pralinenschachtel

und schlang das rote Geschenkband darum. Bei nächster Gelegenheit würde ich sie Grandma überreichen. Um fünf Uhr bekam ich eine SMS. Gobbles wollte mich um zehn Uhr auf dem Parkplatz des Windward-Wohnheims treffen. Ich schrieb zurück, dass ich mit Lula kommen würde.

19

Um halb sechs brachte ich Grandma die Pralinenschachtel vorbei. Ein dreister Trick, um mir ein Abendessen zu schnorren.

»Sieh an, sieh an, wen haben wir denn da«, begrüßte mich Grandma, die sich immer über meine Besuche freut. »Gerade rechtzeitig. Es gibt Hackbraten zum Essen, und deine Mutter hat für eine ganze Mannschaft gekocht.«

»Hackbraten? Hört sich gut an«, sagte ich. »Wer ist Kenny?«

»Kenny ist einer meiner Catfische. Ein ganz Süßer. Ich hab ihn nur sehr ungern ziehen lassen, aber er sprach von Heiraten, und ich befürchtete, er könnte zu jung sein.«

»Meinst du minderjährig?«

»Nein. Ich meine, zu jung für mich, um Schritt halten zu können mit ihm. Ich bin zwar noch einigermaßen fit, aber bei jüngeren Männern braucht es viel Fürsorge. Mit fünfzig ist bei mir Schluss. Guck dir Kenny mal an. Er ist von hier und hat einen sicheren Job. Lohnbuchhalter in der Knopffabrik.«

Die Pralinenschachtel hatte ich unter den einen Arm geklemmt, die Blumen unter den anderen. »Die sind von ihm. Er hat sie natürlich an meine Adresse geschickt.«

»Blumen und Pralinen! Ist er nicht ein Schatz? Und dann noch von Godival. So ein hochwertiges Geschenk.«

»Anscheinend dachte er, wir hätten zusammen Geburtstag.«

»Kann sein, dass ich ihm das so gesagt habe.«

»Dein Freund aus Des Moines hat mich heute im Büro besucht. Er meint, die Kopfläuse und der Fußpilz würden ihm nichts ausmachen.«

»Du hast ihm doch nicht etwa meine Adresse gegeben, oder? Ich stehe nicht so auf ihn.«

»Du musst damit aufhören, deinen Kontakten im Netz eine falsche Identität vorzutäuschen.«

»Das sehe ich ein. Es ist mir sowieso zu langweilig geworden.«

»Schreib Kenny, du hättest geflunkert. Biete ihm an, für die Blumen und Pralinen aufzukommen.«

»Soll ich ihm sagen, dass wir gestorben sind?«

»Nein!«

Nach dem Essen half ich beim Abwasch, guckte ein Stündchen fern mit den anderen und machte mich danach auf den Heimweg. Normalerweise wäre ich direkt in die Hamilton gefahren, doch heute kurvte ich erst noch durch Burg und landete vor Morellis Haus. Die Lichter brannten, der Fernseher flimmerte. Ich blieb eine Weile sitzen und fühlte mich irgendwie verbunden mit Morelli, auf eine traurige Art. Doch je länger ich blieb, umso stärker kochte Wut in mir hoch. Schließlich zeigte ich ihm den Stinkefinger und fuhr davon. Vielleicht sollte ich Kenny doch mal austesten. Wenigstens dachte er an meinen Geburtstag.

Ich schrieb Lula, ich würde sie um halb zehn abholen.
Es war ein schöner Abend, warm für die Jahreszeit, und
Lula saß auf ihrer Veranda, als ich vorfuhr.

»Hast du einen Plan?«, fragte sie mich beim Einsteigen.

»Globovic will mich sprechen. Mehr weiß ich auch
nicht. Ich möchte, dass du dich im Hintergrund hältst.«

»Zur Sicherheit, falls er durchdreht oder so?«

»Genau.«

»Okay, geht in Ordnung.«

»Nicht schießen!«

»Du immer mit deinem nicht schießen! Nicht schießen!
Schon mal überlegt, ob du vielleicht den falschen Beruf
hast?«

»Das denke ich jeden Tag. Ranger hat heute Morgen
Blatzo festgenommen, ohne seine Waffe zu ziehen.«

»Schön. Für ihn. Wir sind nämlich nicht Ranger. Wer
hat denn bei unserem ersten Festnahmeversuch geschrien:
Schieß doch! Schieß doch!«

»Stimmt. Und wie sich gezeigt hat, war es gar nicht nötig. Wir brauchten nicht auf ihn zu schießen. Du brauchtest keine Pistole.«

»Es hat nur geklappt, weil ich einen Dildo dabeihatte.
Soll ich mich jetzt etwa immer mit einem Dildo bewaffnen?«

»Du bist einfach eine grottenschlechte Schützin. Die
schlimmste auf diesem Planeten. Die Chancen, dass du
mal ein Ziel triffst, tendieren gegen null.«

»Mann, ey, das war aber jetzt superverletzend. Zufällig
habe ich nämlich Probleme mit den Augen.«

»Das wusste ich nicht. Was stimmt denn nicht mit deinen Augen?«

»Ich sehe nicht so gut.«

»Wie wäre es mit einer Brille?«

»Ich hab ja eine. Aber die entstellt mein Gesicht.«

»Musst du sie nicht beim Autofahren tragen?«

»Nur wenn ich Verkehrsschilder erkennen will. Große Dinge, Autos und so, sehe ich auch ohne.«

»Du liebe Güte. Dann setz bitte sofort deine Brille auf!«

Lula kramte in ihrer Handtasche und holte ein viel zu großes, pinkfarbenes, strassbesetztes Gestell hervor, das aus ihr einen schwarzen Elton John machte.

»Wow«, entfuhr es mir.

»Wow? Wie meinst du das? Positiv oder negativ?«

»Weiß nicht. Ich bin fassungslos. Woher hast du die Brille?«

»Aus der Shopping Mall. Eine von den großen Optikerketten hat da eine Niederlassung. Das hier soll angeblich ein Designermodell sein.«

»Kannst du damit besser sehen?«

»Ja, nur spiegelt sich manchmal der Strass in den Gläsern.«

»Dann schaff dir lieber ein etwas dezenteres Gestell an. Ohne diesen Firlefanz.«

»Und was soll das bringen?«

»Kontaktlinsen wären auch nicht schlecht.«

»Die hab ich probiert, aber dazu musst du dir mit dem Finger ins Auge stechen. Schon mal gemacht? Ich kann das nicht. Ich weiß nicht, wie andere das schaffen.«

In Gedanken knüpfte ich mir einen Knoten ins Taschentuch: *Lula bei ihren Augenproblemen helfen.*

»Wir sind mit Gobbles auf dem Parkplatz des Windward verabredet«, sagte ich. »Das ist ein Wohnheim, in derselben Straße wie die Zeta-Studentenverbindung, nur ein paar Häuser weiter.«

Das Heim war leicht zu finden. Lula hätte das Schild auch ohne Brille lesen können. Ich weiß nicht, wie es innen aussah, vielleicht okay, vielleicht sogar prächtig, äußerlich jedenfalls hatte man sich nichts vergeben. Ein zweistöckiger Klotz aus Backstein und Mörtel. Gleichförmige Fensterreihen, ein paar Türen, das war's. Der Parkplatz dahinter war klein und mangelhaft beleuchtet. Der perfekte Ort für ein Rendezvous mit einem Verbrecher.

Ich parkte am Rand des Platzes und schaltete die Scheinwerfer aus. Nachdem sich meine Augen an die Dunkelheit gewöhnt hatten, erkannte ich zwei menschliche Gestalten im Schatten eines Lieferwagens.

»Ich glaube, Gobbles und Julie stehen drüben neben dem Lieferwagen«, sagte ich zu Lula. »Bleib sitzen und hol Hilfe, wenn es aussieht, als könnte es Probleme geben.«

»Alles klar.«

Ich ging langsam auf die beiden zu. Ich wollte nicht, dass sie in Panik davonliefen. Sie hielten Händchen, hatten wahrscheinlich mehr Angst als ich.

»Wo ist Lula?«, fragte Julie.

»Sie wartet im Auto. Ich hab mir gedacht, dass Sie in ihrem Beisein vielleicht nicht frei sprechen können.«

»Vielen Dank«, sagte Julie. »Die Sache ist kompliziert.«

»Ich verstehe, warum Sie das Gefühl haben, der Vorwurf der Körperverletzung gegen Sie sei ausgemachte Sache«, wandte ich mich an Gobbles. »Aber es ist noch mehr dran, stimmt's?«

»Ja, das stimmt«, sagte Gobbles. »Doch bisher ist alles nur Stückwerk, und manche Puzzleteile fehlen.«

»Fangen wir mit Professor Pooka an«, sagte ich. »Seit wann ist er Berater der Zeta-Studentenverbindung?«

»Noch nicht lange. Keiner aus der Fakultät wollte den Job übernehmen. Sie haben gelost, und Pooka hat den Schwarzen Peter gezogen. Er wurde vom Dekan Mintner zu unserem Berater ernannt.«

»Wann war das?«

»Gegen Ende des Sommersemesters. Wir waren auf Bewährung, und unser Berater hatte das Handtuch geworfen.«

»Wieso hat Mintner so einen Brass auf die Zetas?«

»Kennen Sie den Film *Ich glaub mich tritt ein Pferd*?«

»Ja.«

»Ungefähr so müssen Sie sich uns vorstellen. Alle Verrückten und Unangepassten landen am Ende bei den Zetas.«

»Okay. Wo steckt jetzt das Problem?«

»Als in diesem Jahr der Unterricht wieder losging, wollten wir zur Feier des Tages eine ganz coole Nummer abziehen. Ich hatte die Idee, ein Feuerwerk abzubrennen, und jemand meinte, es müsste etwas Besonderes sein, das die einzigartigen Werte der Zetas verkörpert. Und so kamen wir darauf, dass es wie ein riesiger Furz riechen sollte. Ein Stinkbomben-Feuerwerk.«

Allmählich verstand ich, warum Mintner ein Problem mit den Zetas hatte.

»Leider haben wir nirgendwo geeignete Feuerwerkskörper gefunden, unser Budget ist ja auch begrenzt. Deswegen haben wir beschlossen, sie selbst zu bauen. So kompliziert ist das gar nicht. Alle Feuerwerkskörper bestehen aus den gleichen Komponenten. Aaron Becker und ich haben das Projekt in die Hand genommen und einige Prototypen hergestellt. Anfangs lief alles gut, aber mit der Stinkbombe an Bord verloren die Feuerwerksraketen an Auftrieb. Pooka war nicht nur der Berater von Zeta, sondern auch mein Studienberater, und ich bat ihn um Hilfe. Er ist von Haus aus Biologe, aber ich wusste, dass er auch schon mal Raketen gebaut hat, ein Hobby von ihm. Ich dachte, wenn uns jemand zu einer besseren Sprengladung verhelfen kann, dann er.«

»Ist das überhaupt erlaubt, Feuerwerkskörper selbst herzustellen?«

»Keine Ahnung. Hab ich mir nie Gedanken drum gemacht. Wie auch immer, jedenfalls hat Pooka sich angeguckt, was wir so treiben, und war hellauf begeistert. Er hat uns unterstützt. Er wusste, wie man noch viel größere Böller baut, und er hat eine Bezugsquelle für Stinkbombenbehälter aufgetan, die für unseren Zweck besser geeignet waren. Man kann eine Stinkbombe nämlich nicht einfach in jedes x-beliebige Geschoss einsetzen. Das Problem war nur, dass Pooka die Sache vollkommen an sich riss. Er ließ ein Spezialschloss in die Tür einbauen, und nur Becker, Pooka und ich hatten einen Schlüssel. Das Feuerwerk sollte ein Überraschung werden, meinte er. Es fing als witzige

Idee an, und ehe wir uns versahen, wurde für Becker und mich daraus ein Topsecret-Projekt. Mitten in der Nacht mussten wir Testreihen durchführen, um sicherzustellen, dass auch alles funktionierte. Wir durften keine anderen Kommilitonen in den Raum lassen, um ihnen zu zeigen, was wir machten. Dann tauschte Pooka das Schloss ein zweites Mal aus, und diesmal bekamen Becker und ich keine Schlüssel mehr.«

»Warum haben Sie das zugelassen?«

»Die Feuerwerkskörper und das mit dem Türschloss waren mir da schon egal. Es geschah nach meiner Verhaftung, und ich hatte Schiss, dass ich ins Gefängnis muss. Zu dem Zeitpunkt verschwand auch Becker.«

»Erzähl ihr mehr über Becker«, sagte Julie.

»Becker brauchte keine Angst vor dem Knast zu haben so wie ich, und es ärgerte ihn, dass er jetzt keinen Kellerschlüssel mehr hatte«, sagte Gobbles. »Er stellte sich alle möglichen schrecklichen Dinge vor, die da unten vorgingen, Mädchenhandel, illegale Einwanderer, radioaktive Ratten.«

»Und was dachten Sie?«, fragte ich Gobbles.

»Ich war nicht mal sicher, ob da überhaupt noch was abging. Ich merkte nur, dass Pooka die Kontrolle verlor. Vielleicht war ja irgendwas passiert, was ihn um den Verstand gebracht hat. Ich fand ihn auf jeden Fall zunehmend paranoid. Ich warnte Becker, er sollte sich lieber von Pookas fernhalten, damit der sich beruhigt, doch Becker war total auf den Schlüssel fixiert.«

»Und? Hat er einen Schlüssel bekommen?«

»Ich weiß es nicht. Becker ist weg. Das Schloss wurde

morgens ausgetauscht, und in derselben Nacht ist Becker verschwunden. Er hat mir noch gesimst, er müsse für eine Weile abtauchen. Danach habe ich nichts mehr von ihm gehört. Keine Antwort auf meine SMS und meine Telefonanrufe.«

»Sind Sie zur Polizei gegangen?«

»Ich hab Beckers Eltern angerufen. Sie sagten, ich solle mir keine Sorge machen, er hätte sich bei ihnen gemeldet, er sei auf einer Exkursion, zum Recherchieren.«

»Das haben Sie aber nicht geglaubt.«

»Nein. Das hab ich nicht geglaubt. Aber ich dachte, wenn Beckers Eltern sich keine Sorgen machten, würde wenigstens die Polizei von mir ablassen.«

»Sie können also nur spekulieren und weiter nach Becker suchen.«

»Genau. Aber wir sind für die Rolle des Detektivs nicht so richtig geeignet. Hauptsächlich beobachten wir Pooka. Sind sogar mal in seine Wohnung eingebrochen. Aber er hat eine Alarmanlage installiert, und wir sind in Panik weggerannt. Seine Wohnung ist echt das Allerletzte. Wer rechnet in so einem Loch mit einer Alarmanlage?«

»Überall stehen Aquarien«, sagte Julie. »Wir konnten nicht feststellen, was sich in ihnen befindet.«

»Die Zeit hat nicht gereicht, um sich richtig umzusehen«, sagte Gobbles.

»Ist Ihnen sonst noch was Ungewöhnliches aufgefallen?«, fragte ich sie.

»Die Wohnung ist sehr klein«, sagte Julie. »Schlafzimmer, Badezimmer, Miniküche und ein Wohnzimmer, das als eine Art Büro dient. Im ganzen Raum Stapel von Büchern

208

und Papieren. In der Spüle dreckiges Geschirr. Es sah aus, als hätte der Unabomber da gehaust.«

»Wir sind durch den Hintereingang eingebrochen, und ich habe eine tote Ratte in der Küche gefunden«, ergänzte Gobbles. »Mehr gibt es zu der Wohnung nicht zu sagen. Der Alarm ist losgegangen, und wir haben schnell alle Räume inspiziert, weil wir ja nur nach Becker gesucht haben. Als wir sahen, dass er nicht da war, sind wir wieder abgezogen.«

»Sind Sie Pooka gefolgt?«

»So oft wie möglich«, sagte Gobbles. »Ins Büro. In den Seminarraum. Zum Zeta-Haus. In seine Wohnung.«

»Was macht er im Zeta-Haus?«

»Er geht schnurstracks zur Kellertür, schließt sie auf und verschwindet im Keller. Eine Stunde später taucht er wieder auf, schließt die Tür ab und geht wortlos. Ich hab schon befürchtet, er könnte Becker da unten einge-sperrt haben, deswegen hab ich einen Freund gebeten, das Schloss zu knacken und nachzusehen.«

»Was hat er gefunden?«

»Feuerwerkskörper. Sie sind alle noch da.«

»Haben Sie versucht, Kontakt mit Pooka aufzuneh-men?«

»Ich hab ihn einmal angerufen, und er hat immer nur gefragt, wo ich mich verstecke. Er wollte mich zu einem Treffen mit ihm überreden. Ich hatte Angst, er würde mich der Polizei ausliefern.«

»Eine Freundin besucht ein Seminar von Pooka«, sagte Julie. »Sie sagt, er schimpft nur, wie schlecht das College sei, und dass es kreative Forschung unterdrückt. Und dann kritzelt er Zahlen und Symbole an die Tafel und verschwindet.«

»Hat denn noch niemand sein Verhalten der Collegeleitung gemeldet?«

»Er steht damit gar nicht mal so allein«, sagte Gobbles. »Viele Lehrer kommen in den Unterricht und lassen sich über gesellschaftspolitische Themen aus, dann geben sie Hausaufgaben auf, Lektüre Kapitel zehn oder so, und man darf gehen.«

»Und Dekan Mintner war nicht etwa vernünftiger«, sagte Julie. »Er hatte sich nur darauf versteift, das Haus der Studentenverbindung Zeta zu schließen.«

»Wie sollen wir jetzt Ihrer Meinung nach weiter verfahren?«, fragte ich.

»Man müsste herausfinden, was genau im Keller des Zeta-Hauses geschieht«, meinte Gobbles. »Da geht es um mehr als nur Feuerwerkskörper. Ich wüsste auch zu gerne, was sich in den Aquarien befindet.«

»Darauf kann ich verzichten«, sagte Julie. »Ich will es gar nicht wissen.«

»Im Moment gelten Sie als Krimineller«, sagte ich zu Gobbles. »Soll ich Sie festnehmen und dem Gericht übergeben und Sie gegen Kaution wieder freibekommen?«

»Nein. Es könnte sein, dass der Richter keine Kaution zulässt. Dann werde ich weggesperrt, und Becker könnte nicht in Kontakt mit mir treten.«

»Seien Sie vorsichtig«, warnte ich Gobbles. »Tauchen Sie unter und lassen Sie mich die Sache weiterverfolgen.«

Ich traute meinen Ohren nicht. Stephanie Plum, die neurotischste und schlechteste Kopfgeldjägerin ever –

ausgerechnet die soll das Geheimnis des Kellers lösen und Becker finden? Dass ich nicht lache!

Ich ging zurück zu Lula und glitt hinters Lenkrad.

»Wie ist es gelaufen?«, fragte Lula.

»Es ist kompliziert.«

20

Samstags ist das Kautionsbüro nur vormittags geöffnet, aber ich arbeite praktisch die ganze Zeit. Es ist kein großes Opfer für mich, denn ich habe keine Hobbys, ich treibe keinen Sport, und auf einen festen Freund muss ich auch keine Rücksicht mehr nehmen. Als besonderes Wochenendvergnügen gönnte ich mir ein Frühstück bei Dunkin Donuts und traf erst etwas später im Büro ein. Connie und Lula waren schon da.

»Gehen wir heute wieder auf Verbrecherjagd?«, fragte Lula.

»Ich fahre zu Rangeman und bitte Ranger um Hilfe im Fall Gobbles, bevor es wieder eine Pleite wird.«

»Ach so«, sagte Lula. »Deswegen das knappe Shirt mit Ausschnitt. Damit deine Titten zur Geltung kommen. Dazu die Skinny Jeans. Und das Make-up.«

»Das hab ich doch sonst auch immer an.«

»Nein. Bei deinen Outfits weiß man nie, ob du dich dafür in der Herren- oder der Damenabteilung bedient hast. Du liebst es eben ungezwungen.«

»Da ist was dran«, pflichtete Connie ihr bei. »Du trägst deine Haare heute auch offen und nicht zu einem Pferdeschwanz zusammengebunden.«

212

»Meine Güte«, sagte ich. »Ich hab überhaupt nicht darüber nachgedacht. Ich stehe einfach nur jeden Morgen auf und ziehe an, was gerade da ist, das ist alles.«

»Genau«, sagte Lula. »Aber heute hast du besonders darauf geachtet, was gerade da ist. Dein Unterbewusstsein hat dir geraten, dich aufzubrezeln für Mister Sahneschnittchen. Mach dir nichts vor. Du bist scharf auf ihn.«

»Natürlich bin ich scharf auf ihn«, sagte ich. »Wer das nicht ist, muss vertrocknet sein. Deswegen muss ich ihn ja nicht gleich verführen.«

»Ich sage ja nur, dass dein Dekolleté Verführungspotenzial hat«, lenkte Lula ein. »Und dein Unterbewusstsein hat Pläne mit dir.«

»Solange die in meinem Unterbewusstsein bleiben«, sagte ich. »Ich bin dann mal weg.«

Unterwegs simste ich Ranger, ob er Zeit für mich hätte. Seine Antwort *Babe* deutete ich als ein Ja.

Ich parkte in der Tiefgarage und nahm den Aufzug zum Kontrollzentrum im zweiten Stock, wo Ranger sein Büro hat. Er hatte nach dem Militärdienst angefangen, als Kopfgeldjäger zu arbeiten, seine Adresse war damals ein unbebautes Grundstück gewesen. In relativ kurzer Zeit baute er ein Security-Unternehmen auf und zog von dem leeren Grundstück in ein schickes Bürogebäude. Heute verfügt er über einen exklusiven Kundenkreis und einen eigenen Fuhrpark mit fabrikneuen Autos. Er hat einen stillen Partner, der extrem still ist. Der Kontrollraum ist mit hochmoderner Technik ausgerüstet, die Atmosphäre ruhig und gelassen.

Ich ging zu Rangers Büro, die Tür stand offen, Ranger saß am Schreibtisch und arbeitete an seinem Computer. Ich schloss die Tür und setzte mich ihm gegenüber.

»Informierst du dich gerade auf Facebook?«, fragte ich.

»Ich entwerfe gerade ein Sicherheitssystem.«

»Ich hatte gestern Abend eine interessante Unterhaltung mit Ken Globovic. Um es kurz zu machen: Gobbles und sein Freund haben im Keller des Zeta-Hauses Feuerwerkskörper gebaut und sich Professor Pooka als technischen Berater mit ins Boot geholt. Leider hat Pooka die ganze Sache an sich gerissen, hat das Schloss an der Kellertür ausgetauscht und besitzt als Einziger einen Schlüssel. Pookas Wohnung soll aussehen, als würde dort der Unabomber hausen, und sie hat eine Alarmanlage. Becker wird seit über einer Woche vermisst. Gobbles hat nach ihm gesucht und deswegen seinen Gerichtstermin versäumt. Er gilt als NVGler.«

»Die Polizei ist nicht involviert?«

»Becker soll seine Eltern angerufen und ihnen gesagt haben, es ginge ihm gut.«

»Was Gobbles aber nicht glaubt.«

»Genau.«

»Könnte uns doch egal sein.«

»Stimmt. Aber mir nicht.«

Ranger sah mich an. »Dein Shirt gefällt mir.«

»Es wirkt, nicht?«

»Nicht so gut wie das rote Kleid, aber es kommt dem schon sehr nahe. Was soll ich machen?«

»Ich will mir den Zeta-Keller und Pookas Wohnung mal persönlich ansehen.«

»Wenn Pooka nicht da ist, versteht sich.«

»Korrekt. Ich kann dafür sorgen, dass er außer Haus ist, wenn wir uns in seiner Wohnung umschauen, aber sie ist mit einer Alarmanlage ausgestattet.«

»Mit der Alarmanlage werd ich schon fertig. Gib mir nur seine Adresse.«

»Willst du die Anlage hacken?«

»Ich nicht.«

Ich simste Gobbles, er möge bitte Pooka aus seiner Wohnung locken und mir die Adresse nennen. Keine fünf Minuten später kam die Antwort. Er habe sich in einer halben Stunde mit Pooka bei Starbucks verabredet. Die Adresse von Pookas Wohnung war in unmittelbarer Nähe des Kiltman College.

Ranger machte einen Anruf, gab die Adresse durch und bat um zwei Stunden Zeit. Vermutlich sein Hacker, der in China oder wer weiß wo saß.

»Auf geht's«, sagte er. »Heute Nachmittag hab ich Termine mit Kunden.«

Ich stand auf, und er musterte mich von oben bis unten, besonders die Skinny Jeans.

»Babe. Hast du noch mehr vor als zwei Einbrüche?«

Ich lächelte ihn an. »Vielleicht.«

Du liebe Güte. Flirtete ich etwa mit Ranger? Alles nur Lulas Schuld.

Wir fuhren mit dem Aufzug in die Tiefgarage, und Ranger setzte sich an das Steuer meines Macan. Der Macan war so was wie ein Tarnkappenporsche. Er flog unbemerkt durch die Straßen und lenkte nicht die Aufmerksamkeit von Rangers 911 Turbo auf sich.

Pooka wohnte in einem großen Haus, das in vier kleinere Einheiten aufgeteilt worden war. Seine Wohnung lag im ersten Stock und erstreckte sich über die ganze Tiefe des Hauses. Sie verfügte über einen eigenen Eingang auf der Rückseite sowie über einen Zugang von innen, neben der Haustür. Sie war nur zwei Straßen vom Kiltman und drei von dem Starbucks entfernt, wo Gobbles sich mit ihm verabredet hatte. Es war Samstagsvormittag, der Verkehr nur gering.

Ranger parkte ein Haus weiter auf der gegenüberliegenden Straßenseite. Julie wollte sich melden, wenn Pooka das Starbucks betrat, was aber gar nicht nötig war, denn wir sahen Pooka das Haus verlassen. Er kam durch die Haustür und wandte sich nach links. Wir sahen ihm nach bis zur nächsten Kreuzung, wo er abermals links abbog.

Wir stiegen aus, überquerten die Straße, betraten das Haus, als gehörte es uns, und stiegen die Treppe zu Pookas Wohnung hinauf. Ranger versuchte, die Tür zu öffnen, aber sie war natürlich abgeschlossen. Er holte einen schlanken flachen Stocher aus der Tasche und hatte in null Komma nichts das Schloss geknackt. Die Alarmanlage schwieg.

Wir traten ein, schlossen die Tür und orientierten uns erst mal. Es sah aus wie in der Experimentierhölle eines sammelwütigen verrückten Wissenschaftlers. Auf dem Küchentresen ragte eine Wand aus kleinen übereinandergestellten Aquarien empor; noch mehr Glaskästen standen in dem Raum, der als Wohnzimmer gedacht war, aber eher als kurioses Büro und Labor diente.

Auf einem riesigen Holzschreibtisch stapelten sich

Papiere, haufenweise lagen zerknüllte Imbisstüten herum, gebrauchte Kaffeebecher mit ausgedrückten Zigarettenstummeln. Ich sah eine kleine digitale Lebensmittelwaage, einen freigeräumten Platz für einen Computer, aber keinen Computer.

Im Schlafzimmer ebenfalls Aquarien, Papierstapel und ein ungemachtes Bett. Die schmuddelige Steppdecke wies Tintenflecken und Brandlöcher von Zigaretten auf. Auch hier zerknüllte Imbisstüten und gebrauchte Starbucks-Pappbecher.

Ein Blick in die Aquarien, und ich bekam eine Gänsehaut. Es wimmelte von winzigen Insekten. Überall.

»Was sind das für Tierchen?«, fragte ich Ranger.

»Ich bin kein Experte, aber für mich sehen sie aus wie Flöhe«, sagte Ranger. »Vielleicht züchtet er sie für ein Experiment.«

Das Badezimmer stellte keine Ausnahme dar, es war total versifft, das Arzneischränkchen vollgestopft mit Schlaftabletten, Magenmitteln, unetikettierten Tablettenfläschchen, Benadryl und diversen verschreibungspflichtigen Medikamenten.

In den Küchenregalen fanden sich Gläser mit Schraubdeckeln, die chemische Pulver enthielten, einige beschriftet, andere nicht. Ein ganzes Regal war nur Glasröhrchen mit Pfropfen vorbehalten. Zwischen den Chemikalien hier und da eine Schachtel Cheerios oder ein Glas Erdnussbutter.

Im Tiefkühlschrank ein halber Liter Schokoladeneis und eine Tüte tiefgefrorener Mäuse, im Kühlschrank ein Vierliterkanister Milch und eine Blutkonserve.

Auf dem kleinen Küchentisch diverse, vornehmlich von Biologen oder Chemikern verwendete Geräte und Apparate. Ein Bunsenbrenner, einige Glaskolben, eine Absaugvorrichtung, und auf einer Petrischale wuchsen einige pelzige schwarze Flecken heran.

»Ich krieg das Kotzen«, sagte ich. »Wie kann man nur so leben?«

»Ich will nur noch eben einen Blick auf die Papierstapel werfen. Du könntest in der Zwischenzeit die Wohnung fotografieren. Geh durch alle Räume und mach Bilder von den Aquarien mit den Flöhen, von der Laborausstattung und dem Arzneischränkchen.«

Wir hielten uns genau eine halbe Stunde in der Wohnung auf, als Julie anrief, Pooka sei auf dem Heimweg.

»Tut mir leid«, sagte sie. »Wir konnten ihn nicht länger halten. Er wollte, dass Gobbles ihn zu Hause aufsucht. Als Gobbles das ablehnte, ist er wütend davongestapft.«

»Okay«, sagte ich. »Danke für die Vorwarnung.«

Ranger und ich verließen das Haus durch den Hintereingang, kreuzten den Nachbargarten und kehrten zu meinem Macan zurück.

»Nächster Halt Zeta-Haus«, sagte Ranger.

»Du nimmst die Ringstraße über den Campus und biegst an dem Schild Windward-Wohnheim ab. Zeta ist ein paar Häuser weiter.« Ich schnallte mich an. »Hast du was Interessantes unter den Papieren gefunden?«

»Manche schienen mir Seminararbeiten von Studenten zu sein, aber die meisten sind Kopien von Fachartikeln. Um den Inhalt zu verstehen, fehlen mir die nötigen Biokenntnisse. Pookas Doktorarbeit lag gebunden auf seinem

Schreibtisch. Fachzeitschriften hab ich auch einige gefunden. Die Seiten, auf denen sein Name erwähnt wird, sind markiert.«

Ranger folgte dem Verlauf der Ringstraße, bog an der Winward-Kreuzung ab, fuhr weiter bis zum Zeta-Haus und parkte auf dem kleinen Platz neben dem Gebäude.

»Ich hab den Campus noch nie so still erlebt«, sagte ich. »Keine Protestler vor dem Zeta-Haus. Keine Frisbeespieler. Keine brüllend laute Musik. Keine Schnösel auf der Veranda, die Passantinnen auf der Straße sexistische Bemerkungen hinterherrufen. Überhaupt keine Passanten.«

»Samstagmorgen«, sagte Ranger.

Im Zeta-Haus war es genauso still. Keine Musik. Kein Fernseher. Ein paar Studenten torkelten an uns vorbei Richtung Küche.

»Wir sind unsichtbar«, sagte ich zu Ranger und zeigte ihm die Kellertür. »Wahrscheinlich sind die noch alle sturzbetrunken von gestern Abend.«

Ranger sah sich die beiden nachträglich angebrachten Schlösser an. »Kein Problem.«

Minuten später hatte er die Tür geöffnet, und wir betraten den Keller. Ranger schloss hinter uns wieder zu und schaltete das Licht ein. Es war ein einziger großer Raum, der mehr oder weniger im Rohzustand belassen worden war. Betonfundament, unverputzte Trockenbaudecke und -wände. Kaltes Neonlicht. Die Haustechnik befand sich an der gegenüberliegenden Wand, davor Stapelkästen mit Limonade- und Wasserflaschen, auch mehrere leere Fässer.

Direkt unter der Neonlampe, in der Mitte des Raums,

standen zwei große Klapptische, auf denen, ordentlich aufgereiht, Papierröhren lagen. Neben den Tischen ein Karton mit Knallkörpern. In einer Kiste, wie hineingeworfen, ein Haufen roter und silberner Blechbüchsen. Ein anderer Karton enthielt noch ungeöffnete Büchsen.

»Feuerwerkskörper«, sagte ich.

»Mit Feuerwerkskörpern kenne ich mich ein bisschen aus, aber diese sind untypisch. Neben den üblichen Bestandteilen können die hier noch einen beladenen Innenbehälter aufnehmen.«

»Eine Stinkbombe?«

»Eher unwahrscheinlich. Der Geruch würde sich zu schnell verflüchtigen.«

»Was könnte es sonst sein?«

»Ich weiß es nicht. Ich kann hier keinen ungewöhnlichen Stoff oder irgendwas anderes erkennen, womit er die Behälter füllen könnte.«

»Etwas aus der Wohnung?«

»Die Flöhe«, sagte Ranger.

»Was kann er damit schon anfangen?«

»Ist unser Professor vielleicht verrückt? Ein Terrorist?«

»Ich weiß es nicht. Mein Kontakt zu ihm hält sich in Grenzen. Er ist sauer. Scheint das College nicht besonders zu mögen. Von Monica Linken weiß ich, dass ihm eine feste Anstellung verwehrt und seiner Forschungsarbeit die Finanzierung entzogen wurde.«

»Bei der Durchsicht der Papiere fand ich mehrere Artikel über die Einheit 731 und die Verbreitung von Krankheitserregern aus der Luft.«

»Was ist die Einheit 731?«

»Die 731 war eine Einheit der Kaiserlichen Japanischen Armee im Zweiten Weltkrieg. Sie war an der Erforschung und Erprobung geheimer biologischer und chemischer Kriegsführung beteiligt. Ich erwähne das, weil diese Artikel ganz offen auf Pookas Schreibtisch lagen, nicht irgendwo versteckt in einer Ecke zwischen anderen Papieren. Ich hab die Artikel nicht gelesen, kann also nicht sagen, ob sie wirklich relevant sind. Ich weiß nur, dass eines der Projekte der Einheit 731 auch mit Beulenpest und Flöhen zu tun hatte. Die japanische Armee hat via Flugzeugen mit Pest infizierte Flöhe über ländliche Gegenden in China ausgesetzt. Angeblich sollen Tausende Menschen dadurch umgekommen sein. Vielleicht sogar Hunderttausende.«

»Mein Gott. Pookas Flöhe. Hat er etwa vor, die Flöhe bei der Homecoming-Parade freizusetzen?«

»Keine Ahnung, wie er an die Pesterreger kommen sollte. Flöhe jedenfalls hätte er genug. Man muss schon ziemlich geistesgestört sein, um Seuchen zu verbreiten.«

Ich sah zu den roten und silbernen Blechbüchsen. »Was ist das?«

»Schwarzpulver zum Zünden. Es wird als Sprengladung benutzt. Pooka hält offenbar nicht viel von Sauberkeit. Er hat einiges von dem Zeug auf den Boden verschüttet und nicht aufgefegt. Bloß kein Streichholz anzünden. Und pass auf, dass du nicht reintrittst.«

Ich rief Morelli an.

»Ich hab das Schwarzpulver gefunden«, sagte ich. »Komm zum Zeta-Haus.«

21

Ranger blieb, bis Morelli eintraf, und ließ sich dann von einem seiner Streifendienste abholen.

Morelli, die Hände in die Seiten gestemmt, sah sich im Keller um.

»Feuerwerkskörper«, sagte er. »Darauf hätte unser Labor kommen müssen. Das ist Sprengpulver. Waffenliebhaber benutzen eine andere Sorte.«

»Pooka ist der Einzige, der einen Schlüssel zum Keller besitzt«, sagte ich.

»Und wie seid ihr dann hineingekommen?«

»Ich hatte den Verdacht, dass Gobbles hier unten festgehalten wird, deswegen haben wir uns Zugang verschafft. Dann kam ich auf die Idee, er könnte in Pookas Wohnung sein, deswegen sind wir auch da eingebrochen.«

Morelli sah mich an, als plagten ihn große Schmerzen.

»Muss ich mich damit belasten?«

»Entscheide selbst. Ich hab Fotos gemacht. Willst du sie sehen?«

»Von tiefgekühlten menschlichen Körperteilen?«

»Blut.«

»Blut?«

»Im Kühlschrank lag ein Beutel mit einer Flüssigkeit, die

wie Blut aussah. Und im Tiefkühlfach ein Beutel mit toten Mäusen. Ich glaube, er verfüttert sie an seine Flöhe.«

»Flöhe? Warum legt er sich nicht einfach einen Hund für seine Flöhe zu, so wie jeder andere Mensch auch.«

»Er züchtet Flöhe! Seine Wohnung ist vollgestellt mit Aquarien, in denen es von Flöhen wimmelt.«

»Du hast eine blühende Fantasie.«

»Ich schwöre.« Ich gab ihm mein Smartphone. »Guck dir die Bilder an.«

»Das soll Pookas Wohnung sein?«

»Die Fotos werden dem nicht annähernd gerecht. Fotos riechen nicht.«

»Jetzt hab ich nur ein Problem«, sagte Morelli. »Die Mordopfer haben sich in diesem Keller aufgehalten, aber mehr ist damit nicht bewiesen. Wir haben keine Verbindung zu den Mordwaffen.«

»Hast du schon mal von der Einheit 731 gehört?«

»Ja. Eine Abteilung der japanischen Armee, die im Namen der Wissenschaft furchtbare Experimente durchgeführt hat.«

»Sie hat mit Beulenpest infizierte Flöhe auf die Chinesen losgelassen«, sagte ich.

»Hast du Ampullen mit Beulenpesterregern in Pookas Wohnung gefunden?«

»Nein. Aber einige Fläschchen waren nicht etikettiert.«

Ich kam mir total bescheuert vor. Das Ganze war einfach zu abgefahren und echt schwer zu glauben.

»War deine Frage ernst gemeint?«, fragte ich Morelli.

»Ja, schon. Aber es scheint so weit hergeholt, dass ich mich beinahe dafür schäme.«

»Die von Pooka gebauten Feuerwerkskörper bieten Platz
für kleine Kartuschen oder ähnliche Behälter«, sagte ich.
»Zuerst sollten die Böller Stinkbomben laden. Aber vielleicht hat er sich ja umentschieden, und er will jetzt Flöhe
auf die Homecoming-Parade herabregnen lassen.«

»Oh Mann.«

»Wozu würde er sonst Flöhe züchten?«

»Keine Ahnung«, sagte Morelli. »Vielleicht gibt es einen
Markt für Flöhe, und er verkauft sie auf eBay. Vielleicht
halten sich manche Menschen Flöhe als Haustiere. Vielleicht werden sie auch für wissenschaftliche Experimente
verwendet.«

Morelli untersuchte die auf dem Tisch liegenden Ge-
häuse.

»Ich sehe hier zwei verschiedene Typen«, sagte er. »Bei
einem wäre Platz für so eine Kartusche. Mit explodieren-
den Schwärmen kenne ich mich nicht aus, aber das hier
ist auf jeden Fall illegal. Für die Herstellung, Lagerung
und den Vertrieb von Feuerwerkskörpern braucht man in
New Jersey eine Genehmigung. Und die Urkunde muss
öffentlich aushängen. So einen Hinweis sehe ich hier nicht.
Ich lasse den Laden schließen. Ich schicke jemanden her,
der diese Hexenküche ausheben soll.«

Eine Stunde später war alles abgesperrt, zwei Polizisten
bezogen Posten, und ein Munitionsexperte nahm seine
Arbeit auf.

»Willst du dir auch noch seine Wohnung ansehen?«,
fragte ich Morelli.

»Ich werde ihn verhören und auf die Liste der Personen
von besonderem polizeilichem Interesse setzen. Aber in

seine Wohnung kann ich nicht gehen. Ich bin kein Kopfgeldjäger mit Generalvollmacht. Ich muss vorher eine richterliche Erlaubnis einholen.«

»Soll ich noch mal rein?«

»Nein! Ich hab genug Probleme. Ich trinke jetzt schon literweise Prilosec. Du bist die wandelnde Katastrophe. Nachher hast du noch die Pest am Hals.«

»Glaubst du, dass er dort pestinfizierte Flöhe hortet?«

»Nein. Ich mein doch nur.« Er sah auf die Uhr. »Willst du mit mir zu Mittag essen?«

»Ja.«

Wir gingen zu dem Deli in der Nähe der Schule und setzten uns nach draußen an einen kleinen Tisch.

»Du siehst hübsch aus«, sagte Morelli. »Tust du irgendwas dafür?«

»Ich ändere mein Leben.«

»Ich fand das alte eigentlich ganz gut.«

»Danke. Wahrscheinlich kehre ich morgen wieder zu dem alten zurück.«

Ich bestellte ein Panini mit Käse und Schinken, Morelli eins mit Cottage Cheese.

»Für Cottage Cheese wird man aus Trenton ausgewiesen, ist dir das klar?«

»Ich weiß nicht mehr, was ich noch essen soll. Ich vertrage nichts mehr.«

»Warst du schon beim Arzt?«

»Ja. Der hat auch Magenprobleme. Was hast du nun mit Globovic vor? Täuscht der Eindruck, dass du keine Eile hast, ihn vor Gericht zu bringen?«

»Es ist komplizierter, als du denkst. Globovic hat mit

einem Freund namens Becker an Feuerwerkskörpern für die Homecoming-Parade gebastelt. Es kam zu Komplikationen, und sie baten Pooka um Hilfe, der dann die Sache an sich gerissen hat. Globovic wurde verhaftet, kurz darauf verschwand Becker und ist auch noch nicht wieder aufgetaucht. Globovic ist flüchtig, weil er sich auf die Suche nach seinem Freund gemacht hat.«

»Warum hat das niemand der Polizei gemeldet?«

»Globovic meint, die Polizei würde dem keine Beachtung schenken. Becker soll nämlich seinen Eltern telefonisch mitgeteilt haben, er sei wohlauf.«

»Und was glaubst du?«, fragte Morelli.

»Ich glaube, dass da irgendetwas faul ist. Drei Männer sind tot, und Becker wird vermisst.«

»Dir ist doch klar, dass das eigentlich nicht deine Aufgabe ist, oder? Du wirst nicht dafür bezahlt, die Welt zu retten.«

»Wer dann?«

»Gute Frage. Ich jedenfalls auch nicht. Ich muss auf die Toilette. Bin gleich wieder da.«

Zwischendurch rief Gobbles an.

»Wie ist es gelaufen?«, fragte er. »Haben Sie was in seiner Wohnung gefunden? Ich hab gehört, dass Sie auch in den Keller der Zetas eingebrochen sind und jetzt die Polizei da ist.«

»Seine Wohnung entspricht genau Ihrer Beschreibung. Die Aquarien sind voller Flöhe.«

»Wir hatten gerade angefangen, die neuen Modelle zu bauen, und immerzu wurden wir von Flöhen gebissen. Pooka meinte, wahrscheinlich hätte er sie eingeschleppt.

Seine Wohnung sei von Flöhen befallen. Da hatte gerade das Semester begonnen, und wir haben eine Kennenlernparty mit Ehemaligen gegeben, Harry Getz war auch da. Becker hat ihn gefragt, ob er die Flöhe ausrotten könne.«

»Warum Getz?«

»Weil er ein Unternehmen zur Schädlingsbekämpfung hat. Eigentlich ein Bauunternehmen, aber sie machen auch Schädlingsbekämpfung. Er hatte sich mit einem anderen Ehemaligen zusammengetan, und die Firma ging den Bach runter.«

»Und, hat er die Flöhe ausgerottet?«

»Ja. Jemand hat den Keller ausgeräuchert.«

»Hat Getz jemals selbst einen Fuß in diesen Keller gesetzt?«

»Ja. Er ist noch mal vorbeigekommen, um alles zu überprüfen. Becker hat ihn nach unten geführt. Zu dem Zeitpunkt hatten wir alle drei noch einen Schlüssel. Getz sah, dass wir dort unten Feuerwerkskörper bauten, was ihm sehr missfallen hat. Er machte uns auf die Brandgefahr aufmerksam, wir müssten den Keller räumen. Er würde sich deswegen an Pooka wenden.«

»Wann war das?«

»An dem Tag, als Getz getötet wurde. Er war gegen Mittag im Zeta-Haus, und in derselben Nacht wurde er erschossen. Das war an einem Mittwoch. Am nächsten Tag verschwand Becker, und Pooka tauschte das Türschloss zum zweiten Mal aus.«

»Glauben Sie, dass Pooka Getz erschossen hat?«

»Warum sollte er? Wegen Feuerwerkskörpern? Das ist doch kein Grund, jemanden umzubringen.«

Für einen Irren schon.

»Ich melde mich wieder bei Ihnen«, sagte ich. »Und geben Sie Bescheid, falls Becker wieder auftaucht.«

Ich legte auf, und Morelli kam zurück.

»Du bist auf einmal so blass«, sagte ich.

»Allein bei dem Gedanken an Essen dreht sich mir der Magen.«

»Hört sich krank an.«

»Wahrscheinlich irgendein blöder Virus.«

Die Kellnerin servierte uns die bestellten Gerichte, und Morellis Gesichtsfarbe verfärbte sich von weiß zu grün.

»Wie lange hast du das schon?«, fragte ich ihn.

»Ich weiß nicht. Vier Wochen. Acht Wochen.«

»Das hast du mir nie gesagt?«

»Sieh mich an. Ich bin ein Macho. Über solche Dinge reden wir Männer nicht. Es versaut uns unsere Geilheit. Magenkrämpfe und Durchfall vertragen sich nicht mit Sex. Ich glaube, ich werd alt. Mein Onkel Baldy redet ständig so, und er ist hundert.«

»Meine Güte, Morelli. Du hast ein Haus und einen Hund und einen Toaster. Ich hätte eigentlich gedacht, dass du über diese Italo-Stecher-Nummer hinaus bist und mehr Reife hast.«

»Reife haben und gereift sein sind zwei verschiedene Dinge. Ich bin jedenfalls noch nicht reif für die Rentnerpostille in meinem Briefkasten.«

Morellis Handy brummte, eine SMS. »Ich muss gehen«, sagte er. »Die Studentenverbindung wartet.«

»Du hast doch noch gar nichts gegessen. Möchtest du was von meinem Sandwich abhaben?«

»Danke. Aber ich soll Gluten vermeiden. Ich darf kein Brot essen.«

»Pizza?«

»Tödlich.«

»Geburtstagstorte?«

»Aus meinem Leben verbannt.«

»Bringt es was?«

»Nein.«

Ich beendete meine Mittagspause und eilte nach Hause. Morelli war mir immer unbesiegbar erschienen. Jeden Tag watet er durch ein Meer von Scheiße, die er abends unter der Dusche einfach abspült. Schon als Jugendlicher hat er anderen ständig Ärger gemacht und ist trotzdem immer auf die Butterseite gefallen. Er brach sich ein Bein, und er erholte sich. Es wurde auf ihn geschossen, und er erholte sich. Nie hat er sich geschlagen gegeben. Und jetzt hatten Magenkrämpfe und Durchfall ihn niedergestreckt. Das war ganz untypisch für Morelli. Ich blickte nicht mehr durch.

In Gedanken war ich immer noch bei Morelli, als ich zu Hause ankam. Vielleicht stimmte ja seine Einschätzung, dass der berufliche Stress seiner Gesundheit zusetzte. Eine wandelnde Katastrophe als Freundin konnte er da schlecht brauchen. Deswegen hatte er mich aus seinem Leben verbannt. Das konnte ich ihm nicht verübeln. Hätte ich wahrscheinlich auch gemacht. Wer will schon eine Beziehung mit jemandem, der einem Magenkrämpfe bereitet?

Ich stellte mich auf den Parkplatz, fuhr mit dem Aufzug in den ersten Stock und sah einen Mann vor meiner

Wohnungstür sitzen. Er sprang auf, als er mich erblickte. Aufgeregt. Ein Strahlemann. Nicht sehr groß. Eins fünfundsechzig. Knapp über dreißig. Schütteres blondes Haar. Blässlich, als hätte seine Haut noch nie einen Strahl Sonne abbekommen. Bügelfaltenhose, blaues, in die Hose gestecktes Anzughemd. Rote Hosenträger.

»Gina Bigelow!« sagte er. »Endlich lernen wir uns mal persönlich kennen.«

Gerade denkt man, für heute reicht's – da kommt es garantiert noch dicker.

»Soll ich raten?«, sagte ich. »Kenny?«

Er trat auf mich zu. »Darf ich Sie zur Begrüßung küssen?«

»Nein! Noch einen Schritt, und ich brate Ihnen eins mit dem Elektroschocker über.«

»Ha! Ich wusste, dass Sie ein großer Spaßvogel sind.«

»Hier liegt ein Missverständnis vor. Ich bin nicht die Person, mit der Sie online kommuniziert haben. Sagt Ihnen der Ausdruck Catfisch etwas?«

»Ja.«

»Sie sind Opfer eines Catfischs geworden. Jemand hat unerlaubt mein Foto benutzt.«

»Wie furchtbar.« Er dachte kurz darüber nach, dann strahlte er wieder über beide Wangen. »Ach egal. Sie sind hier, ich bin hier, und nur das zählt. Wir sind füreinander bestimmt. Das Schicksal hat uns zusammengebracht.«

»Nicht das Schicksal. Meine Oma. Ich bitte Sie um Verständnis, aber Sie müssen jetzt gehen. Ich hab noch einiges zu tun.«

»Was denn?«

»Einiges eben.«

»Ich könnte Ihnen dabei helfen.«

»Nein!«

»Möchten Sie mit mir essen gehen? Ich lade Sie in ein nettes Lokal ein.«

»Nein.«

»Es ist das Mindeste, was Sie tun können. Ich habe ziemlich viel Zeit und Mühe investiert.«

»Sie könnten mit meiner Oma essen gehen.«

»Lieber nicht. Ich denke, ich habe mir ein Essen mit Ihnen verdient.«

»Wieso?«, fragte ich. »Wieso trifft es immer mich?«

»Sie sind eben ein Glückskind«, sagte er. »Ich bin um sechs Uhr wieder da. Essen Sie gern Fisch?«

»Nein.«

»Möchten Sie ein kleines Kätzchen haben? Meine Katze hat gerade Junge bekommen.«

»Danke, nein. Ich hab einen Hamster.«

Ich sah ihm hinterher und schloss meine Wohnungstür auf. Du liebe Güte, dachte ich. Ich hab eine Verabredung. Geht's noch, oder was?

Um halb sechs schleppte ich mich vom Bett zum Kleiderschrank und versuchte, wenigstens ein Fünkchen Begeisterung bei der Auswahl der Garderobe für mein Date in mir zu entfachen. Mein Outfit durfte auf keinen Fall sexy sein, eigentlich nicht mal attraktiv. Ich entschied mich für eine schwarze Hose, eine schlichte weiße Bluse, das rote Jackett und Pumps. Gerade überlegte ich, ob sich Make-up für das Date lohnte, da rief Gobbles an.

»Wir beschatten Pooka«, sagte er. »Er war gerade im

Zeta-Haus und ist fuchsteufelswild. Wir waren nicht mal in der Nähe, konnten aber hören, wie er ausgerastet ist. Er wollte wissen, wer seinen Privatbereich verletzt hat. Das waren seine Worte, seinen *Privatbereich verletzt*.«

»War die Polizei noch vor Ort?«

»Nein. Soweit ich weiß, ist der Keller geräumt und ein Absperrband vor der Tür gespannt. Pooka hat sich aufgeführt wie ein Verrückter, mit den Armen gefuchtelt und geschimpft. Er hat ständig gefragt, wer dafür verantwortlich ist. Möglich, dass Ihr Name gefallen ist. Wie gesagt, wir haben es aus der Ferne verfolgt und konnten nicht alles verstehen, aber Sie sollten sehr vorsichtig sein. Der Mann ist wahnsinnig.«

»Danke. Ich ziehe mir eine kugelsichere Weste an.«

»Besitzen Sie wirklich eine?«

»Nein.«

»Schade eigentlich«, sagte Globovic.

Ich legte auf, kam zu dem Schluss, dass sich doch etwas Make-up für das Date lohnen würde, und trug Wimperntusche und Lipgloss auf.

Kurz vor sechs klopfte es an meiner Tür. Zu früh, Kenny, dachte ich. Und dass er wahrscheinlich immer zu früh kam. *Vorzeitiger Samenerguss* stand ihm förmlich im Gesicht geschrieben. Ich machte die Tür auf, und Pooka stürmte herein.

»Sie!«, stieß er hervor. »Sie haben die Polizei in meine Werkstatt gelassen. Was fällt Ihnen ein! Sie haben sie kaputtgemacht. Es war alles vorbereitet. Der Gerechtigkeit wäre Genüge getan worden. Und Sie haben es zerstört. Jetzt muss ich wieder ganz von vorn anfangen. Es wird nicht so spektakulär, aber es wird mir gelingen. Dafür werden Sie büßen. Sie stehen auf der Liste. Ganz oben. Ich könnte Sie auch jetzt gleich auf der Stelle töten, aber Sie sollen nicht so leicht davonkommen. Sie sollen in Angst leben. Sie sollen wissen, dass ein grausamer Tod Sie erwartet.«

»Es waren doch nur Feuerwerkskörper.«

»Das waren nicht bloß einfache Feuerwerkskörper. Sie waren Träger für ein ausgeklügeltes Verteilersystem. Sie hätten erst Freude und dann Schrecken verbreitet. Ihre Aktion zögert das Unvermeidliche nur hinaus, aber meine Mission wird fortgeführt. Diese Anstalt muss vernichtet werden. Es wird ein Symbol für das Böse sein, für das sie steht. Kein Mensch wird mehr einen Fuß auf diesen Boden setzen. Es wird das Tschernobyl der akademischen Welt sein.«

»Geht es hier um Ihre Festanstellung?«, fragte ich. »Ich könnte ein gutes Wort für Sie einlegen.«

»Tatsächlich?« Er schüttelte den Kopf. »Ach was. Ich werde nicht ins Wanken geraten. Festanstellungen sind Teufelswerk.« Er legte seine Hand auf das Amulett. »Wir lassen uns durch leere Versprechungen nicht zu Passivität verleiten.«

»*Wir?* Darf ich raten? Das Amulett spricht zu Ihnen.«

»Es zeigt mir den rechten Weg.«

»Haben Sie schon mal daran gedacht, sich an einen Experten aus dem Gesundheitswesen zu wenden? Ich könnte Ihnen jemanden vermitteln, der Ihnen hilft, die Kraft des Amuletts besser zu verstehen.«

»Das Gesundheitswesen ist doch auch nur so ein Einfallstor für Arbeitgeber und den Staat, um uns zu kontrollieren. Was machen sie als Erstes, wenn man ein Sprechzimmer betritt? Sie nehmen einem die Kleider ab. Das ist ein Übergriff. Ein nackter Mensch ist hilflos.«

Da kannte er aber Ranger schlecht.

»Was hält denn das Amulett von all den Flöhen?«, fragte ich ihn.

»Woher wissen Sie von den Flöhen? Wie ist das möglich?« Er hielt das Amulett fest in der Hand. Rote Flecken breiteten sich plötzlich auf seinem Gesicht aus. »Was wissen Sie noch?«

»Ich kenne die Einheit 731.«

Es war ein gewagter Vorstoß, aber warum nicht. Einfach raus damit; mal sehen, was passierte.

»Abscheuliche pseudowissenschaftliche Experimente«, sagte Pooka. »Das Programm diente hauptsächlich den sexuellen Bedürfnissen eines Mannes, der Erektionsprobleme hatte.«

»Diese Interpretation ist mir neu.«

»Das ist doch überdeutlich. Ein geniales Forschungsprogramm, wenn es nicht bei den sadomasochistischen Abartigkeiten stecken geblieben wäre.«

»Na gut. Wenn Sie meinen.«

»Das war nicht mal das Ungeheuerlichste daran. Es war alles so plump und fantasielos. Trotzdem, die Forscher besaßen wunderbare Pathogene, zum Beispiel den Pesterreger, aber sie setzten sie in Tontöpfen aus. In Tontöpfen! Ich bitte Sie! Schämen sollten sie sich. Die Pest hat was Besseres verdient.«

»Die Pest hat Feuerwerkskörper verdient.«

»Allerdings!«

Ich tat so, als würde mich das brennend interessieren, doch in Wahrheit überlief mich ein Grauen. Ich bekam eine Gänsehaut.

Plötzlich tauchte Kenny hinter Pooka auf.

»Da bin ich«, sagte er. »Auf die Minute. Ich bin immer pünktlich.«

Pooka drehte sich zu ihm um. »Wer ist das?«

»Mein Date, sozusagen. Ach übrigens, haben Sie Harry Getz getötet?«

»Es gibt keine Antworten«, sagte Pooka. »Nur Fragen.«

Er machte auf dem Absatz kehrt und ging.

»Wer war das?«, fragte Kenny. »Er trug einen Schlafanzug.«

»Zu kompliziert zu erklären.«

Zwei Stunden später kamen Kenny und ich zu dem Schluss, dass wir doch nicht viele Gemeinsamkeiten hatten. Er bestellte einen Apple Martini, ich ein Bier. Er aß Sushi, ich einen Hamburger. Er guckte die öffentlich-rechtlichen Sender, ich die privaten Sportsender.

Er brachte mich nach Hause und fragte, ob ich ihm einen mit dem Elektroschocker verpassen würde, wenn er versuchen sollte, mich zu küssen. Ich sagte ja, worauf er mir die Hand gab und sich verabschiedete.

22

Ich war noch im Bett und wäre am liebsten den ganzen Tag liegen geblieben, aber dann brummte mein Handy. Eine SMS von Lula, meine Klingel sei wohl kaputt, sie stünde vor der Tür.

Ich kroch aus dem Bett und machte ihr auf.

»Bist du gerade erst aufgestanden?«, sagte sie.

»Ich hab eine furchtbare Nacht hinter mir. Kein Auge zugetan. Ich musste immer an Pookas Flöhe denken und an die Pest. Wie spät ist es?«

»Fast zehn. Ich komme gerade aus der Kirche und hab mir gedacht, ich schau mal bei Stephanie vorbei und lass mir die gestrigen Ereignisse berichten.«

»Du gehst in die Kirche?«

»Natürlich. Zum Ausgleich für die vielen Sünden, die mich sonst direkt in die Hölle bringen würden.«

Ich setzte Kaffee auf.

»Glaubst du an Gott?«, fragte ich Lula.

»Klar, und wie ich an Gott glaube! Du nicht?«

»Ich glaube an irgendwas. Irgendwie.«

»Komm doch nächsten Sonntag mal mit. Ich gehe in die Baptistenkirche in der State Street.«

»Ich bin katholisch.«

»Nobody is perfect. Wir Baptisten sagen uns, je mehr, desto besser. Wir beten ein bisschen, wir singen, und wir loben den Herrn. Ich hab mich dem Herrn verschrieben. Besonders sonntags morgens.«

Ich steckte zwei tiefgefrorene Waffeln in den Toaster.

»Ist der Toaster neu?«, fragte Lula.

»Den hab ich von Morelli. Früher hat er gerne Toast zum Frühstück gegessen.«

»Was war denn nun gestern? Erzähl mal. Als ich dich das letzte Mal sah, hattest du dich ziemlich aufgebrezelt für Ranger.«

»Ranger hat mir Pookas Wohnung und den Keller im Zeta-Haus aufgeschlossen.«

»Und wie war's?«

»Pookas Wohnung ist eine einzige Ekelorgie. Er züchtet Flöhe in Aquarien, und in seinem Kühlschrank liegt ein Beutel Blut.«

»Wie bitte?«

»Ich kann es nicht beweisen, aber ich glaube, Pooka hatte die Absicht, seine Feuerwerkskörper prallvoll mit Flöhen zu beladen und die Schwärme über dem Kiltman-Campus in der Luft freizusetzen.«

»Will er uns mit Flöhen anstecken? Warum?«

»Keine Ahnung.«

Ich konnte die Möglichkeit nicht ausschließen, dass er uns mit der Pest anstecken wollte. Aber sollte ich Lula meinen Verdacht mitteilen und dadurch vielleicht in Panik versetzen? Lieber nicht. Ich goss uns Kaffee ein, und wir nahmen uns jeder eine Waffel.

»Hast du Ahornsirup?«, fragte Lula.

»Nein.«

»Erdbeermarmelade?«

»Nein.«

»Was tust du denn sonst auf deine Waffel?«

»Gar nichts. Ich esse sie so. Meistens hab ich es morgens eilig.«

Gobbles rief auf meinem Handy an. »Ich observiere Pooka seit heute früh, so wie jeden Tag. Man kann die Uhr nach ihm stellen. Um sieben verlässt er die Wohnung und geht ins Büro und bleibt da bis Mittag. Nur heute nicht. Vor zehn Minuten ist er mit einem klapprigen Transporter vorgefahren, ins Haus gegangen und kurz darauf mit einem großen Pappkarton wieder herausgekommen. Dann hat er noch zwei Aquarien aus der Wohnung geholt, alles hinten in den Laderaum gestellt und ist davongefahren. Ich hab kein Auto, ich konnte ihn leider nicht verfolgen. Soll ich in seine Wohnung einbrechen? Was meinen Sie? Ich glaube, er zieht aus.«

»Ich komme sofort. Warten Sie auf mich.«

»Was ist los?«, fragte Lula.

»Es sieht so aus, als würde Pooka Sachen aus seiner Wohnung abtransportieren.«

»Die Flöhe?«

»Ich muss mich anziehen. Gieß meinen Kaffee in einen Isolierbecher um und gib Rex ein paar Cheerios. Ich komme gleich nach.«

Wir fuhren mit Lulas Wagen und kamen auf dem Weg quer durch die Stadt gut voran. Sonntags morgens ist nicht viel Verkehr, und in Pookas Straße war es ruhig. Als wir einparkten, trat Gobbles neben einem der Häuser hervor.

»Er ist noch nicht zurück«, sagte Gobbles. »Ich bin vor fünf Minuten rein ins Haus, um nachzuschauen, aber seine Tür ist abgeschlossen.«

»Wie sind Sie das letzte Mal eingebrochen?«, fragte ich ihn.

»Ich habe mit einem Hammer das Schloss am Hintereingang aufgeschlagen. Normalerweise mache ich so was nicht, aber ich hatte den Verdacht, dass er Becker in der Wohnung als Geisel hält. Vielleicht hatte ich auch nur Angst, irgendwas Schreckliches vorzufinden.«

»Wieso hatten Sie Pooka in Verdacht?«

»Becker hatte den Eindruck, dass mit Pooka irgendetwas nicht stimmt. Er war häufiger mit ihm zusammen als ich, er fand ihn unheimlich. Dann wurde zum zweiten Mal das Schloss an der Kellertür im Zeta-Haus umgetauscht, und von da an war Becker der Überzeugung, dass dort etwas Schreckliches vor sich ging. Als Becker verschwand, dachte ich, entweder hatte er Angst vor Pooka, oder Pooka hat ihm etwas angetan.«

»Na los«, sagte Lula. »Wir nehmen seine Wohnung gründlich auseinander.«

Ich teilte ihre Begeisterung keineswegs. Ich hatte Angst, dass noch mit Beulenpesterregern vollgepumpte Flöhe in der Wohnung herumsprangen. Kurz durch den Türspalt spähen, ob jemand zu Hause war, dazu war ich bereit, doch bei ersten Anzeichen von Flöhen würde ich das Projekt dem Gefahrgut-Spezialteam der Polizei überlassen.

Wir stapften die Treppe hinauf in den ersten Stock und klopften an Pookas Tür. Keine Antwort. Die Tür war abgeschlossen.

»Sieht mir nicht nach einem robusten Schloss aus«, sagte Lula.

Sie holte einen Schraubenzieher aus ihrer Handtasche, schob ihn vorsichtig in das Schlüsselloch, schlug einmal kräftig mit dem Knauf ihrer Pistole darauf, und die Tür sprang auf.

Vorsichtig spähten wir hinein.

»Hu-hu!«, rief Lula. »Ist jemand da?«

Keine Reaktion. Wir schlichen hinein und streiften durch alle Räume. Flöhe konnte ich keine erkennen. Nicht auf dem Fußboden. Nicht an den Wänden. Die Aquarien waren alle weg. Im Kühlschrank auch keine Mäuse mehr und kein Blut. In der Spüle keine toten Ratten.

»Ich glaube nicht, dass er zurückkommt«, sagte Lula. »So wie der aufgeräumt hat. Es gibt nur noch so einen Beutel, wie man sie aus Krankenhäusern kennt, wo Blut und anderes Zeug drin ist, aber der ist leer und liegt im Mülleimer. Da steht was drauf. Yersinia pestis. Kennt ihr jemanden mit dem Namen?«

Ich googelte auf meinem iPhone. Yersinia pestis ist das Bakterium, das Beulenpest auslöst.

»Nicht anfassen!«, sagte ich. »Alle Mann raus! Sofort! Auf die Straße!«

Ich stampfte mit den Füßen auf, um sicherzugehen, dass sich keine Flöhe auf mir niedergelassen hatten, dann rief ich Morelli an.

»Entschuldige die Störung«, sagte ich. »Ich weiß, es ist Sonntag, und dir geht es nicht so toll, aber das hier, das musst du dir ansehen. Und bring einen Schutzanzug mit.«

»Meinst du das ernst?«

»Todernst!«

Ich nannte ihm die Adresse und erzählte ihm von dem leeren Beutel im Mülleimer.

»Mich juckt es überall«, sagte Lula. »Ich glaube, ein Floh hat sich auf mich gesetzt. Was ist, wenn er dieses Yersinia-Zeug im Körper hat? Das wäre wohl nicht so gut, oder?«

»Allerdings«, sagte ich. »Das wäre gar nicht gut.«

»Obwohl, ich war ja gerade erst in der Kirche, vielleicht genieße ich ja noch den Schutz der Heiligen.«

Gobbles sagte nichts. Ein grimmiger Zug trat um seinen Mund, und ich wusste, dass er durchschaut hatte, was jetzt passieren würde.

»Gleich wird die Polizei hier sein«, sagte ich zu ihm. »Besser, Sie gehen nach Hause, oder wo immer Sie sich gerade aufhalten.«

»Rufen Sie mich an?«

»Sobald ich mehr weiß.«

»Sag mal, hab ich das richtig verstanden?«, fragte mich Lula. »Pooka hat Flöhe gezüchtet und plante, sie mit Feuerwerkskörpern in die Luft zu schießen, so dass die Zuschauer bei der Homecoming-Parade einem regelrechten Flohregen ausgesetzt gewesen wären? Und die Flöhe sind vielleicht mit Yersinia infiziert, womit sich natürlich niemand anstecken will?«

»Genau so.«

»Was ist denn diese Yersinia eigentlich?« Sie tippte das Wort in die Suchfunktion ihres Smartphones ein. »Die Pest!«, schrie sie Sekunden später. »Verdammt! Es ist die Pest. Wisst ihr überhaupt, was die mit einem macht? Erst kriegt man Aua-Aua. Dann verfärben sich Finger und Zehen schwarz und fallen ab. Gut, dass ich keinen Schwanz hab. Man stelle sich vor, was mit dem passieren würde!« Sie kickte ihre Schuhe von sich und betrachtete ihre Zehen. »Ich sehe einen Floh. Ich hab einen Floh. Erschießen! Verbrennen! Jetzt tu doch mal einer was!«

Ich bückte mich und untersuchte ihre Füße. »Hier ist kein Floh.«

»Und was ist das für ein Ding da auf dem großen Zeh?«

»Eine Warze.«

»Ach ja. Die hatte ich vergessen. Ich muss nach Hause. Erst duschen und dann meine Kleider verbrennen. Kann Morelli dich nachher mitnehmen? Dann würde ich jetzt schon losfahren.«

»Kein Problem.«

Ich war allein in der Wohnung, als Morelli draußen vorfuhr.

»Das Bergungsteam ist unterwegs«, sagte er. »Weißt du, ob sich jemand im Haus aufhält?«

»Gesehen habe ich jedenfalls niemanden. Ich hab eine Beschreibung von Pookas Lieferwagen, aber nicht die Zulassungsnummer. Ihr solltet noch sein Büro in der naturwissenschaftlichen Fakultät durchsuchen.«

Ein Streifenwagen stellte sich neben Morellis SUV, und Morelli wies die beiden Polizisten an, die Wohnung im ersten Stock abzusichern, aber nicht zu betreten.

»Ich möchte nicht, dass es in den Abendnachrichten kommt«, sagte Morelli. »Wer weiß hierüber noch Bescheid?«

»Gobbles. Aber der wird ganz sicher nichts sagen. Und

Lula. Sie ist gerade nach Hause gefahren, um ihre Kleider zu verbrennen.«

Ich sah, wie sich Schweißperlen auf Morellis Oberlippe bildeten.

»Magenkrämpfe?«, fragte ich ihn.

»Schon okay. Es geht vorüber. Hoffentlich. Wir müssen Lula in Schach halten. Wärst du bereit, für ein paar Tage auf sie aufzupassen?«

»Was heißt das?«

»Dauerbetreuung. Rund um die Uhr. Du könntest sie in deiner Wohnung unterbringen.«

»Bist du verrückt? Sie schnarcht! Superlaut. Und sie würde mein Badezimmer benutzen. Ich will keine anderen Leute in meinem Badezimmer.«

»Mich hast du doch auch reingelassen.«

»Das war ja auch freundschaftlich. Ich war verliebt in dich.«

»Du sprichst in der Vergangenheit. Liebst du mich nicht mehr?«

»Doch schon, aber ich gebe es ungern zu. Auf keinen Fall will ich es laut hinausposaunen.«

»Ich würde dich ja gerne küssen, aber ich hab Magenkrämpfe«, sagte Morelli.

Ein Transporter des Gefahrgut-Teams ratterte heran.

»Das wird ein langer Tag«, sagte Morelli. »Sollte sich herausstellen, dass der Beutel mit Pestbeulenerregern echt ist, wimmelt es hier bald von polizeilichen und anderen Sicherheitsbehörden.«

»Ich könnte nach Hause fahren und den Hamsterkäfig sauber machen, aber ich hab kein Auto.«

243

Morelli gab mir seine Autoschlüssel.»Nimm meinen SUV. Ich hole ihn mir ab, wenn wir hier durch sind.«

»Soll ich dir einen Joghurt oder was Ähnliches mitbringen?«

»Danke. Keine Milchprodukte.«

»Darfst du überhaupt noch was essen?«

»Alkohol darf ich trinken, solange er nicht aus Getreide hergestellt ist.«

Rex quartierte ich in die Badewanne um, bevor ich mich daranmachte, seinen Käfig zu reinigen. Anschließend kam er wieder in sein angestammtes Heim, und ich schrubbte das Badezimmer. Ich saugte alle Fußböden, wischte die wenigen Staubfänger in meiner Wohnung ab, putzte den Küchenboden und brachte den Müll zum Müllschlucker. Meine Mutter und meine Oma macht Putzen glücklich. Mich überhaupt nicht. Ich wäre glücklich, wenn ich mir einmal die Woche eine Reinigungskraft leisten könnte. Leider habe ich nicht das entsprechende Einkommen. Mein Einkommen ist nur ein Auskommen, und manchmal ist es im Minusbereich.

Um halb vier trudelte Morelli ein.

»Brauchst du das Badezimmer?«, fragte ich ihn.

»Im Moment nicht, aber gut, dass eine Toilette in der Nähe ist.«

»Ich würde dir ja etwas zu essen anbieten, aber ich hab nichts im Haus.«

»Ist schon okay. Gerade habe ich mir einen gluten- und milchfreien Snackriegel reingezogen. Hat geschmeckt wie Sägespäne. Ich fahre nach Hause und esse ein halbes gluten- und milchfreies Brot. Ich glaube, Traubengelee darf ich drauftun.«

»Was ist mit Hühnerfleisch? Wir könnten ein Hühnchen braten.«

»Weißt du überhaupt, wie das geht?«

»So ungefähr. Meine Mutter macht häufig Brathähnchen.«

»Danke für das Angebot, aber ich halte mich an die Brotkost. Es gibt eine gute Nachricht: Becker ist wahrscheinlich noch am Leben und bei Pooka. Die schlechte Nachricht: Er ist vermutlich nicht in guter Verfassung. Pooka hat die Wohnung gar nicht gemietet, ihm gehört das ganze Haus, und die anderen drei Wohnungen hat er vermietet. Auf der Rückseite des Grundstücks ist eine Garage, wo er seinen weißen Van abgestellt hat. Der Van ist nicht mehr da, dafür ein Haufen Müll. Ohne in die grausigen Details zu gehen – die gefundenen Beweise legen den Verdacht nahe, dass eine Person in der Garage festgehalten wurde. Wahrscheinlich gefesselt und ruhiggestellt, und entweder wurde ihr Blut zugeführt oder abgenommen. Ich tippe eher auf Letzteres, und dass Pooka mit dem Blut seine Flöhe gefüttert hat. Aber das sind alles nur Vermutungen, wir warten noch auf die genaue Analyse. Manche der zurückgelassenen Behältnisse waren etikettiert, andere nicht, wir wissen also noch nicht, womit wir es zu tun haben. Der Beutel aus dem Mülleimer wird von den Zentren für Krankheitskontrolle und Prävention untersucht. Wir gehen davon aus, dass er echt ist.«

»Ich dachte immer, die Pest ist ausgerottet.«

»Nicht ganz. Jedes Jahr treten hier und da einige Fälle

auf. Sie kann mit Antibiotika behandelt werden, ist aber immer noch eine lebensbedrohliche Krankheit. Von daher ist nicht auszuschließen, dass jemand auf eine infizierte Ratte stößt oder eine einzelne verirrte Ampulle. Pooka ist Biologieprofessor. Ich könnte mir vorstellen, dass er alles Mögliche beschaffen kann.«

»Da kann einem ja angst und bange werden.«

»Ja. Heute gilt das als Inlandsterrorismus, das heißt, außer dem FBI, dem CDC und der Bundespolizei haben wir jetzt auch noch das Heimatschutzministerium am Hals, das jeden Müllbehälter von hier bis Camden auf den Kopf stellt. Mir soll es recht sein. Ich hab mit der Pest-Geschichte nichts mehr zu tun, ich muss nur noch drei Morde aufklären.«

»Tut mir leid, dass ich dich da mit hineingezogen habe.«

»Du musst dich nicht entschuldigen. Das hab ich alles nur mir selbst zu verdanken, seit ich in den ersten Mordfall gestolpert bin. Und ehrlich, ich wäre ganz bei der Sache, wenn es mir nicht so saumäßig schlecht ginge.«

»Keine Sorge wegen Lula. Sie ist zu Hause und mit ihrer Wäsche beschäftigt. Ich gehe morgen früh gleich als Erstes zu ihr und passe auf sie auf.«

»Ich glaube, das ist kein Thema mehr. Unsere Leute laufen hier in Schutzanzügen herum. Fehlt nur noch ein Sprengroboter, um den Zirkus komplett zu machen. Als ich losfuhr, kam gerade der SAT-Ü-Wagen an.«

Ich sah Morelli hinterher, während er sich in den Hausflur schleppte. Ich machte die Wohnungstür zu und verriegelte alle drei Schlösser. Hundertprozentig sicher fühlte ich mich trotzdem nicht. Ein vermutlich Wahnsinniger, der wahrscheinlich bereits drei Menschen ermordet hatte, hatte mir einen qualvollen Tod angedroht. Dazu brauchte es nur einen einzigen infizierten Floh. Er konnte unter der Tür hindurch hereinspringen, es sich im Flur bequem machen, brauchte nur abzuwarten, bis ich zum Aufzug ging, und *zack!*, hätte ich mir die Beulenpest eingefangen. Wenigstens war meine Wohnung blitzsauber. Wenn ich die Pest bekäme, brauchte sich meine Mutter nicht wegen meines Haushalts zu schämen.

23

Montagmorgen, und ich musste ins Büro. Ich schaute durch den Türspion ins Treppenhaus. Keine Irren in Sicht. Ich trat nach draußen und untersuchte den Teppich. Keine herumspringenden Flöhe. Falls es doch welche gab, dann schliefen sie. Aber am besten gar nicht an die Flöhe denken.

Connie war allein im Büro. Die Tür zu Vinnies Arbeitszimmer war geschlossen, draußen stand auch nicht sein Auto. Lula war ebenfalls nicht da.

»Wo sind die anderen?«, fragte ich Connie.

»Vinnie ist am Gericht, und Lula ist wie immer zu spät. Meistens kommst du noch später als Lula. Schönen Tag gehabt gestern? Wir haben es mal wieder in die landesweiten Nachrichten geschafft. Ich hab im Fernsehen die Männer in den Schutzanzügen gesehen.«

»War von Flöhen die Rede?«

»Nein. Nur von einem Gerücht, dass eine Terrorzelle biologische Kriegsführung betreibt. Und sie haben ein Foto von Pooka gezeigt, auf dem er wie ein Wahnsinniger aussah.«

»Wenigstens das stimmt.«

Die Tür flog auf, und Lula rauschte herein. »Wir sind in

den Abend- und in den Morgennachrichten. Ich konnte mich gar nicht losreißen vom Fernseher.«

»Wir?«, sagte ich.

»Trenton«, sagte Lula. »Viel Wahres war nicht dran an dem Bericht, aber es gab ein Foto von Pooka. Also, wenn ich so aussähe, ich würde mich komplett umstylen.«

Ich kniff die Augen zusammen, um besser sehen zu können. »Was hast du denn da für ein Ding umhängen? Ach, du Schreck. Ist das etwa ein Flohhalsband?«

»Allerdings! Ich will schließlich kein Risiko eingehen. Stell dir nur mal vor, Pooka setzt überall seine Flöhe aus. Während wir hier plaudern, bastelt er munter weiter an seinen Feuerwerksraketen rum.« Lula tippte sich mit dem Zeigefinger an die Stirn. »Ich hab kein Stroh im Kopf. Ich bin ja nicht blöd. Deswegen hab ich mir Flohschutz besorgt. Dies Halsband hier ist eigentlich für einen großen Hund gedacht.«

»Es ist mit glitzernden Glassteinen besetzt«, sagte Connie.

»Ich hab es ein bisschen hübsch dekoriert«, sagte Lula. »Es ist praktisch und modisch zugleich. Ich könnte damit in Serienproduktion gehen. Viele Menschen haben Probleme mit Flöhen. Auch ohne Pest will man die Blutsauger doch nicht am Hals kleben haben.«

»Pest? Blutsauger?«, fragte Connie.

»Nicht Pest«, beruhigte ich sie. »Sie hat gesagt, am besten keine Blutsauger.«

»Heilige Maria!«, rief sie. »Wollt ihr mich verarschen? Pest? Beulenpest? Der Schwarze Tod?«

»Nicht unbedingt«, sagte ich.

»Ich möchte sofort auch so einen Flohkragen«, sagte Connie. »Nützen die wirklich was?«

»Und ob!«, sagte Lula. »Die gibt es bei Petco. Wenn sie nichts nützten, würden sie nicht verkaufen.«

»Haben sie noch welche vorrätig?«, erkundigte sich Connie.

»Ich hab nur diesen einen gekauft, weil er mir ja passen sollte. Aber ich kann schnell zu Petco fahren und noch mehr besorgen«, bot Lula an. »Was für einen willst du haben? Den mit Glitzerglas-Look oder lieber einen bunten?«

»Ich glaube, lieber einen bunten«, sagte Connie. »Ein Farbton, der zu meinem Hauttyp passt. Rot, zum Beispiel.«

»Ich will ja keine Spielverderberin sein«, sagte ich, »aber die Flöhe können sich genauso gut auf eure Füße setzen und euch in den Knöchel beißen. Da nützt die schönste Halskrause nichts.«

»Fußkettchen!«, sagte Lula. »Das ist die Lösung. Fußkettchen trägt jeder gern. Ich könnte noch ein Amulett dranhängen. Ein Herz oder deine Initialen.«

»Ich möchte meine Initialen«, sagte Connie.

»Ich ziehe das ganz groß auf«, sagte Lula. »Home Design. So wie Martha Stewart. Martha wird kochen vor Wut, dass sie nicht selbst auf die Idee gekommen ist. Obwohl, ich muss zugeben, ihre Wäschekörbe sind ziemlich gut. Und ich habe ein stellarisches Buch über Kuchenverzierungen von ihr.«

»Ich dachte, du hättest gar keinen Backofen«, sagte ich.

»Nö, das nicht«, sagte Lula. »Aber dafür hab ich das Buch. Das sollte jeder in der Küche stehen haben. Nur so, falls man mal dazu kommt, einen Kuchen zu backen, und auch einen Backofen hat.«

»Ich hätte da ein paar neue NVGler für euch«, sagte Connie. »Heute früh frisch reingekommen. Nichts Großes. Ein paar Nervensägen zum Einkassieren. Also nur wenn ihr nichts Besseres vorhabt.«

Zufällig hatte ich nichts Besseres vor, also steckte ich die Akten in meine Umhängetasche zu der von Jesus Sanchez, dem Rasenmäherbanditen.

»Ich würde ja mitkommen und die Loser abgreifen«, sagte Lula. »Aber nur wenn wir vorher bei Petco Halt machen. Ich muss auch noch in den Bastelladen, Deko-material kaufen, Amulette und Glassteine und so Zeug.«

Wir fuhren mit meinem Auto zuerst zu Petco und legten danach noch einen kurzen Halt in dem Bastelladen ein.

»Ich kann es kaum erwarten, die Halsbänder mit den Steinen zu bekleben«, sagte Lula, als wir wieder in dem Porsche saßen. »Vielleicht ist es dir noch nicht aufgefallen, aber ich hab ein Händchen fürs Dekorieren.«

»Nicht zu übersehen.«

»Wer sind denn unsere neuen NVGler? Jemand Lustiges dabei?«

»Hmh, ich hab mir die Akten angeguckt, während du im Bastelladen warst. Wir haben einen ruppigen Alkoholiker, einen Kaufhausdieb und einen Schlangendieb.«

»Einen Schlangendieb?«

»Der Mann hat einen Phyton gestohlen, der über einen Meter lang ist. Aus der Tierhandlung, die exotische Repti-lien und Vögel verkauft.«

»Den Fall kannst du vergessen. Sein Haus muss die

reinste Schlangengrube sein. Ich würde nicht mal in die Nähe gehen. Mir egal, ob er im Gefängnis landet oder nicht und Vinnie wegen ihm pleitegeht.«

»Und der Kaufhausdieb?«

»Ich bin dabei. Wo wohnt er?«

Ich holte die Akte aus meiner Tasche und gab sie Lula.

»Richard Nesman«, las sie vor. »Wohnt im Trevor Court. Die Gegend kenn ich. Eine Straße mit neuen Townhäusern.«

Ladendiebe sind leichte Beute für unsereins, die meisten friedlich und unbewaffnet. Das gilt sogar für Profis, Skookie Lewis zum Beispiel, der stapelweise T-Shirts aus dem Gap-Laden schmuggelt und sie vom Kofferraum seines 1990 Eldorado aus weiterverhökert. Lula ist Stammkundin bei ihm.

Ich parkte vor Richard Nesmans Townhaus und blätterte noch mal in seiner Akte. Sechsundfünfzig Jahre alt, pensioniert, verheiratet mit Larry Staples.

»Auch so ein Ding, das ich nicht kapier«, sagte Lula. »Warum achtet man die traditionellen Werte nicht mehr? Wie tief sind wir gesunken?«

»Bist du dagegen, dass schwule Männer heiraten dürfen?«

»Das ist mir völlig schnuppe. Ich rede von dem Namen. Die Braut nimmt den Namen des Ehemanns an. Das weiß doch jedes Kind. Sonst wird es zu kompliziert. Ein Chaos. Verstehst du, was ich meine?«

»Ja. Aber was ist bei zwei Ehemännern?«

»Wie jetzt?«

»Meine Güte, ist es echt schon so spät?«, sagte ich. »Wir

müssen uns beeilen, wenn wir die alle bis zur Mittagspause schaffen wollen.«

Ich ging zu dem Townhaus, klingelte, und ein grauhaariger Mann von angenehmem Äußeren öffnete mir.

»Richard Nesman?«, fragte ich.

»Ja.«

»Ich vertrete die Kautionsagentur Vincent Plum Bail Bonds. Sie haben Ihren Anhörungstermin versäumt. Ich würde gerne im Gericht einen neuen mit Ihnen vereinbaren.«

»Das muss ein Irrtum sein«, sagte Richard. »Ich habe mir den Termin im Kalender eingetragen. Dreimal rot unterstrichen. Er ist kommenden Freitag.«

»Das Gericht ist der Meinung, er sei vergangenen Freitag gewesen.«

»Wie ärgerlich. Das Gericht sollte einen bei Terminverschiebungen wenigstens benachrichtigen.«

Lula stand hinter mir. »Was haben Sie denn in dem Geschäft gestohlen?«

»Schuhe.«

»Air Jordans oder was?«

»Du lieber Himmel, Air Jordans ist was für Prolls. Nein. Sardische Krokodilleder-Autoschuhe von Salvatore Ferragamo.«

»Ist nicht wahr!«, sagte Lula. »Das sind ausgezeichnete Schuhe. Die kosten im Einzelhandel zweieinhalbtausend Dollar.«

»Woher weißt du das?«, fragte ich Lula.

»Manchmal arbeite ich nebenher als Schuhverkäuferin. Ich helfe Skookie während der Nachtschicht aus. Man muss schließlich über seine Produkte Bescheid wissen.« Sie wandte sich wieder an Richard. »Ich kann Ihnen die gleichen Schuhe für fünfundzwanzig Dollar besorgen. Man muss nur bei Regen aufpassen, da könnte schon mal die Farbe auslaufen.«

»Ist das Ihre erste Verhaftung?«, fragte ich ihn.

»Leider nicht. Ich bin von einem inneren Zwang getrieben, Schuhe zu stehlen. Ich betrachte es gerne als Hobby, aber meine Mitmenschen sehen das bedauerlicherweise nicht so.«

»Jeder Mensch braucht ein Hobby«, sagte Lula. »Ich verziere gerne Sachen. Sie sollten auf ein anderes Hobby umsteigen. Papiergestaltung oder Dekoration.«

Wir übergaben Richard dem Gerichtsbeamten, holten uns die Empfangsbestätigung ab und kehrten zum Büro zurück.

»Ich hab ein bisschen rumtelefoniert und Jesus Sanchez aufgespürt«, sagte Connie. »Er wohnt bei seiner Schwester in der Maple Street. Soweit ich weiß, ist er arbeitslos, ihr werdet ihn also wahrscheinlich zu Hause antreffen.«

Lula und ich fuhren zur Maple Street, einer sehr langen Straße im Norden der Stadt. Sanchez' Haus war nur zwei Häuserblocks vom Kiltman College entfernt.

Eine ältere Frau machte uns auf.

»Er nicht da«, sagte sie. »Ist mit Hund spazieren. Sie immer gehen zum College, da Frank sein Häufchen kann machen auf dem Rasen.«

»Ist Frank ein Hund?«, fragte Lula.

»Ja. Großer Hund. Großer schwarzer Hund. Sehr schön.«

Wir bedankten uns, gingen zurück zum Auto und fuhren zum Campus. Wir kurvten über die Ringstraße und entdeckten Jesus und Frank, die mitten auf dem Collegecampus saßen und Studenten beim Frisbeespielen zuschauten.

»Denen hat man wohl von den Flöhen noch nichts erzählt«, sagte Lula.

»Bis jetzt liegen von offizieller Seite aber auch keine Berichte über Flöhe oder Pesterreger vor«, sagte ich. »Ich glaube, dass Pooka sich irgendwo versteckt hält, aber dass man ihn findet, bevor er Gelegenheit hat, Schaden anzurichten.«

»Woher willst du das wissen? Genauso gut könnte Pooka draußen herumstreunen und seine blutrünstigen Flöhe in der Gegend verstreuen. Der Verlust seiner Feuerwerkskörper muss nicht heißen, dass er es aufgegeben hat, den Schwarzen Tod zu verbreiten. Man sollte die Menschen warnen.«

»Wenn es eine echte Bedrohung gäbe, hätte man sicher längst Vorkehrungen getroffen.«

»Mich geht es ja nichts an«, sagte Lula. »Dafür trage ich ja ein Flohhalsband, und wenn ich gleich übers Gras gehen muss, um den Idioten zu verhaften, dann lege ich vorher noch meine Fußkettchen an.«

Ich parkte am Straßenrand. Lula holte zwei Flohhalsbänder aus der Schachtel und schnallte sie sich um die Füße.

»Kein schickes Modeaccessoir wie ein Kettchen mit Amulett, aber es sieht immer noch einigermaßen okay aus. Es ist nur die minimalistische Version«, sagte Lula.

»Na gut«, sagte ich. »Gib mir auch welche für die Füße.«

Was hatte ich schon zu verlieren, außer meiner Menschenwürde. Vorsicht ist besser als Nachsicht.

Wir legten die Halsbänder und Fußmanschetten an und stapften über den Rasen zu Jesus.

»Sind Sie Jesus Sanchez?«, fragte ich ihn.

»Ja«, sagte er. »Und das ist mein Hund Frank.« Er beschirmte die Augen mit der Hand und sah zu Lula auf. »Im ersten Moment dachte ich, Sie tragen ein Flohhalsband.«

»Nicht gerade der letzte Schrei«, sagte Lula. »Aber wenn ich erst mal mein Start-up für Halsbandverzierungen gegründet habe, wird das der Renner.«

»Sind die teuer? Meine Schwester hätte sicher gern so eins. Muss Ihr Rasen gemäht werden? Ich hab einen Rasenmäher.«

»Wir haben beide keinen Rasen«, sagte Lula. »Wir sind sowieso nur hier, weil wir Sie mit dem Auto mitnehmen wollen.«

Ich stellte mich vor und ließ mein Sprüchlein über die Vereinbarung eines neuen Gerichtstermins ab.

»Na gut, wenn es sein muss«, sagte er und stand auf.

Als ich versuchte, ihm Handschellen anzulegen, rief er: »Lauf!«, und haute zusammen mit seinem Hund ab.

Lula und ich liefen hinter ihm her. Lula ging die Puste aus, noch bevor sie die Ringstraße am anderen Ende der Wiese erreicht hatte. Sie ließ mich mit Jesus und Frank allein, doch auch ich machte allmählich schlapp, nur Hund und Herrchen nicht. Ich verfolgte sie über die Länge eines ganzen Häuserblocks, dann gab ich auf. Die beiden waren zu schnell für mich, und die Kaution war zu niedrig. Wenn ich mich wirklich entschließen sollte, ihn zu fassen, konnte ich immer noch das Haus seiner Schwester observieren, aber im Moment war er mir herzlich egal.

Ich stand vornüber gebeugt, stützte mich mit den Händen auf den Knien ab und japste nach Luft, da glitt ein weißer verrosteter Van vorbei, Pooka am Steuer. An der nächsten Kreuzung bog er ab und verschwand. Ich ging bis zur Ecke und sah die Straße auf und ab. Kein Van. Dann den gleichen Weg zurück, zu Lula, und ich hatte die Straße halb überquert, da schoss der Van aus einer Einfahrt hervor. Ich sprang zur Seite, doch der rechte vordere Kotflügel erwischte mich, und ich wurde drei Meter weit geschleudert. Ich war völlig perplex. Mehr Schreck als Schmerz. Ich wälzte mich auf den Rücken und sah Pooka über mir.

»Sie haben da etwas verloren«, sagte er und hielt meinen Elektroschocker in der Hand.

Er drückte mir die Zangen in den Oberarm, und achtundzwanzig Millionen Volt zischten durch mein Gehirn.

Ein Elektroschocker haut einen nicht unbedingt um. Er wirbelt die Neuronen durcheinander, und man ist für eine Weile desorientiert. Als sich der Vorhang hob, fand ich mich im Laderaum von Pookas Van wieder, mit – vermutlich meinen eigenen – Handschellen gefesselt. Die Handschellen und den Elektroschocker hatte ich mir in die hintere Hosentasche gesteckt, bevor wir uns an Jesus Sanchez herangemacht hatten.

Schwer zu sagen, welche Verletzungen ich durch den Aufprall davongetragen hatte. Von meinem linken Knie ging ein stechender Schmerz aus, und meine Jeans war blutgetränkt. Ich wackelte mit den Zehen und bewegte die Beine, es schien also nichts gebrochen. Keine Knochen ragten aus den Gliedmaßen heraus. Mein Ellbogen tat höllisch weh, aber er war hinter meinem Rücken, und ich konnte ihn nicht sehen. Keine Kopfschmerzen. Keine Doppelbilder. Ich war bei dem Sturz nicht auf den Kopf gefallen. Ein Lichtblick.

Pookas Van war ein Kastenwagen, ohne Sitze, ich lag hinten im Laderaum, und bei jeder Kurve rollte ich auf die andere Seite. Er hatte mehrere Kartons mit Feuerwerkskörpern geladen, eine Schachtel mit Sprengstoff und einige leere Aquarien. Jedenfalls sahen sie leer aus, vielleicht hockten ja auf dem Boden noch ein paar reisekranke Flöhe. Überhaupt, was hatte er mit den Flöhen aus den Aquarien gemacht? Ein beunruhigender Gedanke. Aber der Gedanke an meine unmittelbare Zukunft war auch nicht gerade beruhigend.

Der Wagen hielt an, und ich hörte, wie sich ein automatisches Rolltor aufwickelte. Wir fuhren in eine Garage, das Tor schloss sich wieder. Nur keine Panik, sagte ich mir. Ich atmete tief ein und aus, ermahnte mich, ruhig und wachsam zu bleiben. Ich musste nur die richtige Gelegenheit abpassen. Die würde schon noch kommen. Außerdem würden längst Ranger und Morelli nach mir suchen. Ich vertraute darauf, dass sie mich finden würden. Sie waren clever. Sie hatten Unterstützung.

Pooka glitt vom Fahrersitz, ging nach hinten und öffnete die Klappe des Transporters.

»Schicksal«, sagte er. »Immer wieder erstaunlich, oder? Ich fahre die Straße entlang, und plötzlich stehen Sie vor mir. Ich wollte sowieso zu Ihnen, aber so herum ist es natürlich viel einfacher.«

Er zerrte mich am Pferdeschwanz aus dem Laderaum. Ich fiel auf den Garagenboden, und Pooka griff mir unter die Achseln und stellte mich mit einem Ruck auf die Beine. Mein Knie schmerzte, mein Ellbogen ebenfalls, und mein Arm brannte wie Feuer. Ich atmete tief und regelmäßig, um nicht loszuheulen. Ich wollte auf keinen Fall anfangen zu weinen, wollte keine Angst oder Schwäche zeigen. Pooka stieß mich vor sich her, schloss eine Seitentür auf und schob mich in eine schmuddelige Küche. Rote abgeplatzte Arbeitsflächen aus Resopal. Schmieriger Linoleumboden. Altersschwacher Herd und Kühlschrank. Fleckige, stumpfe avocadogrüne Porzellanspüle voller Abfälle. So weit das Auge reichte, Aquarien, in denen es nur so wimmelte von Flöhen. Der Gestank verschlug mir den Atem.

»Was riecht hier so widerlich?«, fragte ich ihn.

»Das ist der Geruch des Schwarzen Todes«, sagte Pooka. »Ich hab die Mäuse in infiziertes Blut eingelegt, und die Flöhe ernähren sich von ihnen. Bald kann ich sie in die Freiheit entlassen. Im Schlafzimmer warten noch Tausende infizierter Flöhe. Heute Morgen hab ich schon mal welche ausgesetzt. Ich war gerade auf dem Rückweg, da sind Sie mir vors Auto gelaufen.«

»Der Schwarze Tod ist nicht mehr tödlich«, sagte ich. »Er kann mit Antibiotika geheilt werden.«

»Meine Pest ist schwärzer als der Tod«, sagte Pooka. »Ich habe Superflöhe gezüchtet, den Pestbazillus genetisch verändert. Kein Mensch wird überleben. Meine Flöhe werden den Kiltman Campus erobern und auf ihrem Weg alles Leben ausrotten.«

»Wie eine kleine Armee.«

»Genau!«

»Warum haben Sie mich entführt?«

»Sie sind ein schrecklicher Mensch. Sie haben mir den Moment der Schönheit und der Überraschung verdorben. Ich werde Sie mit dem Bazillus infizieren, und Sie werden einen langsamen grausamen Tod sterben. Doch erst dürfen Sie noch Ihre Schuld abtragen und meine Flöhe füttern.«

Ich sah mich um. An allen Fenstern waren die Rollos heruntergezogen.

»Wo sind wir?«

»Wir stehen an den Toren zur Ewigkeit.«

Er kam mit meinem Elektroschocker auf mich zu. Ein gleißendes Licht, und erneut sackte ich zu Boden. Ich spürte, wie er mich durch die Küche in einen anderen Raum schleifte, und vernahm ein Rasseln und Grunzen. Eine Tür fiel ins Schloss, dann Stille. Ich kämpfte gegen den Nebel in meinem Kopf an, versuchte, mir einen Weg durch die Schwaden zu bahnen. Langsam zeichneten sich Konturen ab. Es war ein kleiner Raum. Keine Möbel, nur eine Matratze auf dem Boden. Meine Augen gewöhnten sich an die Dunkelheit. Auf der Matratze lag eine reglose Gestalt. Ich nahm mir einen Moment Zeit, um mich zu sammeln. In Arme und Beine kehrte wieder ein Gefühl zurück, und es gelang mir, mich aufzusetzen. Pooka hatte die Handschellen gewechselt, ich war jetzt vorn gefesselt und zusätzlich mit einer dicken Kette an die Wand gekettet. Es blieb mir zwar ein bisschen Bewegungsfreiheit, doch an den Handschellen hing noch ein Bogenschloss, das ebenfalls mit der Kette verbunden war, die Kette selbst fest im Mauerwerk verschraubt.

Die Gestalt auf der Matratze rührte sich. Ein Mensch!

»Becker?«, fragte ich.

»Hä?«

Ich rückte etwas näher und sah, dass er mit Nadelstichen übersät war. Stiche in den Oberarmen und noch an anderen Stellen.

»Drogen«, sagte er. »Sie machen mich müde.« Er war mit Handschellen vorn gefesselt, so wie ich, und auch an die Wand gekettet. Seine Pupillen waren riesig, ob von der Dunkelheit oder den Drogen, wusste ich nicht.

»Ein Irrer«, lallte Becker. »Der Teufel.«

Ich hörte Pooka im Haus rumoren, Selbstgespräche führen, Schubladen öffnen und wieder schließen. Es roch nach Gas, irgendwo brannte etwas.

»Was riecht hier so?«, flüsterte ich.

»Ein Bunsenbrenner«, flüsterte Becker. »Er funktioniert nicht richtig. Wahrscheinlich weil er ihn an eine Propangasflasche angeschlossen hat. Ich weiß nicht, was er damit macht. Vielleicht die Mäuse für seine Fliegen auftauen. Gestern hat er die Tür offen stehen lassen, und ich konnte beobachten, wie er etwas kochte und dann das Zeug abmaß. Er injiziert sich irgendeine Flüssigkeit. Ich fand ihn schon immer unheimlich, aber es ist noch viel schlimmer. Er ist wahnsinnig.« Eine Träne kullerte ihm über die Wange. »Ich glaube, ich sterbe.«

»Auf gar keinen Fall«, sagte ich, aber er sah tatsächlich ziemlich schlecht aus.

»Er brauchte einen Blutspender für die Flöhe«, sagte Becker. »Dafür hat er mich in der Garage eingesperrt und mir Drogen gegeben. Ich musste meine Eltern anrufen.

Und dann gab er mir immer wieder Drogen und noch mehr Drogen. Ich bin so schrecklich müde.«

Die Tür flog auf, und Pooka kam mit dem Elektroschocker herein. »Das macht alles so viel einfacher«, sagte er. »Sagen Sie gute Nacht.«

24

Ich wachte mit rasenden Kopfschmerzen auf und brauchte eine geschlagene Minute, um mich zu orientieren. Entführt. Angekettet. Mit einem Elektroschocker traktiert. Ich untersuchte meinen Arm. Zwei Einstichwunden. Eine an der Vene in der linken Armbeuge, die andere am Oberarm.

»Er hat Ihnen Blut abgezapft«, sagte Becker. »Und Ihnen Drogen gegeben. Ich soll Ihnen ausrichten, dass er Sie infiziert hat. Damit Sie Bescheid wüssten. Tut mir leid.«

»Wo ist er jetzt? Es ist so still im Haus.«

»Er ist nicht da. Erst ist er draußen herumgelaufen. Dann ging das Garagentor auf und wieder zu, und ich glaube, ich hab den Transporter wegfahren hören.«

»Wie lange ist das her?«

»Weiß nicht. Ich hab jedes Zeitgefühl verloren.«

Ich stemmte mich in die Höhe und musste gegen die Benommenheit ankämpfen, verursacht nicht allein durch die Angst, sondern auch durch die Drogen. Auf wackligen Beinen stakste ich zur Wand. Der mit der Kette verbundene Bolzen war fest darin verschraubt und mit Epoxydharz verklebt. Ich klopfte an die Wand: Rigips. Mit beiden Händen packte ich die Kette und zerrte an ihr. Kleine Gipsbrocken lösten sich. Ich riss weiter, die Kette spannte, ich legte mich mit meinem ganzen Gewicht nach hinten, und der Bolzen sprang aus der Verankerung.

Ich stand mit der Kette in der Hand da und brach in Tränen aus. Lautes hysterisches Schluchzen.

»'tschuldigung«, sagte ich zu Becker. »Ist gerade etwas heftig.«

Ich wischte mir die Nase am Ärmel ab und nahm Beckers Kette in die Hand. Ich riss einmal fest, aber der Bolzen rührte sich nicht. Ich stemmte einen Fuß gegen die Wand, beugte mich erst vor und drückte dann das Bein mit aller Kraft durch. Der Bolzen rutschte heraus, und ich taumelte nach hinten und fiel auf Becker. Wir stöhnten beide laut auf und blieben für einen Moment so liegen. Dann wälzte ich mich von ihm herunter, rappelte mich hoch und versuchte, ihn aufzurichten, aber er war höllisch schwer.

»Gehen Sie«, sagte er. »Lassen Sie mich hier liegen.«

»Auf keinen Fall«, sagte ich. »Sie kommen mit, und wenn ich Sie hinter mir herschleifen muss.«

Ich krallte mir seinen Hemdkragen und zog ihn aus dem Raum in die Küche, was mit gefesselten Händen gar nicht so einfach war. Ich blieb stehen und schaute mich um. Es war alles weggeräumt worden. Keine Aquarien mehr. Kein Bunsenbrenner. Pooka hatte sich davongemacht und uns zum Sterben zurückgelassen. Zum Glück war er ein schlechter Handwerker.

Es wurde zu anstrengend, Becker am Hemd zu ziehen, daher packte ich ihn an den Fußgelenken.

»Halten Sie den Kopf hoch«, sagte ich. »Ich will nicht,

dass Sie am Ende noch eine Gehirnerschütterung kriegen, wenn ich mich schon so abmühe.«

Ich bekam ihn über die Schwelle der Küchentür nach draußen in eine Art Hof, hauptsächlich festgetretene Erde, struppiges Gras und Müll. Die Einfahrt zum Haus war ebenfalls unbefestigt, wir waren von Wald umgeben. Ich hatte keinen blassen Schimmer, wo wir uns genau befanden. Ich versuchte noch mal, Becker aufzurichten, und er schaffte es torkelnd bis zum Waldrand. Ich führte ihn ein Stück in den Wald hinein, suchte einen passenden Unterschlupf für ihn und überließ ihn dann seinem Schicksal.

»Ich glaube nicht, dass Pooka zurückkommt«, sagte ich, »aber halten Sie sich trotzdem lieber versteckt, nur für den Fall. Ich hole Hilfe.«

Ich humpelte zurück zur Zufahrt, gelangte an eine zweispurige asphaltierte Straße, um mich herum immer noch Bäume, nichts als Bäume. Keine Häuser. Keine Autos. Kein 7-Eleven. Ich saß in der Zwickmühle. Wenn ich jetzt ein Auto herannahen hörte und auf die Straße lief, um es anzuhalten, riskierte ich, auf Pooka zu treffen. Wer garantierte mir, dass er immer noch seinen weißen Van fuhr. Dass überhaupt jemand anhielt. Ich sah aus wie einem Horrorfilm entsprungen. Ein Arm bedeckt mit halb verkrusteten Schnittwunden. Die Jeans zerschlissen und blutgetränkt. Die Hände gefesselt, und die dicke Kette noch immer mit einem Vorhängeschloss an den Handschellen befestigt. Am Kettenende der Bolzen mit dem herausgebrochenen Stück Rigipswand.

Ich stand am Rand der Zufahrt, überlegte, ob ich die

Straße auf der linken oder rechten Seite entlanggehen sollte, als sich von links ein schwarzer SUV näherte. Vorsichtig trat ich auf die Straße, damit mich der Fahrer auch ja bemerkte. Ich kämpfte gegen die Auswirkungen der Drogen und den Blutverlust an, konzentrierte mich angestrengt. Der SUV verlangsamte das Tempo und hielt knapp vor mir an. Es war ein schwarzer Porsche Cayenne. Hinterm Steuer saß Tank. Ranger sprang aus dem Wagen und lief auf mich zu.

Am liebsten hätte ich wieder losgeheult, aber dazu fehlte mir die Kraft.

Ranger schlang die Arme um mich und drückte mich an sich. »Es ist alles gut«, sagte er. »Ich bin da.«

»Wie hast du mich gefunden?«

Er schob eine Hand in die Tasche meiner Jeans und förderte den Schlüssel zu dem Macan zutage. »GPS-Schlüsselanhänger«, sagte er. »Du hattest deinen Autoschlüssel dabei.«

»Becker liegt drüben im Wald, am Ende der Zufahrt. Er ist in schlechter Verfassung. Mit Drogen vollgepumpt, und man hat ihm Blut abgenommen. Vielleicht ist er mit dem Pesterreger infiziert.«

Ranger sah sich meinen Arm mit den Nadeleinstichen an.

»Ich auch«, sagte ich.

»Babe.« Wie hingehaucht.

Er zog einen Universalschlüssel aus einer Tasche seiner Cargopants und löste damit die Handschellen. Dann fiel ihm das Stück Rigips am Kettenende auf, und er sah mich neugierig an.

»Pooka ist vielleicht ein brillanter Biologe, aber von Baustoffen versteht er nicht viel«, sagte ich. »Wenn er den Bolzen verschraubt hätte, hätte ich mich nicht befreien können.«

»Trotzdem braucht es gehörige Kraft, um so einen Stift aus der Wand zu reißen«, sagte Ranger.

»Ich war hochmotiviert.«

Ranger warf die Handschellen und die Kette auf den Rücksitz des SUV, und Tank fuhr uns zu Pookas Bruchbude.

Ich führte Tank und Ranger zu der Stelle im Wald, wo ich Becker zurückgelassen hatte, und wir befreiten ihn von den Handschellen. Tank klappte die Rückbank nach hinten, und wir betteten Becker in den Laderaum des Cayenne. Unsere beiden Befreier durchsuchten noch kurz das Haus, dann fuhren Ranger, Becker und ich mit dem SUV los. Tank blieb vor Ort, um das angeforderte Unterstützerteam von Rangeman zu empfangen und das Gelände zu sichern, bis die Polizei übernahm.

»Hast du Morelli angerufen oder die Zentrale?«, fragte ich Ranger.

»Die Zentrale. Morelli ist nicht zu erreichen.«

»Hat Lula dich angerufen?«

»Lula hat die halbe Welt angerufen! Zum Glück stand ich auf ihrer Liste, weil niemand sonst an den GPS-Schlüsselanhänger dachte. Ich hätte dich auch mit deinem Smartphone aufspüren können, aber das hast du in deiner Umhängetasche vergessen.«

»In die Hosentasche passte es nicht mehr rein.«

Der Wald hörte nach einigen hundert Metern auf, und

wir kamen in ein ärmlicheres Viertel mit kleinen bungalow-artigen Häusern.

»Wo sind wir hier?«, frage ich Ranger.

»Im Süden von Trenton. Die Straße mündet in die Broad. Blatzo wohnt eine Straße weiter südlich. In zehn Minuten sind wir am St Francis Hospital.«

Ich sah nach hinten zu Becker. Er hatte die Augen geschlossen. Seine Atmung schien mir regelmäßig zu sein.

»Was macht er?«, fragte Ranger.

Becker hielt die Augen geschlossen, gab mir aber mit einem Handzeichen zu verstehen, dass alles in Ordnung war.

»Erholt sich«, sagte ich.

»Tank hat das Krankenhaus sicher schon instruiert. Wahrscheinlich werden wir vorn am Eingang zur Notaufnahme erwartet. Wie geht es dir?«

»Ganz gut. Leichte Kopfschmerzen. Kommt sicher von den Drogen. Vielleicht auch vom Leben. Pooka hat mich mit meinem Elektroschocker schachmatt gesetzt und mir was injiziert. Das hat mich für einige Stunden total lahmgelegt. Becker sagte, Pooka hätte mir Blut entnommen und den Pesterreger gespritzt.«

Ich brauchte einen Moment, um mich zusammenzureißen. Es fiel mir schwer, bei dieser Pestgeschichte ruhig zu bleiben.

»Und woher kommt das trockene Blut an deinem Arm?«

»Ich war gerade hinter einem NVGler her, da nietet mich Pooka mit seinem Transporter um. Er fällt über mich her, während ich noch ganz benommen auf der Straße

268

liege, fesselt mich mit meinen Handschellen und macht mich mit dem Elektroschocker bewegungsunfähig. Als ich wieder zu mir komme, liege ich hinten in seinem Transporter.« Ich sah mir den Arm an. »Ich glaube, das sind nur oberflächliche Schürfwunden und Prellungen. Jedenfalls blutet es nicht mehr.«

Ranger schwenkte in die Einfahrt zur Notaufnahme und bremste vor dem Eingang scharf ab. Zwei junge Männer in Rangeman-Kluft erwarteten uns bereits, außerdem eine Schwester mit einer Krankenliege und ein Haufen Männer in schlecht sitzenden Anzügen.

»Wer sind die Anzugfuzzis?«, fragte ich Ranger.

»CDC, FBI, EPA, Seuchenbekämpfung, Umweltschutz, Heimatschutz und die Polizei von Trenton.«

»Wieso vertritt Morelli nicht die Polizei von Trenton? Er ist der Chef des Morddezernats.«

»Angeblich lässt er gerade eine Darmspiegelung machen.«

Vielleicht war ja heute doch kein so schlechter Tag für mich. Wenigstens kriegte ich nichts in den Hintern geschoben.

Wir luden Becker auf die Krankenbahre, und ich hielt seine Hand, während er auf die Station verfrachtet wurde.

»Es wird alles gut«, sagte ich. »Selbst wenn Sie infiziert sind, brauchen Sie sich keine Sorge zu machen. Die Pest gilt heute als heilbar.«

»Meine Eltern ...«

»Die müssen Sie anrufen. Die wollen Sie bestimmt sehen und sich davon überzeugen, dass es Ihnen gut geht.«

»Ich hab kein Handy mehr. Pooka hat es weggeworfen.

Er hatte Angst, man könnte ihm damit auf die Spur kommen.«

Ranger stand hinter mir. »Hal soll ihm eins besorgen.«

»Und Gobbles«, sagte Becker. »Ich muss unbedingt Gobbles sprechen. Ich hätte auf ihn hören sollen. Er hatte mich gewarnt, ich sollte mich von Pooka fernhalten.«

Becker wurde in einen Untersuchungsraum geschoben, begleitet von zwei Anzugträgern.

Susan Gower war die diensthabende Schwester in der Notaufnahme. Ich bin mit Susan zur Highschool gegangen und hab meinen ersten und letzten Joint mit ihr geraucht.

Sie kam mit besorgter Miene auf mich zu. »Hat dich ein Lastwagen überfahren?«

»Es war nur ein Lieferwagen«, sagte ich.

»Möchtest du, dass sich mal jemand ansieht, ob du dir auch nichts gebrochen hast?«

»Nicht nötig«, sagte ich.

»Doch«, widersprach Ranger.

»Oh Mann«, sagte Susan und musterte Ranger von oben bis unten. »Wenn ich nicht glücklich verheiratet wäre …«

»Es sind nur ein paar Kratzer«, sagte ich.

»Ja, das sehe ich«, sagte sie. »Komm mal mit nach hinten. Ich schicke dir jemanden ins Behandlungszimmer, der deine Wunden reinigt. Falls genäht werden muss, dann lieber jetzt gleich. Später hat es keinen Zweck mehr.«

Das Behandlungszimmer entpuppte sich als eine Zelle, die von vielen anderen kleinen Zellen durch einen Vorhang getrennt war. Von Privatsphäre keine Spur. Ich füllte einen Haufen Formulare aus, wartete eine halbe Stunde, dass was passierte, dann endlich kam eine Schwester mit einer Schere und schnitt oberhalb des Knies meine Jeans auf.

»Ach Gottchen«, sagte sie. »Was haben Sie denn da an Ihrem Fußgelenk? Sieht aus wie eine Flohmanschette.« Die hatte ich völlig vergessen, sie versteckte sich unter der Jeans. Ranger blieb zwar auf seinem Plastikstuhl neben der Untersuchungsliege sitzen, ließ seinen Blick jedoch zur Flohmanschette wandern und schmunzelte.

»Die können Sie abschneiden«, sagte ich. »Am anderen Gelenk ist auch eins.«

Es war schon nach sechs, als endlich aller Schmutz aus den Schnitt- und Schürfwunden entfernt war, alles gereinigt und verbunden war. Für die Wunde am Ellbogen waren zehn Stiche nötig. Mir war Blut abgenommen worden, ich hatte Antibiotika geschluckt und eine Tetanusspritze bekommen sowie den dringenden Rat, mich sofort zu melden, falls ich Symptome entwickelte.

Im Wartezimmer lümmelten drei Männer in Anzügen auf Plastikstühlen. Alle drei standen auf, als ich endlich aus dem Behandlungszimmer gehumpelt kam, und alle drei gaben mir ihre Karten. Chris Frye, CDC. Chuck Bell, FBI. Und Les Kulick, Heimatschutzministerium.

»Ich würde es sehr begrüßen, wenn Sie uns in die Stadt begleiten würden und eine Erklärung abgäben«, sagte Bell.

»Hören Sie: Ein Auto hat mich überfahren, mindestens zweimal bin ich mit einem Elektroschocker niedergestreckt worden, man hat mir irgendein Betäubungsmittel gespritzt, und es besteht die Gefahr, dass ich die Beulenpest habe«, sagte ich. »Also bitte.«

»Ich verstehe«, sagte Bell. »Es kann warten.«

Ranger begleitete mich nach draußen, wo einer seiner Männer mit dem 911 Turbo vorfuhr. Ranger übernahm das Steuer.

»Ich bringe dich zu mir nach Hause«, sagte Ranger. »Ich möchte dich heute Abend nicht allein in deiner Wohnung zurücklassen.«

Das traf sich gut. Ich wollte nämlich heute Abend auch nicht allein in meiner Wohnung bleiben. Ich war erschöpft, ich hatte Angst, und mein Ellbogen schmerzte höllisch. In Rangers Küche gäbe es Lebensmittel, und sein Bett wäre mit weichen Seidenlaken bezogen. Die Luft wäre rein und klar, würde nicht nach toten, mit infiziertem Blut getränkten Mäusen riechen. Und neben mir würde Ranger liegen, ich hätte es warm und durfte mich sicher und geborgen fühlen.

»Ich würde heute gerne bei Rangeman übernachten«, sagte ich, »aber für mehr bin ich nicht in Stimmung.«

»Geht in Ordnung«, sagte Ranger. »Nimm es nicht persönlich, aber ich würde auch lieber keine Körperflüssigkeiten austauschen. Erst mich mal über die Beulenpest informieren.«

Er kündigte seiner Haushälterin Ella telefonisch unser Kommen an, dass ich über Nacht bleiben würde und einige Dinge benötigte. Ella und ihr Mann sind für das Gebäudemanagement und die Bewirtung zuständig. Ella kennt mich, und sie kennt meine Kleidergrößen. Sie stattet jeden Mitarbeiter von Rangeman aus, auch mich, wenn ich in Rangeman-Uniform für Ranger arbeite. Morgen früh, wenn nicht schon heute Abend, läge alles für mich bereit: Schuhe, Unterwäsche, Jeans, bis hin zu Shirt und Jacke.

Als wir Rangers Wohnung im obersten Stock des Rangeman-Gebäudes betraten, war die Wunde am Knie verschorft, und ich konnte kaum das Bein beugen. Ich wollte endlich raus aus meinen blutbefleckten Klamotten, deswegen lieh ich mir T-Shirt und Sweatpants von Ranger aus und humpelte ins Badezimmer.

Ich blieb so lange unter der Zen-Dusche stehen, bis ich mich wieder sauber fühlte und ich den Ekelgeruch von Pooka und seinem Haus nicht mehr in meiner Nase hatte. Ich wusch mir die Haare mit Rangers Bulgari-Shampoo und tupfte meinen geschundenen Körper behutsam mit einem seiner flauschigen Badetücher ab. Im Wäscheschrank fand ich einige große Pflaster und verarztete meine Wunden. Dann schlüpfte ich in die Sweatpants, band die Kordel zu und zog mir das bequeme Schlabber-T-Shirt über. Ich fühlte mich wie neugeboren.

Barfuß tapste ich in die Küche und glitt auf den Schemel vor der Küchentheke.

»Jetzt hätte ich gern ein Glas Wein«, sagte ich. »Einen gekühlten Weißwein.«

Ranger holte eine Flasche aus dem Weincooler unter der Theke und entkorkte sie, goss zwei Gläser ein, gab mir eins und hielt das andere hoch.

»Auf Wonder Woman«, sagte er und stieß mit mir an. »Ich bin beeindruckt. Heute brauchte ich dich nicht zu retten. Das hast du ganz allein geschafft.«

»Ja, aber ich bin froh, dass du es trotzdem gemacht hast.«

Wir tranken etwas Wein, und Ella klopfte an die Tür und brachte ein Tablett mit Speisen. Brotkorb, Lammkotelett,

Gemüse in Kräuterbutter, al dente, und zum Nachtisch frisches Obst. Sie stellte das Tablett auf der Theke ab und übergab mir eine Einkaufstüte.

»Sagen Sie Bescheid, wenn etwas nicht passt«, sagte sie.

Ich sah in die Tüte. Schwarze Pilateshose, schwarzes T-Shirt, schwarze Unterwäsche, schwarze Converse-Sneaker.

»Perfekt«, sagte ich. »Das ist sehr nett von Ihnen. Vielen Dank.«

Sie lächelte, und ihre Wangen bekamen etwas Farbe. »Sie sind die einzige Frau, die hier zu Besuch kommt. Ich kaufe gerne für Sie ein.«

Ella ging wieder, und wir aßen schweigend, bis mein Teller leer war.

»Köstlich«, sagte ich.

Ranger stand auf und trug die Teller zur Spüle. »Ella hat Obst gebracht, aber ich hab noch Eiscreme im Gefrierfach.«

»Oh ja! Eiscreme.«

Ich bat Ranger um sein Handy und rief Gobbles an.

»Ich hab Becker gefunden«, sagte ich.

»Ich weiß«, sagte Gobbles. »Ich hab gerade mit ihm telefoniert. Er klingt erschöpft. Und er befürchtet, dass er die Pest hat.«

»Das Krankenhaus wird schon die nötigen Tests machen und ihm Antibiotika geben. Er zeigt keinerlei Symptome. Falls er infiziert ist, ist die Krankheit noch im Anfangsstadium.«

Ich sagte das auch, um mich selbst zu beruhigen. Ich wollte glauben, dass mir nichts passiert war. Keine Sekunde wollte ich daran denken, dass ich an der Pest sterben könnte.

»Jetzt, wo Becker außer Gefahr ist, müssen wir endlich für Ihre Wiedereingliederung ins Rechtssystem sorgen«, sagte ich zu Gobbles. »Wenn ich Sie morgen früh dem Richter vorführe, haben wir gute Chancen, dass wir Sie bis zum Nachmittag gegen Kaution wieder freibekommen.«

»Gut«, sagte Gobbles. »Soll ich gleich zum Gericht kommen, oder wollen Sie mich irgendwo abholen?«

»Ich hole Sie morgen um zehn Uhr bei Julie ab.«

Ich legte auf, und Ranger gab mir ein Schälchen Eiscreme.

»Du solltest unbedingt Morelli anrufen«, sagte Ranger. »Bestimmt denkt er, er hätte sich einen schlechten Tag für seine Koloskopie ausgesucht.«

»Gibt es für so etwas *gute* Tage?«

Ranger nahm sich einen Apfelschnitz von der Obstplatte. »In meinem Terminkalender nicht.«

Ich rief erst Morelli auf dem Festnetz an, dann seine Handynummer, aber er war unter beiden nicht zu erreichen. Auf beiden ABs hinterließ ich eine Nachricht, es ginge mir gut, und ich bliebe über Nacht bei Ranger.

»Babe«, sagte Ranger. »Das klang ja nicht gerade beruhigend. Wenn ich an Morellis Stelle wäre und hätte gerade eine Darmspiegelung hinter mir – ich glaube, da wäre ich nicht scharf darauf zu erfahren, dass du die Nacht mit einem anderen verbringen willst.«

»Eigentlich sind wir kein Paar mehr.«

»Ach«, meinte Ranger staunend. »Das hätte ich jetzt nicht gedacht.«

Ich aß mein Eis auf, danach konnte ich kaum noch die Augen aufhalten.

»Ich bin total ausgelaugt«, sagte ich. »Ich gehe ins Bett.«

»Ich muss noch Papierkram erledigen und unten ein paar Sachen überprüfen«, sagte Ranger. »Ich komme später nach.«

25

Ich spürte, wie Ranger vom Bett aufstand, und sah auf die Uhr. Halb sechs. Rangers Tag begann früh. Dann hörte ich das Duschwasser plätschern und schlief wieder ein.

Um kurz nach acht wachte ich erneut auf, zog die frischen Klamotten an und schlurfte in die Küche. Die Pilateshose war genau richtig, ihr Material weich, und sie spannte nicht über dem aufgeschlagenen Knie. Auf der Küchentheke stand ein Tablett mit einer Kanne Kaffee, einem Teller mit Bagels, Käse und etwas frischem Obst. Ich frühstückte und fand einen Zettel von Ranger: *Der Macan steht in der Tiefgarage, Schlüssel ist im Handschuhfach, und deine Umhängetasche ist wieder aufgetaucht, Lula hat sie an sich genommen.* Der Zettel lehnte an der Plastikdose mit Antibiotika, die man mir im Krankenhaus gegeben hatte.

Ich nahm eine Tablette und spülte sie mit einem Schluck Kaffee hinunter. Beim Zähneputzen blickte ich in den Spiegel und übersah geflissentlich die Schramme im Gesicht. Ist doch nur Haut, sagte ich mir. Die heilt schon wieder. Außerdem lenkte die Schramme von dem Pickel ab, der allerdings beinahe ganz verschwunden war.

Mit dem Aufzug fuhr ich ins Kontrollzentrum und schaute kurz in Rangers Büro vorbei.

»Ich breche auf«, sagte ich. »Ich hab gefrühstückt und meine Tablette genommen. Der Tag kann beginnen.«

»Wenn ich dich in dieser Hose sehe, bereue ich, dass ich nicht doch die Gelegenheit zum Austausch von Körperflüssigkeiten wahrgenommen habe«, sagte Ranger. »Sei vorsichtig. Pooka läuft noch frei herum.«

»Kann er mir noch Schlimmeres antun als mich infizieren?«

»Dich erschießen«, sagte Ranger.

Mit diesen Worten ging ich zum Aufzug, schwebte hinab in die Tiefgarage, stieg in den Porsche Macan und fuhr zur Kautionsagentur.

Connie blickte auf, als ich eintrat. »Mann, bin ich froh, dass du wieder da bist! Wir haben uns echt Sorgen gemacht, nachdem Lula dich verloren hatte. Sie hat in der ganzen Nachbarschaft rumgefragt und schließlich jemanden gefunden, der gesehen hat, wie eine Frau von einem weißen Transporter überfahren und weggebracht wurde. Die haben gedacht, der lädt dich ins Auto, um medizinische Hilfe zu holen.«

»Er hat mich mit meinem Elektroschocker niedergestreckt, dann mit meinen Handschellen gefesselt und in den Laderaum seines Transporters geworfen. Wie man das als medizinische Hilfe verstehen kann, ist mir schleierhaft.«

»Es war ein kleiner Junge, der das beobachtet hat«, sagte Connie. »Der nette Mann hätte dir Armbänder gegeben.«

Die Eingangstür flog auf, und Lula platzte herein.

»Hilfe! Ich hab mich angesteckt. Ich hab die Pest. Heute

Morgen beim Aufwachen hat es überall gejuckt, und im Badezimmer dann hab ich sie gesehen!«

»Was hast du gesehen?«, fragte Connie.

»Die Aua-Auas. Ich hab Aua-Auas. Am ganzen Körper. Ich werde sterben. Ich hab die Pest-Aua-Auas.«

»Warst du schon beim Arzt?«, fragte Connie.

»Nein. Ich bin direkt hierher. Ich hab Schiss, zum Arzt zu gehen. Der sagt mir sowieso nur, meine Finger und meine Zehen würden bald abfallen, und dann würde ich sterben. Das hab ich irgendwo gelesen Der Pesttod ist nicht lustig. Totenfeier nur mit geschlossenem Sarg! Ich werde grauenhaft aussehen. Und noch was: Ich will mein Geld für diese blöden Flohhalsbänder zurück. Sie funktionieren nicht.«

»Wo sind denn die Beulen?«, fragte ich sie.

»Am Hals und an den Fußgelenken.«

Connie stand auf und sah sie sich an. »Das ist nur ein Hautauschlag von den Flohhalsbändern.«

»Ach«, sagte Lula. »Auf die Idee bin ich gar nicht gekommen. Vielleicht sollte ich sie lieber abnehmen. Ich hab sie sogar unter der Dusche drangelassen, und wenn ich es mir echt überlege, wurden sie danach ganz klebrig.«

Connie gab ihr eine Schere, und Lula trennte die Kragen durch und warf sie in den Papierkorb.

»Mir fällt ein Stein vom Herzen«, sagte sie. »Ich dachte schon, ich sei dem Tod geweiht.« Erst jetzt sah sie zu mir. »Oh, wow, was ist denn mit dir los?«

Ich fuhr mir mit der Hand übers Gesicht. »Meinst du die Schrammen und die Naht?«

»Ich rede von der Pilateshose und dem schwarzen

T-Shirt. Ein völlig neuer Look an dir. Sieht sexy aus. Sollte ich vielleicht auch mal probieren.«

»Es ist bequem«, sagte ich. »Das Material kratzt nicht auf den Schürfwunden.«

»Tank hat uns bereits eine Kurzversion von gestern Abend geliefert«, sagte Connie. »Susan Gower hat angerufen. Du wärst bei ihr gewesen, und eine Wunde hätte genäht werden müssen. Sonst aber alles okay.«

»Bei dem Zusammenprall mit Pookas Transporter hab ich einige Hautabschürfungen abbekommen. Zum Glück ist nichts Schlimmeres passiert.«

»Du warst mit Becker zusammen in einem Raum eingeschlossen, sagt Tank.«

»Ja. Pooka hat ihn zuerst in der Garage hinter seinem Haus am Kiltman College gefangen gehalten. Später hat er ihn und die Flöhe woandershin gebracht.«

»Wozu brauchte er Becker überhaupt?«, fragte Lula.

»Als Blutlieferant für seine Flöhe«, sagte ich. »Er hat Becker unter Drogen gesetzt und ihm Blut abgezapft.«

Lula verdrehte die Augen zur Decke und sackte krachend zu Boden.

»Entweder ein schwerer Herzinfarkt oder nur eine leichte Ohnmacht«, konstatierte Connie kühl. »Leg mal ihre Füße hoch.«

Ich schob Lula ein Sofakissen unter die Füße, und Connie drapierte ein feuchtes Handtuch auf ihre Stirn.

Lula schlug die Augen auf, machte aber nicht den Eindruck, als wäre sie schon wieder bei Bewusstsein.

»Nicht mein Blut«, sagte sie. »Mein Blut kriegt ihr nicht.«

»Niemand will dir dein Blut wegnehmen«, sagte Connie. »Du bist umgekippt.«

»Hab ich mir in die Hose gemacht?«, fragte Lula. »Ich hab gelesen, dass sich manche in die Hose machen, wenn sie ohnmächtig werden.«

Wir halfen ihr hochzukommen und setzten sie aufs Sofa.

»Eigentlich bin ich nicht ohnmächtig geworden«, sagte Lula. »Es war nur eine kleine Absence. Erzählt es bitte keinem Menschen. Es würde meinen Ruf als sensible, aber toughe Kopfgeldjägerin ruinieren.«

»Lula hat deine Umhängetasche mitgebracht«, wandte sich Connie an mich. »Ich hab sie in die unterste Schublade des Aktenschranks gelegt.«

Ich holte mir die Tasche und überprüfte sofort mein Handy. Zwölf verpasste Anrufe von meiner Mutter, vier von Morelli. Ich hatte jetzt keine Lust zurückzurufen. Was hätte ich auch sagen sollen?

»Ich hole Gobbles ab, damit er sich am Gericht zurückmelden kann«, sagte ich zu Connie. »Hoffentlich kriegen wir ihn gleich wieder gegen Kaution frei, damit er die Nacht nicht im Gefängnis verbringen muss.«

»Vinnie ist gerade dort. Ich rufe ihn an, er soll auf euch warten.«

»Ich begleite dich«, sagte Lula. »Auf dem Rückweg machen wir Halt bei einer Apotheke, ich brauche Kortisoncreme für meinen Nacken. Jetzt, wo der Flohkragen weg ist, fühle ich mich schon viel besser. Nur dass ich mir ohne die Verzierungen so nackig vorkomme.«

Gobbles wartete auf dem Bürgersteig vor Julies Haus auf uns. Er machte einen nervösen Eindruck. Wir hielten an, und er stieg hinten ein.

»Hoffentlich geht alles gut«, sagte er. »Ich will nicht ins Gefängnis. Es macht mir Angst, wenn die Tür abgeschlossen wird, und man sitzt hinter Gittern, wie ein Tier im Käfig.«

»Vinnie ist gerade da«, sagte ich. »Wir werden alles tun, um Sie wieder freizubekommen.«

Zehn Minuten später stellten wir das Auto auf dem öffentlichen Parkplatz ab, und ich betrat mit Gobbles das Gerichtsgebäude und übergab ihn Vinnie.

»Es wird gut ausgehen für ihn«, sagte Lula. »Ich hab wieder eine meiner Vorahnungen.«

Ich setzte Lula vor der Apotheke ab, und während ich auf sie wartete, rief Morelli an.

»Ich hab den Krankenhausbericht über deine Behandlung vor mir liegen«, sagte er. »Alles in Ordnung?«

»Mir geht es gut. Ich muss nur abwarten, ob ich mich mit dem Erreger angesteckt habe.«

»Ich frage lieber nicht nach wegen gestern Abend«, sagte er. »Ich will es gar nicht wissen.«

»Es ist nichts passiert. Es war ein schrecklicher Tag, und es wäre nicht gut gewesen, die Nacht allein in meiner Wohnung zu verbringen.«

»Das kann ich nachvollziehen. Ich hatte eine Darmspiegelung.«

»Ja, schon gehört. Wie geht es dir?«

»Gut, so weit«, sagte Morelli. »Entschuldige, dass ich gestern nicht da war, um dir beizustehen.«

»Macht nichts. Eigentlich war es sogar von Vorteil, dass du nicht zu erreichen warst. Als du auf Lulas Anruf nicht reagiert hast, hat sie sich an Ranger gewandt, und er konnte mich ausfindig machen. Ich fuhr ein Rangeman-Auto, und der GPS-Schlüsselanhänger steckte in meiner Hosentasche.«

»Ein Truck soll dich überfahren haben.«

»Ich war hinter einem NVGler her, da ist plötzlich Pooka wie aus dem Nichts aufgetaucht und hat mich mit dem rechten Kotflügel niedergemäht. Habt ihr Pooka schon gefunden?«

»Nicht dass ich wüsste. Die halbe Welt sucht nach ihm.«

»Er muss einen Plan B gehabt haben. Die Feuerwerkskörper waren gerade entdeckt und beschlagnahmt worden, da ist er aus der Wohnung am College sofort in ein anderes Haus umgezogen. Nach meiner Entführung hat er dann noch ein zweites Mal den Wohnsitz gewechselt. Er hat mich unter Drogen gesetzt, mir Blut für seine Flöhe abgenommen und mich angeblich mit der Beulenpest infiziert. Dann hat er seine Sachen gepackt und ist abgehauen.«

»Angeblich infiziert?«

»Schon bei dem Gedanken werde ich hysterisch.«

»Hast du eine Ahnung, wohin Pooka gefahren ist?«

»Nein«, sagte ich.

»Heute muss ich noch pausieren, aber morgen gehe ich wieder zur Arbeit, dann könnte ich mehr herausfinden. Übernachtest du heute noch mal bei Rangeman?«

»Nein. Ich bin nachher wieder in meiner Wohnung. Rex fühlt sich einsam, wenn ich nicht da bin.«

Lula kam aus der Apotheke, und ich legte auf.

»Mit wem hast du gerade gesprochen?«, wollte sie wissen. »Hast du weitere Informationen über Pooka bekommen?«

»Das war Morelli. Er hat heute frei, deswegen gibt es auch keine neuen Informationen.«

»Stimmt das mit der Darmspiegelung? Wer tut sich so was an? Kriegt man da nicht eine Kamera in den Hintern geschoben? Eine Kamera! Echt jetzt mal. Warum nicht gleich ein Nashorn?«

»Die Kamera ist winzig.«

»Egal. Kamera ist Kamera. Man kriegt sie nicht nur hinten reingeschoben, sie macht auch noch Bilder. Wildfremde Menschen gucken sich deinen Hintern von innen an! Reicht es nicht, dass sich ihn die ganze Menschheit notgedrungen schon von außen ansehen muss?«

»Man stellt die Bilder ja nicht auf YouTube.«

»Kann man da sicher sein? Dabei wäre das ja nicht mal das Schlimmste. Ich hab nachgelesen. Wenn irgendwas in deinem Darm hineinragt, hauen sie es mit der Kamera einfach weg. Zum Beispiel Polypen. Die Kamera nähert sich, und *zack!* sind sie weg. Aber was dann? Was passiert mit den Dingern? Kriegt man danach einen Staubsauger in den Hintern geschoben, der die Polypen absaugt? Was wollen sie dir denn noch alles hinten reinschieben?«

Ich machte das Radio an. Drehte es voll auf. Wenn das Radio Lula nicht endlich zum Schweigen brachte, würde ich gegen den nächsten Strommasten fahren.

»Was sollen wir jetzt machen?«, schrie Lula. »Willst du dir den Rasenmähermann vornehmen?«

»Ich hab mir vorgenommen, den Nachmittag blauzumachen. Ich brauche mal eine Auszeit.«

»Alles klar. Ich auch. Das Floherlebnis hat mich traumatisiert. Übrigens mein neues Wort des Tages. Traumatisch. Ich finde es irgendwie passend. Ich werde es heute noch öfter verwenden.«

Ich setzte Lula am Büro ab und fuhr weiter nach Burg. Meine Mutter hatte sicher schon Tausende von Anrufen wegen meiner Behandlung im Krankenhaus erhalten. Ich musste mich bei ihr blicken lassen, damit sie sah, dass es mir gut ging und es keine große Sache war. Es erforderte ein gewisses Maß an Verstellung meinerseits, denn für mich war es auf jeden Fall eine große Sache. Ich überlegte, ob ich es mit der Ausbildung zum Konditor nicht doch noch mal versuchen sollte.

Ich stellte mich in die Einfahrt und gab mir Mühe, auf dem Weg zur Haustür nicht zu humpeln. Mein Knie tat weh, und meinem Ellbogen ging es auch nicht viel besser. Meine Mutter stand in der Küche am Bügelbrett. Immer ein schlechtes Zeichen. Wenn es nichts zu bügeln gab, fuhr sie stundenlang mit dem Eisen über ein und dasselbe Hemd. Meine Oma saß mit ihrem Laptop am Küchentisch.

»Twitterst du gerade?«, fragte ich sie.

»Nein«, sagte sie. »Ich erkundige mich gerade über die Beulenpest. Aber ich muss dir leider sagen, dass das alles nicht so prickelnd ist.«

»Ich habe keine Pest. Mir geht es gut.«

Meine Mutter blickte von ihrem Bügelbrett auf und

bekreuzigte sich. »Gütiger Gott«, sagte sie, »sieh dich doch nur an!«

»So schlimm ist es gar nicht«, sagte Grandma. »Ich hab Schlimmeres erwartet. In einem Film wurde mal ein Mann hinter einem Pick-up hergezogen, eine staubige Straße entlang. Stephanie sieht nicht halb so schlimm aus. Ihr Pickel hat sich auch erholt.«

»Ich dachte, ich schau mal zum Mittagessen vorbei«, lenkte ich ab. »Ich hab einen Riesenhunger.«

»Hast du gehört, Ellen?«, sagte Grandma. »Du kannst das Bügeleisen wegpacken.«

»Ich hab eine tolle Idee«, sagte ich. »Wir gehen auswärts essen.«

»Ich weiß nicht«, sagte meine Mutter. »Ich bin gar nicht passend angezogen dafür.«

»Ich hatte auch nicht an ein schickes Lokal gedacht«, sagte ich. »Wir könnten in den Diner an der Route 33 gehen oder zu Cluck-in-a-Bucket.«

»Ich bin für Cluck-in-a-Bucket«, sagte Grandma. »Aber kein Essen am Autoschalter. Am Autoschalter bescheißen sie einen immer. Ich will einen doppelten Clucky-Burger mit Käse und Schinken und Spezialsoße. Dazu Käsepommes.«

»Dann kannst du wieder wegen Sodbrennen nicht schlafen«, warnte meine Mutter.

»*Ich* kriege nie Sodbrennen«, sagte Grandma. »Du bist die mit dem Sodbrennen. Ich hole schon mal meine Handtasche.«

Meine Mutter zog das Bügeleisen aus der Steckdose, Grandma kam mit ihrer Handtasche wieder, und ich packte die beiden in Rangers Porsche Macan und fuhr zu Cluck-in-a-Bucket am Rand von Chambersburg. Cluck-in-a-Bucket hat das beste Fastfood. Billig, fettig und salzig. Der Laden ist ganz in Gelb und Rot gehalten, außen wie innen. An Wochenenden bessern Kids ihr Taschengeld auf, indem sie im Clucky-Kostüm auf dem Parkplatz herumlaufen. Jeder in Trenton kennt das Cluck-in-a-Bucket, und jeder hat hier schon mal gegessen, wenn er nicht sogar Stammgast ist.

26

Ich hielt auf dem Parkplatz von Cluck-in-a-Bucket, und wir gingen alle hinein und traten vor den Kundenschalter. Für mich bestellte ich zwei Hähnchenteile und einen Biskuit, meine Mutter begnügte sich mit einem Salat und zwei gegrillten Hähnchenstreifen, Grandma gönnte sich den fetten doppelten Clucky-Burger.

»Das gefällt mir«, sagte meine Mutter. »Sollten wir öfter machen.«

»Finde ich auch«, meinte Grandma. »Es ist schön, mal etwas mit der ganzen Familie zu unternehmen. Essen gehen ist so kultiviert. Man sitzt entspannt an einem Tisch, genießt die Speisen und braucht hinterher nicht das Geschirr abzuwaschen.«

Wir hatten einen Platz am Fenster ergattert, und als ich hinausschaute, sah ich Lulas roten Firebird von der Straße einbiegen. Sie suchte sich einen Parkplatz, stieg aus und winkte mir auf dem Weg zum Eingang zu.

»Ich war gerade auf dem Heimweg, da hab ich dein Auto gesehen«, sagte Lula. »Schöne Idee, zur Mittagspause mal rauszugehen. Was dagegen, wenn ich mich zu euch setze? Ich will mich der Familienrunde nicht aufdrängen.«

»Setz dich nur zu uns«, forderte Grandma sie auf.

»Bestell dir an der Theke was zu essen. Wir haben gerade angefangen.«

Lula kehrte mit einem Eimer Hähnchenteile und einem Eimer Biskuits an den Tisch zurück.

»Schön, dass Stephanie nach dem traumatischen Tag gestern wieder unter uns ist«, sagte Lula. »Gestern ist wirklich alles zusammengekommen für sie. Es fing damit an, dass sie nicht aufgepasst hat, wo sie langgeht, und von einem Kleintransporter angefahren wurde.«

»Ich hab schon aufgepasst«, sagte ich. »Es war auch nicht irgendein klappriger alter Lieferwagen. Er gehörte Stanley Pooka. Ich hatte ihn vorbeifahren sehen, dann aus den Augen verloren und nach ihm gesucht. Er musste in eine Einfahrt gebogen sein oder sich in einem Garten versteckt haben. Jedenfalls, als ich dann die Straße überqueren wollte, kam er angeschossen und hat mich umgestoßen.«

»Wer ist Stanley Pooka?«, fragte meine Mutter.

»Ein verrückter Professor am Kiltman College«, sagte Lula. »Er hat in dem Haus einer Studentenverbindung Feuerwerkskörper gebaut, um sie mit pestinfizierten Flöhen zu füllen und sie dann über dem Campus abzuschießen. Das war sein Plan. Die Flöhe würden über die Menschen herfallen und den Pesterreger übertragen, und alle würden sterben.« Lula strich sich genüsslich Butter auf ihr Biskuitbrötchen. »Das heißt, vielleicht nicht sofort sterben. Manchen würden nur die Finger und Zehen und den Männern die Schniedel abfallen.«

»Wie sollen Männer ohne Schniedel pieseln?«, überlegte Grandma.

»Das wäre ein Problem«, sagte Lula. »Sie müssten sich hinhocken, so wie wir.«

Meiner Mutter hatte es die Sprache verschlagen. Sie war wie erstarrt, hielt Messer und Gabel verkrampft in den Händen.

»Moment mal«, sagte sie schließlich. »Dieser Pooka hat dich absichtlich mit seinem Lieferwagen überfahren?«

»Er hat mich mit dem rechten Kotflügel angestoßen«, sagte ich. »Also nicht direkt überfahren.«

»Hast du daher all die Schrammen und Schürfungen?«, fragte sie.

»Das war nicht mal das Schlimmste«, führte Lula aus. »Er hat sie entführt und in seinem Haus eingesperrt, wo er auch all die Flöhe gezüchtet hat. Er hat dort noch einen anderen Mann gefangen gehalten und ihm Blut abgesaugt, um sie damit zu füttern.«

»Er hat ihm das Blut nicht abgesaugt«, sagte ich. »Er hat es mit einer Spritze entnommen.«

Die Sache drohte aus dem Ruder zu laufen. Ich hatte meine Mutter zum Essen eingeladen, weil ich wollte, dass sie sich beruhigte. Später hätte ich ihr dann mit Sicherheit den tatsächlichen Hergang geschildert, damit sie sich nicht von übertriebenen Gerüchten verrückt machen ließ.

»Eigentlich wollte ich mich entspannen und mein Essen genießen«, sagte ich. »Können wir nicht das Thema wechseln?«

»Nein«, sagte meine Mutter streng. »Jetzt raus mit der Sprache. Was ist mit dem Mann passiert, der sein Blut den Flöhen gegeben hat?«

»Der Mann heißt Becker«, sagte Lula. »Ein Collegestudent, auch ein Entführungsopfer von Pooka. Als Stephanie dazukam, hat sie erst Becker befreit, und dann hat Ranger sie befreit.«

Meine Mutter klammerte sich jetzt regelrecht an die Gabel, und sie starrte uns mit schreckgeweiteten Augen an. »Und Pooka? Was ist mit Pooka?«

»Geflohen«, sagte Lula. »Nach ihm wird gefahndet, aber ich begreife nicht, wie man so einen altersschwachen weißen Lieferwagen übersehen kann. Jede Wette, dass Pooka durch die Lande fährt und seine Flöhe freisetzt, vor den Augen des FBI. Als wäre er unsichtbar.«

»Glaubst du wirklich, dass die Flöhe mit der Pest infiziert sind?«, fragte Grandma.

»Natürlich«, sagte Lula. »Und jeder, den sie beißen, kriegt die Pest. Trenton wird als die Pesthauptstadt der Welt in die Geschichte eingehen.«

»Niemand weiß, ob die Flöhe tatsächlich den Pesterreger in sich tragen oder nicht«, sagte ich. »Bis jetzt hat noch niemand die entsprechenden Symptome entwickelt. Wir warten auf die Ergebnisse des Labortests.«

Warten war reichlich untertrieben. Ich war krank vor Sorge, dass die Tests positiv ausfallen würden.

»Wir müssen selbst aktiv werden«, sagte Lula. »Der Polizei bei der Suche nach Pooka helfen. Wir würden ihn bestimmt finden. Man muss sich nur in seine Denkweise hineinversetzen. Die Feinortung übernimmt dann meine außersinnliche Wahrnehmung.«

»Sein Plan war, das Collegeleben lahmzulegen«, sagte ich. »Warum sollte er von diesem Plan abrücken? Es war völlig besessen von der Vorstellung.«

»Mag sein, aber auf dem Campus wimmelt es jetzt von Polizisten«, sagte Lula. »Uniformiert und in Zivil. Die Studenten und Lehrer suchen sicher auch alle nach ihm. Niemand wünscht sich die Beulenpest.«

»Er ist raffiniert«, sagte ich. »Er könnte seinen Lieferwagen irgendwo in einem Versteck parken, und dann geht er in Tarnklamotten los und lässt seine Flöhe frei. Blitzschnell. Rein, raus.«

»Vielleicht hat er sich auch längst ein neues Auto zugelegt«, sagte Grandma.

»Ich bin sicher, dass die Polizei all diese Dinge bedacht hat«, sagte meine Mutter.

»Ja, ja, aber die Polizei verfügt nicht über meine besonderen hellseherischen Fähigkeiten«, sagte Lula. »Ich schlage vor, wir gehen auf Verbrecherjagd.«

»Ich mache mit«, sagte Grandma. »Auf zur Jagd!«

»Ich muss bügeln«, sagte meine Mutter.

»Es ist keine Bügelwäsche mehr da«, sagte Grandma.

»Wir fahren die Ringstraße entlang«, schlug ich vor. »Aber wir verlassen nicht das Auto. Wir wissen schließlich nicht, wo er seine Flöhe schon ausgesetzt hat.«

»Genau«, sagte Lula. »Wenn wir ihn entdecken, rufen wir die Polizei.«

Wir aßen unsere Teller leer und marschierten nach draußen zu meinem Macan. Meine Mutter setzte sich neben mich auf den Beifahrersitz, Lula und Grandma nahmen die Rückbank in Beschlag. Einmal die Stadt durchquert, dann bog ich in die Kiltman Ringstraße. Ich drosselte das Tempo, damit uns auch nichts von dem Campus-Geschehen entging. Auf der Ringstraße tat sich nichts, also durchkämmten wir die kleinen Straßen, die zu den Studentenwohnheimen, Seminargebäuden und Häusern der Studentenverbindungen führten. Ich rechnete nicht ernsthaft damit, auf Pooka zu stoßen, aber es gab uns allen etwas zu tun, und ohnehin hätten mir Grandma und Lula so lange zugesetzt, bis ich sie herumkutschiert hätte.

»Versuch es doch mal in den Nebenstraßen«, schlug Lula vor. »Wo die normalen Wohnhäuser stehen. Ich an seiner Stelle würde dort parken, da sind viele Bäume, da wird man von Hubschraubern aus nicht gesehen. Außerdem haben die Häuser Garagen, und die stehen vielleicht leer.«

Ich verließ den Campus und durchstreifte den Stadtteil, in dem hauptsächlich Studenten und Dozenten wohnten. In einer von alten Eichenbäumen ganz und gar beschatteten Straße entdeckte ich einen Häuserblock weiter einen Lieferwagen. Er war nicht weiß lackiert, aber das gleiche Modell und genauso verrostet und verbeult, und er war offenbar hastig mit Farbe besprüht worden, so dass sich eine Mischung aus braun, grün und beige ergeben hatte.

Kurz vor der Kreuzung hielt ich an. »Ruft die Polizei«, sagte ich. »Die soll mal den Wagen überprüfen.«

»Das ist er«, sagte Lula. »Ich weiß es. Das sagt mir mein siebter Sinn. Mir kribbelt es am ganzen Körper. Ich geh mal gucken.«

»Keine gute Idee«, sagte ich. »Warte, bis die Polizei da ist.«

»Ist schon okay«, sagte Lula. »Ich hab meine Pistole dabei.«

»Ich komme mit«, sagte Grandma. »Ich hab auch eine Pistole. Nicht hingucken Ellen. Tu einfach so, als hättest du nichts gesehen.«

»Nein!«, sagte ich. »Nicht aussteigen!«

Zu spät. Lula und Grandma waren schon aus dem Auto und schlichen sich an den Lieferwagen ran.

»Großer Gott«, entfuhr es meiner Mutter. »Was haben sie vor? Am Ende wird deine Großmutter noch von einer Kugel getroffen.«

»Bleib hier«, sagte ich. »Ich hole sie zurück.«

Ich glitt vom Fahrersitz und lief zu Grandma. Ich hatte sie gerade eingeholt, da flog die hintere Klappe des Lieferwagens auf, und Pooka sprang heraus. Er hatte sich die Haare schwarz gefärbt und einen Igelschnitt verpasst, sonst war alles beim Alten. Er trug dasselbe blöde Amulett, dieselbe Schlafanzughose und hatte denselben wahnsinnigen glasigen Blick.

»Sie!« sagte er und starrte mich an. »Was machen Sie hier? Warum sind Sie nicht angekettet im Haus? Aber egal, Sie sterben ja sowieso.« Sein Gesicht war puterrot, und die Halsschlagader trat hervor. »*Sterben!*«, kreischte er mich an. »*Sterben!*«

Er warf ein Einmachglas nach uns, das etwa drei Meter vor uns auf dem Pflaster zu Bruch ging. Gerade so nah, dass ich Flöhe herausfliegen sehen konnte. Tausende.

»Drecksack«, sagte Grandma und feuerte vier Schüsse auf Pooka ab.

Alle Schüsse gingen daneben, aber jetzt hatte Lula ihre Pistole gezogen und ballerte drauflos.

Peng! Peng! Peng!

»Hab ich ihn getroffen?«, fragte sie. »Ich hab vergessen, meine Brille in die neue Handtasche zu stecken.«

Pooka sprang in den Lieferwagen und brauste davon. Ich humpelte zu meinem Macan und hievte mich hinters Steuer. Grandma und Lula kletterten auf den Rücksitz.

»Verlier den Kerl bloß nicht aus den Augen«, sagte Lula. »Los, schnapp ihn dir!«

Ich wollte ihn gar nicht schnappen. Wollte ihn nur nicht aus den Augen lassen, damit die Polizei ihn schnappen konnte.

»Ruf die Polizeizentrale an«, bat ich Lula. »Sag, was hier los ist. Und dann ruf bei Rangeman an. Die können uns über den Schlüsselanhänger tracken.«

Pooka verließ das Viertel und bog in die Olden Avenue. Sechs Fahrzeuge waren zwischen uns, aber ich blieb dran. Von der Olden bog er in eine frisch asphaltierte Straße, die zu einem Gewerbegebiet führte. Ich kannte die Gegend, das Gewerbegebiet grenzte an einen Wald, und wenn Pooka es bis dahin schaffte, brauchten wir eine Hundertschaft, um ihn zu finden. Jetzt waren keine Fahrzeuge mehr zwischen uns. Ich drückte das Gaspedal durch und holte auf. Ich schaute in den Rückspiegel und hoffte, dass endlich das Blaulicht der Polizei auftauchte. Fehlanzeige.

Ich spürte, wie wir uns alle vorlehnten, den Blick starr auf Pookas Van gerichtet. Keiner sagte ein Wort. Alle waren wir hoch konzentriert. Dieser Lieferwagen war nicht irgendein Lieferwagen. Der Mann am Steuer besaß die Macht, eine Pestseuche auszulösen. Er musste gestoppt werden. Es lag an uns.

Der Lieferwagen beschleunigte, und ich klemmte mich an seine Stoßstange. Ich war jetzt zwei Autolängen hinter ihm. Lula telefonierte mit der Polizei. Die Straße vor uns verlief schnurgerade, und bald würden wir den Eingang zum Gewerbegebiet erreichen. Rücklichter flammten auf, der Lieferwagen kam kreischend zum Stehen. Ich trat auf die Bremse, doch zu spät, ich krachte in den Van. Meine Mitfahrerinnen wurden in die Sicherheitsgurte gedrückt, die Airbags bliesen sich auf. Ich boxte gegen das Kissen an, kämpfte mich frei und sah, dass die Front des Macan wie eine Ziehharmonika zusammengedrückt worden war, völlig zermanscht. Der Kühler qualmte.

»Was sollte das denn jetzt?«, fragte Lula.

»Vollbremsung«, japste ich. Nach dem Aufprall mit dem Airbag ging mir der Atem schwer. »Ich glaube, das hat er nur getan, um mein Auto zu demolieren, damit wir ihn nicht weiter verfolgen. Er hat ganze Arbeit geleistet.«

»Dem werde ich es zeigen«, sagte Lula.

Sie lehnte sich aus dem Türfenster und feuerte sechs Schuss auf das Heck des Kleinlasters. *Plop! Plop! Plop!*, und dann *Tsing! Wäng! Peng!*

»Scheiße!«, sagte ich. »Er hat hinten Feuerwerksböller geladen! Und Sprengpulver!«

Ich versuchte, den Porsche zurückzusetzen, doch die Stoßstange hatte sich in die des Lieferwagens verkeilt.

»Raus aus dem Auto!«, sagte ich. »Sofort!«

Grandma, meine Mutter und Lula krochen schleunigst von ihren Sitzen, und wir sahen, dass auch Pooka aus dem Lieferwagen ausgestiegen war und auf den Eingang des Gewerbeparks zulief.

»Schnappt ihn euch!«, schrie Grandma. »Schnappt euch den Scheißkerl!«

Keine schlechte Idee, dachte ich, weil es besser war, sich nicht in der Nähe des Lieferwagens aufzuhalten, falls er leicht entzündbare Waren geladen hatte.

Wir rannten hinter Pooka her und waren knapp fünfzehn Meter weit gekommen, als der Lieferwagen explodierte. Aus einem riesigen Feuerball brach ein schwarzer Rauchpilz hervor, der beide Fahrzeuge umhüllte. Autoreifen und Fiberglasteile flogen durch die Luft.

Wir blieben stehen, auch Pooka, im ersten Moment völlig baff. Pooka besann sich als Erster und rannte die Straße hinunter.

Ich humpelte hinterher, Lula schnaufend und keuchend neben mir, Grandma ein paar Schritte dahinter, nur meine Mutter zog ab wie eine Rakete.

Ich rief hinter ihr her: »Stopp! Stopp!«, doch Grandma feuerte sie an: »Los, Ellen, los!« Mein Gott, ging es mir durch den Kopf, was denkt sich meine Mutter bloß dabei?

»Sie holt auf«, sagte Lula. »Wer hätte gedacht, dass sie so eine Sportskanone ist?«

»Sie war auf der Highschool ein Ass im Langlauf«, sagte Grandma.

Jetzt war meine Mutter nur noch einen Meter hinter ihm. Sie warf sich nach vorn und krallte sich sein Shirt. Die beiden stürzten, wälzten sich auf dem Boden, und als ich endlich bei ihnen war, saß meine Mutter auf Pooka und schlug ihm ins Gesicht.

»Sie prügelt ihm die Fresse blutig«, sagte Lula. »Gib's ihm, Mrs P!«

Ich zog meine Mutter von ihm herunter, bevor sie ihn noch zu Tode schlug, stattdessen ließ sich Lula mit all ihren Pfunden auf ihm nieder, damit er uns nicht noch entkam. Polizeiwagen bogen in die Straße ein, Sirenen heulten, Lichter blinkten.

Die Polizei war als Erste vor Ort, dicht hinter ihnen Ranger und Tank in einem Rangeman-SUV. Es folgten zwei Löschfahrzeuge der Feuerwehr und ein Krankenwagen. Pooka blutete aus der Nase, sein rechtes Auge war geschwollen, sein Hemd zerfetzt, und das Power-Amulett vom Hals gerissen. Meine Mutter dagegen war nur ein wenig staubig und hatte sich das Knie aufgeschürft, sonst war sie unversehrt.

Lula erhob sich von Pooka und übergab ihn der Polizei.

»Was ist mit ihm?«, fragte der Polizist.

»Er ist beim Laufen gestolpert«, sagte Lula. »Die schlabbrige Schlafanzughose war schuld. Darin kann man seinem Gehänge im Fernsehsessel vielleicht ein bisschen Luft verschaffen, aber zum Laufen, wenn die Eier frei herumbaumeln, ist sie nicht geeignet.«

»Das ist Stanley Pooka«, klärte ich den Polizisten auf. »Das FBI und das Heimatschutzministerium wollen sicher ein Wörtchen mit ihm reden. Und ich glaube, dass er in die drei Mordfälle verwickelt ist, die Morelli bearbeitet.«

»Du hast es ihm ordentlich gegeben«, sagte Lula zu meiner Mutter. »Das war nur gerecht.«

»Allerdings!«, sagte meine Mutter. »Ich war ja auch stinkwütend. Er hat Stephanie mit seinem Auto angefahren. Er hätte sie töten können.«

Der Polizist führte Pooka an meiner Mutter vorbei zum

Streifenwagen, und meine Mutter trat ihm in die Kniekehle, so dass Pooka einknickte.

»He, meine Dame«, sagte der Polizist und half Pooka auf, »das dürfen Sie nicht. Der Mann befindet sich in Gewahrsam.«

»Entschuldigung«, sagte meine Mutter. »Ich kann nichts dafür. Ich hab das Restless-Leg-Syndrom.«

Ranger kam angeschlendert. »Der rauchende Klumpen Metall drüben auf der Straße war wohl mal ein Porsche Macan, oder irre ich mich?«

»Ist nicht meine Schuld«, sagte ich.

Ranger warf einen Blick auf Pooka, der in den Streifenwagen verladen wurde. »Ist dir wieder ein Meisterstück gelungen?«

»Das hab ich meiner Mutter zu verdanken. Sie hat sich wie eine Kampfmaschine auf Stanley Pooka geworfen.«

Ranger grinste meine Mutter an. »Unterschätze niemals den Zorn einer Mutter.«

Ein zweiter Streifenwagen der Trenton Police fuhr vor, mit Eddie Gazarra am Steuer und Morelli auf dem Beifahrersitz. Morelli stieg aus und kam auf uns zu.

»Wolltest du dir nicht einen Tag freinehmen?«, sagte ich.

»Ich hab den Notruf mitgehört und wollte bei der Verhaftung nicht außen vor bleiben. Hat jemand in dem Transporter gesessen, als er Feuer fing?«

»Nicht dass ich wüsste. Vielleicht war hinten noch jemand, aber ich hab keine Schreie gehört.«

»Soweit ich das überblicke, hast du Pooka gesehen und bist ihm bis hierher gefolgt. Irgendwie haben dann beide Fahrzeuge Feuer gefangen. Pooka ist ausgestiegen und weggelaufen, und du bist hinter ihm hergerannt und hast ihn verprügelt.«

»Er ist beim Laufen gestürzt«, korrigierte ich.

»Weil seine Eier lose rumbaumelten«, sagte Lula.

Morelli sah Lula an, dann mich. »Das kann ich unmöglich ins Protokoll schreiben.«

»Was du nur immer mit Eiern hast«, sagte ich zu Lula.

»Ich mag sie eben«, sagte Lula. »Eiersalat ist eine Köstlichkeit.«

Ich sah auf Morellis Füße. »Du trägst zwei verschiedene Schuhe.«

»Ich hatte es eilig.«

»Pooka hat ein Weckglas nach uns geworfen. Es war voller Flöhe und ist vor einem Haus in dem 300er Block in der Oak Street zu Bruch gegangen«, sagte ich zu Morelli. »Man sollte es vernichten.«

»Ich werde es melden«, sagte Morelli.

»Auto in die Luft gejagt, einen Drecksack gefangen – also ich könnte jetzt eine Tüte Eis vertragen«, sagte Grandma. »Wir sind ja bei Cluck nicht mehr zu unserem Nachtisch gekommen.«

»Gute Idee, Granny«, sagte Lula.

Wir drehten uns nach den ineinander verkeilten und verkohlten Gerippen um, die früher mal ein Lieferwagen und ein Porsche gewesen waren.

»Schlimm, schlimm«, sagte Lula.

Ranger gab mir die Schlüssel zu seinem SUV. »Ich lasse mich abholen. Tank und ich bleiben hier, weil wir noch die Überführung der sterblichen Überreste des Macan regeln müssen.«

300

Ich fuhr mit Rangers SUV zurück zu Cluck-in-a-Bucket. Wir bestellten uns Eisbecher und setzten uns wieder an den gleichen Tisch wie vorher.

»Gut, dass ich mir noch schnell mein Portemonnaie geschnappt habe, bevor ich aus dem Auto gestiegen bin«, sagte Grandma. »Sonst hätten wir uns diese Eisbecher nicht leisten können.«

Meine Mutter, Lula und ich hatten bei der Flucht aus dem Auto nicht an unsere Portemonnaies gedacht. Morgen würde ich mir einen neuen Führerschein und eine neue Umhängetasche beschaffen.

»Ich verstehe jetzt, warum du deine Arbeit liebst«, gestand mir meine Mutter. »Es erfüllt einen mit Befriedigung, einen Schuft festzunehmen. Als wäre man ein Polizist oder ein Soldat oder eine Mutter. Man hat die Pflicht, zu beschützen und für Ordnung zu sorgen, und dafür tut man alles.« Meine Mutter löffelte ihren Eisbecher gründlich aus. »Außerdem hatte ich wirklich meinen Spaß. Ich hab es genossen, ihn zu schlagen.«

»Das war nicht zu übersehen«, sagte Lula. »Du bist wild geworden.«

»Manchmal überkommt es mich eben«, sagte meine Mutter.

Ich setzte meine Mutter und meine Oma zu Hause ab und war auf dem Weg zu meiner Wohnung, als ich Lulas roten Firebird im Rückspiegel erblickte. Ich rollte an den Straßenrand, hielt an, und sie kam angelaufen.

»Ich hab ihn gesehen«, sagte sie. »Den Rasenmähermann. Er schneidet den Rasen vor seinem Haus in der

Lime Street. Ich wollte gerade in die Stadt, mir einen neuen Führerschein besorgen, da sehe ich ihn da stehen, einfach so. Schnapp ihn dir. Der ist leichte Beute.«

Die Lime Street war nicht weit. Fünf Minuten, höchstens. Bei Jesus Sanchez ging es um keine große Kautionssumme, aber für eine neue Umhängetasche würde das Honorar reichen. Ich machte kehrt und fuhr die Liberty Street bis zur Kreuzung Lime, Lula hinter mir her.

Als ich Sanchez sah, hielt ich an. Ich stöberte in Rangers Waffenarsenal und bediente mich bei den Handschellen und Elektroschockern. Lula stieg aus ihrem Firebird und überquerte mit mir die Straße. Sanchez bemerkte uns nicht, er ging ganz in seiner Arbeit auf. Ich stellte mich hinter ihn, griff mir einen Arm und legte ihm eine Schelle an. Er sah auf die gefesselte Hand und zuckte zurück.

»Pass auf, er will weglaufen!«, sagte Lula.

Ich sah die Panik in seinen Augen und wusste, dass Lula recht hatte. Er wandte sich ab, doch Lula überwältigte ihn. Es gelang mir, ihm die zweite Handschelle anzulegen, und sobald Lula von ihm abgelassen hatte, stellten wir ihn wieder auf die Füße.

»Wem gehört der Rasenmäher?«, fragte ich ihn.

»Der Frau, die hier wohnt.«

Wir stellten den Rasenmäher vor die Haustür und verfrachteten Sanchez auf die Rückbank des SUV.

»Ab jetzt komme ich auch allein zurecht«, sagte ich zu Lula.

»Gut«, sagte sie. »Dann kann ich mich ja wieder um meinen neuen Führerschein und ein neues Portemonnaie kümmern.«

»Die Zulassungsstelle ist am anderen Ende der Stadt.«

»Da brauche ich nicht hin. Macht doch kein Mensch mehr. Ich gehe zu Otis Brown in die Sozialsiedlung. Da brauche ich mich nicht anzustellen, es kostet mich nur fünf Minuten.«

»Du kaufst dir einen gefälschten Führerschein?«

»Ja. Aber es ist eine erstklassige Fälschung. Man erkennt den Unterschied zu einem echten nicht. Und ich kann ein schmeichelhaftes Foto von mir einkleben. Außerdem bietet Otis immer eine gute Auswahl von Handtaschen in seinem Kofferraum an. So schlage ich zwei Fliegen mit einer Klappe.«

Eine Stunde später tauschte ich meine Empfangs-bestätigung für Sanchez gegen einen Scheck über mein Honorar ein.

»Wie ist es gelaufen mit Gobbles?«, fragte ich Connie. »Hat Vinnie ihn freibekommen?«

»War nicht mehr nötig. Die Anklage gegen Gobbles wurde aus Mangel an Beweisen fallen gelassen. Mintners Verletzung lässt sich nicht mit einem Schlag von einem Baseballschläger in Einklang bringen. Außerdem steht Mintner ja nicht mehr bereit, um gegen Gobbles auszu-sagen.«

»Laut Julie war Mintner darauf fixiert, das Zeta-Haus zu schließen, und hat den Zwischenfall künstlich herbei-geführt, um der Studentenverbindung damit eins auszu-wischen.«

»Ich war neugierig und hab ein bisschen gegraben«, sagte Connie. »Mintner ist mit einem ganzen Katalog schmutziger Tricks gegen Zeta aktenkundig. Auf seine Art

war er genauso manisch wie Pooka. Manchmal vielleicht
zu Recht. Ich hab einen Zeitungsartikel über einen Skan-
dal am Kiltman College gefunden, liegt schon eine Weile
zurück. Einige von den Lehrergattinnen sind damals gerne
auf die Partys der Zetas gegangen, und am Ende waren
zwei von ihnen schwanger. Von Zeta-Mitgliedern. Die
beiden Studenten waren minderjährig, juristisch also eine
ziemlich heikle Angelegenheit. Die Frauen konnten eine
Gefängnisstrafe abbiegen, aber ihre Männer haben sich
von ihnen scheiden lassen. Eine der beiden war Ginger
Mintner, Mintners Frau.«

»So ein Mist.«

»Ja. Du hast Pooka festgenommen, hab ich gehört.«

»Eigentlich war es meine Mutter.«

Connie grinste. »Das hat mir Lula erzählt. Sie hat vor
ein paar Minuten angerufen. Von ihrem Festnetz aus, weil
Otis ihr neues Handy erst morgen aktivieren kann.«

»Kennst du Otis?«

»Alle Welt kennt Otis.«

27

Ich wachte mit steifen Muskeln und Schmerzen in den Gelenken auf. Es war acht Uhr. Mittwochmorgen. Die Sonne schien. Pooka saß hinter Schloss und Riegel. Blieb mir nur noch das Problem mit der Pest. Fieber hatte ich keins. Auch keine geschwollenen Lymphknoten. Gutes Zeichen. Ich sah aus dem Schlafzimmerfenster auf den Parkplatz. Die Glückssträhne setzte sich fort. Rangers SUV stand noch da. Er war nicht voller Gänse. Der Abschleppdienst hatte ihn nicht entsorgt. Und die Reifen waren auch noch alle dran.

Ich humpelte in die Küche und steckte zwei Tiefkühlwaffeln in den Toaster, schaltete die Kaffeemaschine ein und ging im Geist meine To-do-Liste durch. Neuen Führerschein beantragen, Handy und Umhängetasche kaufen, Elektroschocker, Handschellen und Pfefferspray ersetzen, noch mehr Pilateshosen besorgen, nach Becker erkundigen.

Anruf bei Connie, ich bräuchte einen Tag Urlaub, um mich zu reorganisieren. Susan Gower habe sich gemeldet, sagte sie, Becker ginge es gut und fahre heute nach Hause zu seinen Eltern. Ich war erleichtert. Es freute mich für ihn, und noch mehr freute ich mich selbst. Falls seine Finger und Zehen bis jetzt nicht abgefallen waren, würde ich meine ja vielleicht auch noch etwas länger behalten. Drei Stunden musste ich Schlange stehen, um einen Ersatzführerschein zu bekommen. Nach zwei Stunden wäre ich bereit gewesen, mich an Otis zu wenden, aber ich wusste nicht, wo er wohnte, und ich hatte kein Handy, um Lula nach der Adresse zu fragen. Um fünf Uhr schließlich hielt ich die Pappe in der Hand, kaufte eine neue Umhängetasche und vier schwarze Pilateshosen und ließ mein neues Handy aktivieren. Die Jeans hatte ich gegen eine Pilateshose getauscht, meinem Knie ging es gleich viel besser.

Kurz vor sechs endlich bog ich auf den Mieterparkplatz hinter meinem Haus und sah Morelli an seinem grünen SUV lehnen. Er blickte lächelnd auf.

»Ich hab schon den ganzen Tag versucht, dich anzurufen«, sagte er.

»Mein altes Handy ist in dem Porsche verbrannt. Ich hab mir gerade ein neues besorgt, und ich hab eine neue Nummer.«

Er zog mich an sich und küsste mich. Viel Zungenakrobatik und viel Fummeln, am hellichten Tag, in aller Öffentlichkeit. Seine Hand glitt über die Stretchhose, tastete meinen Hintern ab.

»Hm, keine Unterwäsche«, sagte er.

»Meine Güte! Wir sind hier auf einem Parkplatz. Mr Zajak hängt schon mit Stielaugen im Fenster.«

»Mir egal. Wieso trägst du keine Unterwäsche?«

»Das ist eine Pilateshose. Dazu trägt man keine Unterwäsche.«

»Das gefällt mir.«

»Das sieht man. Echt jetzt, Morelli.«

»Lass uns heiraten. Willst du heiraten?«

»Mein Gott«, sagte ich. »Du wirst sterben. Du hast nur noch zwei Tage zu leben.«

»Sehe ich aus wie jemand, der bald stirbt?«

»Nein. Du siehst kerngesund aus. Vielleicht zu gesund.«

»Was ist nun? Willst du nach oben in deine Wohnung und schon mal unsere bevorstehende Ehe vollziehen, oder möchtest du lieber ausgehen, was essen?«

»Wohin? Ins Diner? Zu Pino's? Oder ins Grille?«

»Kannst du dir aussuchen.«

»Wenn das so ist, dann möchte ich ins Grille. Vorher mir aber noch was Schönes anziehen.«

»Dieser Hose entledigst du dich erst, wenn ich sie dir ausziehe, Pilzköpfchen.«

»Okay. Dann bin ich startklar. Nehmen wir dein Auto oder meins?«

»Meins. Deine Autos halten immer nur vierundzwanzig Stunden durch.«

Das Grille ist ein relativ neues Restaurant in der Hamilton Avenue, bisher zu teuer für meine Verhältnisse, doch Morelli achtete anscheinend heute nicht aufs Geld. Innen ist es gemütlich, mit dunklen Ziegelwänden und abgezogenen Holzdielen. Auf den Tischen weiße Decken und Kerzen. Morelli bestellte ein Steak mit Backkartoffel und ein Glas Rotwein. Ich das Gleiche.

»Geht es deinem Magen wieder besser?«, fragte ich.

»Ja. Dazu komme ich später. Ich hab jede Menge Neuigkeiten für dich. Stanley Pooka redet wie ein Wasserfall seit seiner Verhaftung. Das meiste ist unzusammenhängendes Gebrabbel, manches aber auch brauchbar. Wie du weißt, wurde eine Förderung seines Forschungsprojekts abgelehnt und er selbst bei den Festanstellungen übergangen. Ich glaube, dass er schon vorher seinen Kram nicht richtig geregelt gekriegt hat, aber das hat ihm den Rest gegeben. Er sagt, er fühle sich verpflichtet, den Boden, auf dem das Kiltman College steht, zu reinigen. Und das Amulett habe ihm den Auftrag erteilt, die Erde mit dem Pesterreger zu kontaminieren.«

»Hat das Amulett ihm auch gesagt, er soll Getz töten?«

»Nein. Darauf ist er von allein gekommen. Getz ist wegen einer Schädlingsbekämpfung in den Keller gegangen und ist ausgerastet, als er die Feuerwerkskörper sah. Pooka hatte zu dem Zeitpunkt keinen anderen Ort für seine Arbeit. Seine Wohnung stand voll mit Flohkäfigen. Deswegen hat er Getz erschossen.«

»Leuchtet mir ein«, sagte ich. »Und wie war es bei Linken?«

»Im Grunde das Gleiche. Am Tag der Trauerfeier für Getz hielt sich Linken im Zeta-Haus auf, um über ein Stipendienprogramm der Studentenverbindung zu sprechen. Zufällig hat dabei jemand das Problem mit den Flöhen im Keller erwähnt, und Linken wollte nachschauen. Pooka war aufgebracht, weil er extra herkommen musste, um Linken den Keller aufzuschließen. Linken hat einen Blick auf die Feuerwerkskörper geworfen und Pooka gedroht, ihn wegen Gefährdung der Öffentlichkeit anzuzeigen.«

»Und deswegen hat er Linken erschossen.«

»Ja.«

»Wäre es nicht viel einfacher gewesen, die Produktion der Feuerwerkskörper zu verlegen?«

»Damit hatte Pooka bereits begonnen. Eine Untersuchung des verkohlten Lieferwagens hat ergeben, dass er einige Feuerwerkskörper und Sprengpulver geladen hatte. Aber die Sache ist die: Ich glaube, Pooka hatte überhaupt keine Skrupel, Menschen zu erschießen. *Peng!* Einfach so. Problem gelöst. Als er Linken erschoss, handelte er irrational. Und das Eigengebräu, das er sich gespritzt hat und das bis jetzt noch nicht vollständig analysiert werden konnte, hat auch nicht gerade zu seiner psychischen Stabilität beigetragen. Das Zeug enthält Blut und Halluzinogene und was weiß ich noch alles. Es sollte ihn gegen die Pest immun machen.«

»Oh Mann.«

»Mintner habe er erschossen, weil der zu neugierig war, sagt er. Er hat ihn erwischt, als er versuchte, in seinen Keller einzubrechen. Da hat er Mintner nach draußen gejagt und dort erschossen.«

»Und das hat keiner gemerkt?«

Morelli schüttelte den Kopf. »Wir haben eine Menge Leute befragt, aber niemandem ist etwas aufgefallen. Als wäre so was auf Zeta-Partys gang und gäbe. Eine Band spielte, alle hatten was getrunken, und keiner hat was bemerkt.«

»Die Band war gar nicht mal schlecht«, sagte ich.

»Ja. Ich kenne die Band. Der Schlagzeuger ist nicht gerade Brian Dunne.«

»Das hat Lula auch gesagt.«

»Wir haben Pookas Waffe gefunden, und es passt alles zusammen.«

»Toll. Dann hast du deine drei Mordfälle ja gelöst.«

»Das Beste kommt noch. Pooka beschäftigt sich seit langem intensiv mit der Einheit 731. Besonders was die Verwendung von Seuchenerregern in militärischen Konflikten betrifft. Man braucht nur seine Papiere durchzusehen und die Chronik auf seinem Computer zurückzuverfolgen – es ist alles noch da. Er steht seit Jahren in Verbindung mit einem suspekten biotechnologischen Labor in Maryland, wo er als Student öfter mal gejobbt hat. Er wusste, dass dort in Tiefkühltruhen suspektes Material gelagert wurde. Illegal. Zum Beispiel Ratten, die angeblich mit Pest infiziert waren.«

»Warum bewahrt ein Labor infizierte Ratten in seinen Tiefkühltruhen auf?«

»Vielleicht wurden sie dem Labor ursprünglich zu Testzwecken zugeschickt und dann aufgrund einer nachlässigen Haushaltsführung irrtümlich verlegt, oder sie gerieten schlicht in Vergessenheit. Ich weiß es nicht. Jedenfalls wurden sie nie getestet. Pooka wusste davon, und eines Tages ist er hingegangen, hat sie sich in seine Manteltasche gesteckt und ist mit ihnen wieder rausspaziert. Bei genauerer Prüfung hätte er feststellen können, dass man die Ratten deswegen nicht getestet hatte, weil in dem Gebiet, aus dem sie stammten, gar keine Pest aufgetreten war.«

»Keine Pest?«

»So sieht es aus. Jedenfalls nicht in Trenton.«

Ich musste mich zurückhalten, faltete die Hände im Schoß, zog die Unterlippe ein. Bloß nicht in Tränen ausbrechen hier im Restaurant. Ich befürchtete, nicht mehr aufhören zu können, wenn ich erst mal mit dem Heulen angefangen hatte. Dabei spielte es keine Rolle, dass es Tränen der Freude gewesen wären. Weinen macht mich nicht attraktiver. Meine Nase läuft, ich krieg rote Flecken im Gesicht, und die Leute starren mich an.

»Mensch«, sagte ich, hielt kurz inne, um meine Stimme zu kontrollieren, »bin ich erleichtert!«

Morelli nickte. Seine Augen blickten ernst. »Ich auch«, sagte er mit sanfter Stimme. »Entschuldige, dass ich es dir nicht eher gesagt habe. Ich dachte, das Krankenhaus hätte dich angerufen.«

Wir stießen an und tranken einen Schluck. Der Kellner kam herbeigeeilt und goss nach.

»Also keine Pest«, sagte ich. »Wie konnte Pooka nur so ein Fehler unterlaufen? Hat er die Tiere nicht selbst getestet?«

»Als Pooka sich die Ratten besorgte, war er irgendwie nicht ganz bei sich.«

»Er kam mir schon seltsam vor, als ich ihm zum ersten Mal begegnet bin, aber nicht wahnsinnig oder so.«

»Das hat man über Jeffrey Dahmer auch gesagt. Erinnerst du dich? Der Mann, der in einer Süßwarenfabrik gearbeitet hat und zu Hause in seiner Tiefkühltruhe abgeschlagene Köpfe aufbewahrte.«

»So wie Blatzo.«

»Blatzo hat nicht in einer Süßwarenfabrik gearbeitet«, sagte Morelli. »Selbst wenn die Ratten oder die Flöhe, die Pooka züchtete, mit Pest infiziert gewesen wären, hätte der Blutcocktail, mit dem er sie fütterte, den Erreger sehr wahrscheinlich abgetötet. Er dachte, er hätte eine neue Spezies von Superflöhen gezüchtet, aber die Labortests legen nahe, dass er genau das Gegenteil getan hat. Kein einziger der untersuchten Flöhe war infiziert.«

»Die Qualen der Pest bleiben mir also erspart.« Ich sagte es mit einem Lächeln, und ich konnte nicht aufhören zu lächeln.

»Und du?«, fragte ich Morelli.

»Ich sage nur Xanthangummi.«

»Wie bitte?«

»Ich kann kein Xanthan verdauen. Ich dachte, ich hätte Krebs. Mein Arzt tippte auf Morbus Crohn. Meine sizilianische Großmutter meinte, ich wäre mit einem Fluch belegt. Ich hab wochenlange Tests und Untersuchungen über mich ergehen lassen. Ich hab sogar meine Ernährung eingeschränkt. Und wie sich jetzt herausstellt, war die eingeschränkte Diät das Schlimmste. Ich hab tonnenweise glutenfreies Brot gefressen, und das enthält Xanthan. In Wahrheit hab ich mich also schlechter ernährt und nicht besser.«

»Was hat denn die Darmspiegelung ergeben?«

»Die Darmspiegelung war einfach genial. Nicht nur ist bei mir innen drin alles perfekt, ich hab seit drei Tagen kein Xanthan mehr zu mir genommen, und mir geht es blendend.«

»Wie bist du auf die Xanthan-Unverträglichkeit gekommen?«

»Ich war neben vielen andern Ärzten auch bei einem Allergologen, und heute kam der Allergie-Panel zurück.«

»Du bist allergisch gegen Xanthan.«

Morelli schnitt sein Steak an. »Eigentlich ist es nur eine Empfindlichkeit, aber sie funktioniert wie eine Allergie. Ich kann Fleisch essen und Wein trinken. Ich muss nur die Etiketten genau lesen und Lebensmittelzusatzstoffe meiden. Es liegt nicht am Stress. Nicht an meiner Arbeit. Nicht an dir.« Morelli lehnte sich zurück und grinste. »Ich bin geheilt. Also noch mal: Willst du heiraten?«

»Ich weiß nicht. Hast du schon einen Ring?«

»Nein. Brauche ich einen?«

»Meine Mutter sähe schon gern einen an meinem Finger.«

»Da ich keinen Ring habe, sollten wir uns vorher vielleicht wenigstens verloben, damit wir hinterher heiraten können.«

»Und was wäre dazu nötig?«

»Dazu müsste ich dir die Pilateshose ausziehen, es sei denn, du willst noch bis zum Nachtisch bleiben.«

»Ich glaube, auf den könnte ich verzichten.«

Morelli sah sich um und winkte dem Kellner. »Die Rechnung, bitte.«

Janet Evanovich

Die unangefochtene Meisterin turbulenter Komödien
stammt aus South River, New Jersey, und lebt heute in
New Hampshire. Sie ist Stammgast auf den Bestseller-
listen und erhielt bereits zwei Mal den Krimipreis des
Verbands der unabhängigen Buchhändler in den USA.
Außerdem wurde sie von der Crime Writers' Association
mit dem »Last Laugh Award« und dem »Silver Dagger«
ausgezeichnet.
Weitere Informationen unter www.janetevanovich.de und
www.evanovich.com

Die Stephanie-Plum-Romane in chronologischer
Reihenfolge:

Einmal ist keinmal · Zweimal ist einmal zuviel · Eins,
zwei, drei und du bist frei · Aller guten Dinge sind vier ·
Vier Morde und ein Hochzeitsfest · Tödliche Versu-
chung · Mitten ins Herz · Heiße Beute · Reine Glücks-
sache · Kusswechsel · Die Chaos Queen · Kalt erwischt ·
Ein echter Schatz · Kuss mit lustig · Kuss mit Soße · Der
Beste zum Kuss · Küsse sich, wer kann · Kuss Hawaii ·
Küssen und küssen lassen · Küss dich glücklich · Zusammen küsst man weniger allein
(📖 alle auch als E-Book erhältlich)

Stephanie-Plum – außer der Reihe:

Der Winterwundermann (📖 auch als E-Book erhältlich) ·
Liebeswunder und Männerzauber (📖 als E-Book erhältlich) · Glücksklee und Koboldküsse (📖 auch als E-Book

erhältlich) · Traumprinzen und Wetterfrösche (📖 auch als E-Book erhältlich)

Die Lizzy-Tucker-Romane:

Zuckersüße Todsünden (📖 auch als E-Book erhältlich) · Kleine Sünden erhalten die Liebe (📖 auch als E-Book erhältlich)

Zusammen mit Lee Goldberg:

Mit High Heels und Handschellen. Ein Fall für Kate O'Hare (📖 auch als E-Book erhältlich) · Traummann auf Abwegen. Ein Fall für Kate O'Hare (📖 als E-Book erhältlich) · Böse Buben küsst man nicht (📖 auch als E-Book erhältlich) · Chaos Undercover (📖 als E-Book erhältlich) · Hände weg vom Herzensbrecher (📖 auch als E-Book erhältlich)

Unsere Leseempfehlung

E-Book Only
Kurzgeschichte

Exklusiv als E-Book:
Der Trickbetrüger Nicolas Fox – so kriminell wie kriminell attraktiv – hat es auf die peruanischen Goldschätze von Garson Klepper abgesehen. Klepper davon zu überzeugen, ihn als Sicherheitsmann für den Transport nach L.A. anzuheuern: erst mal kein Problem für Fox! Fox' Problem ist vielmehr: Er hat nicht damit gerechnet, dass Klepper ihm das FBI zur Seite stellt – in Person von FBI-Novizin Kate O'Hare. Kate ist extrem smart, sie ist extrem sexy, und wenn sie übers Ohr gehauen wird, dann ist Kate extrem nachtragend ...

www.goldmann-verlag.de
www.facebook.com/goldmannverlag

Unsere Leseempfehlung

288 Seiten
auch als E-Book
erhältlich

Offiziell ist Nick Fox ein Gauner auf der Flucht und Kate O'Hare die FBI-Agentin, die ihm auf den Fersen ist – in Wahrheit arbeiten die beiden jedoch zusammen, um Verbrecher festzunageln. Verbrecher wie Evan Trace. Der skrupellose Casino-Magnat nutzt seine Spielbank zur Geldwäsche. Unter seinen Kunden: Drogendealer, Diktatoren und Terroristen. Undercover schleusen sich Kate und Nick als schwerreiches Spielerpärchen ein und riskieren, um Trace das Handwerk zu legen, nicht nur Millionen von Dollar, sondern auch ihr Leben ...

www.goldmann-verlag.de
www.facebook.com/goldmannverlag

Um die ganze Welt des **GOLDMANN** Verlages kennenzulernen, besuchen Sie uns doch im *Internet* unter:

www.goldmann-verlag.de

Dort können Sie
nach weiteren interessanten Büchern *stöbern*, Näheres über unsere *Autoren* erfahren, in *Leseproben* blättern, alle *Termine* zu Lesungen und Events finden und den *Newsletter* mit interessanten Neuigkeiten, Gewinnspielen etc. abonnieren.

Ein *Gesamtverzeichnis* aller Goldmann Bücher finden Sie dort ebenfalls.

Sehen Sie sich auch unsere *Videos* auf YouTube an und werden Sie ein *Facebook*-Fan des Goldmann Verlags!

www.goldmann-verlag.de
www.facebook.com/goldmannverlag